青春盛开如歌

QINGCHUN
SHENGKAI
RU GE

宋浩浩 著

百花洲文艺出版社
BAIHUAZHOU LITERATURE AND ART PRESS

图书在版编目（CIP）数据

青春盛开如歌 / 宋浩浩著. —— 南昌：百花洲文艺出版社，2021.12（2022.7重印）
ISBN 978-7-5500-3512-6

Ⅰ. ①青⋯ Ⅱ. ①宋⋯ Ⅲ. ①长篇小说 – 中国 – 当代 Ⅳ. ①I247.5

中国版本图书馆CIP数据核字（2020）第253468号

青春盛开如歌

宋浩浩　著

出 版 人	章华荣
责任编辑	胡青松
书籍设计	彭　威
制　　作	何　丹
出版发行	百花洲文艺出版社
社　　址	南昌市红谷滩区世贸路898号博能中心一期A座20楼
邮　　编	330038
经　　销	全国新华书店
印　　刷	南昌市和一彩印有限公司
开　　本	787mm×1092mm 1/32　　印张 9.75
版　　次	2021年12月第1版
印　　次	2022年7月第2次印刷
字　　数	180千字
书　　号	ISBN 978-7-5500-3512-6
定　　价	45.00元

赣版权登字　05-2019-254

邮购联系0791-86895108
网　　址http://www.bhzwy.com
图书若有印装错误，影响阅读，可向承印厂联系调换。

自序：写在十月

　　这是一个让人感动的时代。记得那天，我打开电视，看到央视的一台晚会，晚会上介绍了时代楷模——在广西脱贫攻坚一线牺牲的第一书记黄文秀，我被她崇高的思想和无私的奉献精神深深地感动了。之后，又在媒体看到了云南腾冲的扶贫干部、社区总支副书记郭彩廷为了百姓的安危，牺牲在泥石流中的报道。在祖国各地，还有很多这样的扶贫干部，他们都是这个时代最伟大的灵魂，我于是下决心，要写一写他们为扶贫脱贫事业奉献一切乃至生命的可歌可泣的故事。

　　这是一个让人激动的时代。党的十八大以来，以习近平同志为核心的党中央围绕脱贫攻坚作出一系列重大部署和安排，全面打响脱贫攻坚战，拓展了中国特色扶贫的伟大道路，脱贫攻坚取得了决定性进展。党的十九大又明确把精准脱贫作为决胜全面建成小康社会必须打好的三大攻坚战之一，作出了新的部署。打赢脱贫攻坚战，是中华民族全面建成小康社会的标志性指标，也是解决发展不平衡不充分问题的关键之举。如今，在党中央的领导之下，困扰中华民族几千年的绝对贫困问题即将历史性地得到解决，这将为全球、全人类的减贫事业做出巨大的贡献。古往今来，多少代的仁人志士，上下求索，不懈奋斗，但总为吃饭和贫困问题所困扰。然而今天，我们可以骄傲地说，我们过上好日子了！如今这盛世，正如无数先人所愿！如今这盛世，正如我们所愿！

习总书记在2014年的文艺座谈会上这样讲道："社会主义文艺，从本质上讲，就是人民的文艺。文艺要反映好人民心声。""艺术可以放飞想象的翅膀，但一定要脚踩坚实的大地。""文艺创作方法有一百条、一千条，但最根本、最关键、最牢靠的办法就是扎根人民、扎根生活。"作家路遥先生的《平凡的世界》，就是这样的作品，第一次读这本书时，我就为作家笔下那跃动着的时代脉搏而感动过。文学原来还可以有这样的担当，它可以关注时代、关注人民、关注大地。大地，是我们创作的源泉；大地，是我们创作的养分所在。那些可歌可泣的大地上的时代故事，每一个都值得我们去倾力书写。

上个月初的时候，美术界的一位朋友邀我去听一个讲座，我对美术是外行，但开卷有益，听听肯定会有所收获。那天，演讲者是中国美协的徐里书记，他的题目直接而干脆：《艺术为人民》。他在演讲中认为，画家的视野不能离开人民，不能离开坚实厚重的土地。讲座之后，我想，他们画家能以画笔画下这个时代一个静态的样子。画作是静态的，小说是动态的。那么，自己作为一个写作者，是否也可以拿起笔，写下这个时代的一些流动着的动态的故事。而无论是画家，还是作家，画作和小说之间，他们应是殊途同归，只是表现方式不同，而精神内在是一样的。那次讲座之后，我就在回来的路上构思起小说的框架。

上个月底的时候，一件事也促使我尽快动笔写下这部小说。孩子从学校回家来，突然走到我面前说："爸爸，过几天我们买个蛋糕吧？"

"为什么要买蛋糕呢。家里没有谁过生日啊？"我不解地说。

孩子眨着明亮的眼睛说："十月一日是我们新中国七十岁的生日啊！"

我很惊讶，原来孩子想买蛋糕是为了庆祝新中国生日。

孩子又高兴地说："我有两个妈妈了！"

"哪会有两个妈妈？"我又不解。

"一个是祖国妈妈，一个是妈妈。"孩子说。

我当时真的很感动，没想到孩子会说出这样的话，并没有人教他。我于是也暗下决心，一定要在十月份，在这个特殊的月份，把这部小说写出来。

国庆假期过去后，上班的第一天，我开始动笔写这部作品了。

小说和现实还是有区别的，正如历史学家也不可能完全描述出历史的真正原貌，传记作家也只能尽可能地在文字中靠近人物。小说家和传记作家也有区别。小说是源自生活又归于艺术的叙述，虽然人物原型可能是真实存在的，但具体情节是要按照叙述的需要和人物的走向，进行艺术创造加工的。生活是激发小说的原动力，小说是对生活的展现和超越。

主人公林知秋名字的含义是观林中一叶而知天下之秋。林知秋是万千战斗在基层脱贫攻坚第一线的党员干部的代表之一，她是九千万党员中的一叶，但这一叶，却可以让我们看到整个美丽的秋天。

不能到脱贫攻坚的第一线去工作出力，这已是我的憾事。请允许我将这部小说的全版权收入，捐给希望工程，为山区的孩子尽绵薄之力。

这部小说还有许多不足之处，也希望读者能够涵谅我能力的有限。

2019年10月30日

目录

CONTENTS

第一章　忆童年

　　这是怎样一个美丽的地方，群山连绵入云，溪水潺潺流去，梯田层层，花香阵阵，清河从水利大坝中静静地穿过村落，百姓们过上了富裕富足的生活，他们安居乐业，同享着碧水青山的美好生态。然而，在八十年代末，这里还是广南省最偏僻的山区，地广人稀、山路崎岖是这里千年未改的特点。山区的隔绝，带来了这里善良和淳朴的民风，带来了此地美好清新的空气，就如梦里的世外桃源一般，可崇山峻岭也同时隔开了现代文明和商业辐射，隔开了与山外城市一起发展的机遇。地域差别会产生文化差别，文化差别又会引起经济差别，发达地区和落后地区的差异，很大一部分原因是先天所处地理位置所决定的，但这也不是绝对不能改变的。有时弱势也能成为强势，弱点也能化为优点，人如此，山区也是如此。山雾淡淡迷蒙，碧林苍翠深远，看日出与日落，望朝霞到夕烟，虽然今朝山区贫瘠落后，未必来日不能富甲一方，一切不可能里，也许就蕴含着无限的可能。只是现在，这一切还未发生，我们的主人公林知秋，在八十年代末的一个冬天，出生在这里。而如今她已经快七岁了，也快到上学年纪了，只是家里的情况实在贫寒，连吃饭也成了问题，读书就是个奢望了。

一次林知秋问爸爸林根生："爸爸，以后我们一直就做草篓子吗？"

"闺女，是啊，不做草篓子，我们就靠那点地，养活不了我们自己啊。"林根生说。

"我想像邻居哥哥姐姐一样上学。"林知秋说。

"我们家穷，上不起学。"林根生连忙打消了女儿上学的愿望。

林知秋轻轻地说了声"噢"，悄悄抬头看了爸爸一眼，她担心爸爸生气，就低下头帮爸爸拿草绳。

林根生是希望女儿林知秋日复一日、年复一年地像自己一样安安稳稳地编织草篓子，到乡里卖钱过日子，直到她长大嫁个好人家。

一天，小学张校长骑着自行车，路过林知秋家门口，看到林知秋在帮助父亲编织草篓子，校长是个城里人，当年插队在这里，一直没有回城，他舍不得乡下的这群孩子。他看到林知秋小小年纪，已经懂事地帮父亲做活计时，忍不住上去说话，其实也是想让眼前这个小女孩走进学校读书。"林兄弟啊，你的女儿几岁了？真懂事，能帮你做家务了。"

"张校长啊，我们家女娃已经快七岁了。"林根生说。

"七岁就知道做家务了。我看她这么聪明懂事，有没有想过要把她送学校里读书呢？"张校长说。

"哪有想那么远，不要说改变命运。就是改变一下每天能揭开锅吃上饭，就已经不错了。我们已经断粮三天了，哪还有什么钱供她读书啊。"林根生说。

"伯伯，我想读书，我想学知识。"林知秋拨弄着草绳，眼睛里对张校长充满了无限的期望。

"嗯，小姑娘，你为什么要学知识啊。"张校长故意问一下林知秋。

"学好知识，就可以去看外面的地方了。我想上学。伯伯，我想上学。"林知秋说出这话时让张校长鼻子一酸，是啊，她不会说外面的"世界"，她只知道"外面的地方"，外面是一个崭新、美好的地方。张校长摸了摸林知秋梳着小辫子的头，随后对林根生说："这么聪明的小孩，不读书浪费了。你让她来学校，学校不收学费，让她旁听一下也可以。"

"她要去学校听课了，我就少了个帮手。张校长，还是算了吧。"林根生说。

"林兄弟，现在你可能少了个帮手，等到她读书有成就了，就成了你一辈子的帮手啦。小姑娘，你叫什么名字啊？"张校长蹲下身去，拾起林知秋头发上的几根织草。林知秋胆怯而害羞地躲到父亲林根生后面，用清澈而紧张的眼神看着眼前戴着眼镜的张校长。

"快，告诉张校长，你叫什么名字。"林根生把身后的女儿拉到一边说。

"我，我，我叫林知秋。"林知秋说。

"知秋，多好听的名字啊。谁给你取的名？"张校长问。

"我妈妈。"林知秋很骄傲地说。

"她妈妈生前给她取的，知秋出生在秋天。"林根生说。

"她妈妈一定读过书。"张校长肯定地说，"一叶知秋，看一叶就能知道整个秋天，知秋，多美的名字啊。"

"庄稼人，没机会上学堂念书，她妈妈也只是喜欢看书，捡到一些旧书，就拾回家当个宝贝看着。"林根生说。

"后来呢……"张校长问。

"生病去世了。"林根生说。

"可惜了。"张校长转而又说，"女娃子有天赋，你要相信读书能改变命运，兄弟，你不会想让知秋跟你编一辈子草篓子吧。"

"那当然不想。但又有什么办法，吃饭都吃不上啊。"林根生说。

"这里是二十元钱，你拿着，吃饭用得着，明天你就让知秋来村小学听课，慢慢学起来。你要相信，知识能改变命运，总有一天，你会相信我这话的。"张校长肯定地说。

"爸爸，我想读书。"林知秋的话让张校长笑了起来。

林根生说："那就读吧。你快谢谢好心的张校长啊。"

"嗯。谢谢张校长。我有书读咯。"林知秋蹦蹦跳跳地走进屋里，两只小辫子甩起来，非常可爱活泼。张校长还不忘叮嘱一下才离开："根生兄弟，明天你就送知秋来学校啊。别忘了。"

"一定送女娃来。张校长谢谢你了，你放心。"林根生揣着二十元钱，感到手中这钱无比的沉重，眼泪从眼眶里流了出来。他知道，小学校长的收入也有限，但张校长一下子就给了自己这么多，真是大好人啊。想到此时，女儿肚子和自己肚子咕咕咕叫了起来，已经两天没吃任何谷物了，除了地里的蔬菜做成了汤之外。林根生立即往乡里的粮店走去，很快，抱回来一袋大米，他微笑着进了门，知秋蹦跳着来迎接，说："爸爸，我们有粮食了。我们有粮食了。那个张校长真是好人。"

"嗯。所以你去学校要好好跟他学知识。不要像你爸爸我一样没出息，让你也跟着爸爸受穷挨饿。"林根生说。

"我一定好好读书，将来不再让爸爸饿着。不单是不让爸爸饿着，村里的那些和我们一样穷的爷爷奶奶们，我也不让他们饿着。"林知秋动情而懂事地说着。

"嗯。爸爸相信你，知秋。"林根生搂住了女儿的头，内心充满了感动，他觉得自己这个女儿没有白生，都说穷人的孩子早当家，知秋就是这句话的证明啊。

林根生拿出已经被寡淡的菜汤水浸成锈迹斑斑的铁锅子，用丝瓜瓢刷了又刷，放入了一碗米，林根生感觉这米放得有点多，如果这样吃下去，一袋米也许很快就会吃完。他又用碗，从锅里舀起半碗，再倒回到米袋里去。林知秋知道爸爸做法的用意，站在旁边，用小绳子帮助爸爸把米袋子扎好，还说："老鼠肚子也饿，不能让它们偷吃了。我来扎好这袋子。"林根生摸着女儿的头，微笑了下，转身就去缸里舀水煮粥了。

米香很快就飘散出来，那香味飘过了漏风的屋子，飘到了路上，飘到了近处的几户人家。这几户人家都是穷困户，也都有孩子，这些孩子比知秋还小，三四岁的样子，也饿得不行，纷纷走出来，循着粥香冲到了林根生家门口。大人也跟着跑来，说："根生，你家哪有米煮饭了？快，跟我们一起吃吧，我们的孩子也快饿得不行了。"

"伯伯，我要喝粥粥吃饭饭。"邻居家一个流着鼻涕的小弟弟拉着林根生的裤子说。

"好心人帮我们，给了我们一点米。"林根生说着，并未答应一起吃，因为他知道，若和这些邻居分享一锅粥，自己女儿知秋就喝不到多少了。

"快，他不肯，你去求知秋姐姐。"邻居让那鼻涕男孩拉住知秋的衣服，知秋看那弟弟饿得眼泪鼻涕一大把，知道比自己更可怜，就拿着大碗往粥锅里舀了一碗，那米还未煮稀，硬邦邦的，又极烫，但是这个孩子却拿过碗直接喝，突然被烫坏了舌头，哇哇大哭。大人在一旁说："猴急，你真猴急。太烫，去水缸里舀点冷水拌一下不就可以了。"说着自己也拿过碗往锅里舀了一碗，喝了起来。小男孩们纷纷往碗里倒凉水，咕咚咕咚喝了起来。

喝完之后，还往锅里舀了水，把最后一点粥汤都喝了个干净。

很快，一锅粥就被邻居们抢光了，知秋和父亲一粒米也没有喝到。

邻居中一位大人说："都怪这最近的天气，总是下雨，梯田都滑坡了。粮食一点收成都没有。今天真的要谢谢根生家的粥了。以后根生要多接济我们啊。我们都不容易。"

其实林根生和林知秋也不容易，一锅粥煮了半天，一粒米也没有喝到。根生看着女儿，以为女儿会饿得不行，没想到知秋一脸的笑容。知秋看到这些孩子和乡邻喝饱了肚子，心里甭提多开心了，比自己喝了这些粥要开心得多。

那鼻涕男孩嗅了嗅鼻涕，对知秋说："姐姐，你真是好姐姐。以后我还要喝。"

知秋摸着这个明显发育迟缓，却只比自己小一岁的男孩说："好的，姐姐有粥喝，一定也叫上弟弟你。"

"我们也要天天喝。我们也要天天喝。知秋姐姐，不要忘记我啊。不要忘记我啊。"三个孩子吃饱了，蹦跳着要知秋承诺下次还给粥喝。

知秋说："一定，姐姐有一口粥，你们就有一口粥。"

大人们愣在原地，没想到小小的知秋会这么大方热情，竖着拇指，向根生夸赞道："根生，你生了个好女儿。你们家知秋真懂事啊。明天我们还来。"

根生送走了这些邻居，回来摸摸知秋的肚子，问："女儿，你不饿吗？"

"饿是饿，但是看到他们都吃饱了，我就不太饿了。"知秋说。

"我再给你煮一锅吧。"林根生很愧疚地说。

"爸爸，我们少煮一点，明天他们还要来吃呢。"知秋说。

很快，一小把米煮成的一小锅粥做好了，这粥明显比刚才给邻居们吃的要稀薄得多，根生和知秋端起碗，咕咚咕咚喝了下去，他们父女俩实在太饿了。

第二天，父亲就早早地领着知秋，往村里的小学走去。小学在南边一座山的山坡上，要上去听课，必须要爬上那几乎垂直的山道，父亲不放心女儿，所以一路护送。到了山坡下，知秋看着这藤条和长绳做成的天梯，心里一阵恐惧，根生看在眼里，安慰说："女儿，没事，多爬爬就不害怕了。我们小时候走山路经常要爬天梯的。习惯就自然了。"

父亲把知秋抱起，让她的小脚踩到了天梯上，天梯晃动起来，知秋紧张极了，喊："爸爸，我有点怕。"

"别怕，就当在自家爬梯子。"根生鼓励说。

"嗯。"知秋很听父亲的话，心里想着："就像在家里爬梯子，就像在家里爬梯子。"林根生也跟着上了天梯，他们很快就到了山坡上。

来到教室，知秋看到很多学生在吹火把上冒出的残烟——他们是凌晨三点多钟就出发的。这些山外更远地方的学生，夜色中看不清路，只能点着火把来上学。

这些学生看着林知秋，都微笑着说："又来了个新同学。"

知秋走进教室很懂事地说："哥哥姐姐们，你们好，我叫林知秋。请你们以后多帮助我。"

这时张校长走到了教室，对孩子们说："这位女生比你们都小，今天来我们学校做旁听生，你们要多照顾她，多帮助她。一起学习，一起进步。"

"嗯，校长！"孩子们都答应了下来。林根生看到这一幕，就放心地转身走了，回头说："知秋，晚上我来接你啊。"

张校长说："不用了，林兄弟。晚上，我下山顺便把知秋带回去。"

林根生感激不已，直说谢谢。这一课，林知秋听得特别投入，她第一次知道了我们伟大祖国的首都是北京，北京有天安门，有人民英雄纪念碑。第一次知道了我们祖国有三条巨龙，一条是万里长城，一条是黄河，一条是长江。林知秋随着张校长的讲述，对中国有了很大的了解。她没有想到，原来在我们这村外，中国是那么大，世界是那么精彩。这第一课，就让知秋的学习兴趣大增，让她更加充满了迫不及待的求知欲。

这一课下课后，林知秋还不会写自己的名字，那些同学就围过来，用稚嫩的手在一张写过字的纸头上教知秋写下自己的名字——林知秋。

"真好听，小妹妹你的名字真好。不像我，我叫刘铁蛋。"

"我叫张小狗。"

"小妹妹，谁给你起的名字呀？"

"我妈妈给我起的。"林知秋说。

"你妈妈真有文化。"

"你妈妈也是老师吗？在哪里教书啊，城里吗？"

"我妈妈不在了。"知秋低落地垂下头。

顿时大家陷入了沉默，说："还好，我妈妈没文化，但是我妈妈还在，天天给我做吃的，送我上学。"

"我妈妈也在。"

"你有爸爸吗？"班上学习最差的一个孩子说。

"傻瓜，她怎么没有爸爸，刚才送他来的，不就是他爸爸。"班长说。

"我笨，我笨。"学习最差的孩子说。

"有爸爸就好，就不是孤儿。我们会多帮助你的，小妹妹，你不用害怕。这里就是个大家庭，你现在就是这个家庭中的一员。"一个女生说。

"嗯，我要多向你们学习。"林知秋说。

"对了，你几岁了。"班长问。

"快七岁了。"林知秋说。

"快七岁，我们都八九岁啦，你比我们小呢。以后有困难，你直接和我说，我是这个班的班长。"班长说。

知秋谢过了大家，这时身兼所有课程的张校长拿着尺子走了进来，准备上数学课了。虽然课程是从二年级开始上的，但在上之前，张校长也是为了考验一下知秋，在黑板上写下了一到九的阿拉伯数字，让知秋读三遍。没想到，从没接触过数字的知秋，一下子就记住了这些数字。接着张校长就从二年级的内容开始教了起来，知秋听得并无障碍，都理解了，还站起来回答了一次问题。

下课后大家都很惊讶，连张校长也很惊讶，问知秋："知秋，你以前学过数学吗？"

林知秋害羞地说："没有学过。以前我掰玉米的时候，爸爸教过我数数，他用玉米粒给我摆过数字的样子，还让我数过玉米粒，我能数到一千多粒。"

"怪不得，我现在只能数到五百呢。"学习最差的孩子说。

"你真笨，还不如新来一天的小妹妹。"一个女生嘲笑说。

这个孩子被数落，脸红着摸着头，对林知秋一脸的佩服。

一天下来，林知秋觉得自己已经收获满满，而对无限的知识也充满了无限的向往。她多么希望自己不要回家，老师不要下课，天不要暗下来，人不会饿，这样可以在教室里一直听课。她恨不得一口气学完所有的知识，然后考上县里的学校，甚至考到北京去，考到今天老师教的伟大祖国的首都北京去。她憧憬着，向往着。她知道，如果说县城是目标，北京也是目标的话，张校长教的知识，就是攀爬到这些目标的天梯。她知道，只要自己好好学，一定能够达到目标。

晚上时分，孩子们都下山去了。张校长关好了学校的门，带着林知秋从天梯上下来了。天梯经过山里的露水浸渍，变得湿滑异常，张校长让知秋一定要抓住天梯的绳子，经过了好久，克服了心里的恐惧，知秋才安稳落地。知秋坐上了张校长的自行车，这是她第一次坐自行车，她心里也是无比紧张，似乎比爬天梯还紧张。天梯是不动的，偶尔被风吹了晃动，也只是在原地晃动。而坐在自行车上就不一样了，如果她去过城里，就会知道，这似乎和坐过山车一样，在悬崖峭壁间的山路上颠簸驰骋，刹车减速，加速上坡，等等。一会儿山头还在平视的前方，一会儿山头就到了身后的脚下；一会儿还在山顶，就又冲到了山腰。知秋怕得不能言语，只能闭着眼睛，紧紧地抓住张校长的车座，到家时，已经吓得一身冷汗。

张校长笑着说："知秋，你要习惯坐自行车。你爸爸在家编草篓子赚钱养家，我们就不要他来接了。以后我天天下山顺路带你回家。自行车现在坐着害怕，习惯了就好了。"

知秋懂事地"嗯"了一声，然后和张校长挥手作别。这时林根生知道女儿回来了，就迎出来，和张校长在远处说着话。林根生问知秋学习是否跟得上，当他知道女儿已经能和二年级的孩子一起做口算时，心里无比高兴。随后谢过了张校长，要留张校长吃饭，张校长说妻子在家里已经做好了，便上车走了，只是嘱咐，明天别忘了把知秋送到学校里继续读书。

邻居们在家等了一天，发现白天林根生并没有煮粥，于是开着门等啊等，等到了晚上。现在天色将暮，也看到了读书的林知秋回家，知道一定是要做饭了，于是他们纷纷往林根生家走来，围在门外。根生确实已经在家煮粥了。

村里每到这个青黄不接又遇上雨水的季节时，粮食就成了问题，过了这个季节情况就好了。因此此时粥香对于他们来说，已经是最大的吸引。那粥味越来越浓，这味道挑动着邻居大人小孩的食欲，饿了一天，不知道林家还给不给吃呢。林知秋这时走了出来，一个大人拉住知秋的手说："姑娘，你要给我们口粥喝啊。我们不喝没关系，我们的孩子还在长身体，不能饿着啊。"

孩子连忙拉住知秋单薄的裤腿，说："姐姐，我还要喝粥，我们今天还要喝粥，我们好饿啊。我们饿了一天啦。"

知秋摸着这几个孩子的头说："一会儿就好，我们一起喝。姐姐不会让你们饿着的。"

根生看着邻居家的大人小孩走进了自己家，便知道定是粥味把他们吸引而来的，虽然心里也想让上了一天学的女儿吃饱，但是看着眼前这么多青黄不接时期的乡邻挨饿，心里也不好受，只好说："来来来，都有得喝。只是我煮得不多，大家分分，比没得吃饿肚子好。"

邻居都夸根生心地好，更夸知秋心地好，是根生的好心遗传到了知秋身上。这一晚，虽然大家都没有喝饱，但总算不饿肚子了。大家摸着肚子，一肚子水与稀饭的混合物，满足地要回到自己家里，准备呼呼大睡。临走之前，一个邻居还说："明天不要赶我们，我们还要来喝的啊。"

根生看了看知秋，知秋微笑着说："大伯，我们不会赶你们。有我们一口喝的，我们就不会忘了弟弟妹妹们。"

邻居大爷是摸着知秋的头打着饱嗝离开的。

这些粮食哪够这么多人吃，很快，没到十天，这一袋米就被吃光了。这次知秋放学回来，见乡亲们早已经围在自己家门口等着粥喝，父亲走了出来，说："邻居们，我们家的米也吃光了。你们还是回去吧。我也没有办法。"

一个路过的外村人，听说这里有粥喝，就来蹭喝，哪知道第一天来就遇到米没了。他显然不相信，说："你骗人。你家肯定还有米，让我们进去搜。"

没有人进去搜，只有这个人冲了进去，搜遍了林家的屋子，也没有发现第二袋米。他拿过林根生手里的米袋子，看了看，里面还有十来粒米的样子，抓起就往嘴里送，还说："他娘的，我翻了三座山，听说这里有免费的粥喝，没想到只有这十来粒米。谁说的大富人家施舍粥，屋里比我顾光棍还穷。十来粒米还不够我翻山一脚使出去的力气。"

"怪不得不认识，是外村人。"邻居说。

"大家也看到了吧，我家确实也没米了。这米还是好心人救助我们的，不是我们发财了才有的。我们也是穷苦人家，你们大家要理解啊。我们有多少米，也与大家一起煮粥喝掉了，我们不会私藏米的。乡里乡亲，你们请回去吧。"林根生说。

"那之前的米不是你做草篓子卖钱换来的？"一邻居问。

"草篓子哪赚得了这么多买米的钱，是一个好心人送给了我们一些钱，我们都买米给大伙喝掉了啊。"林根生说。

"快说说，好心人是谁？"邻居穷追不舍。

"张校长。"林根生说完就后悔了。

邻居们都恍然大悟，原来是张校长做了好事，纷纷议论，改日也要问张校长讨点钱，买米吃。

第二天张校长下山带着林知秋回家时，被村民围住了，纷纷讨要，希望得到资助，买些米充饥。张校长是个好心人，口袋里只有十元钱，说："诸位乡亲，我也只是个靠微薄工资养家的老师，我也不是什么大富豪。平时也是省吃俭用，才攒下这么些钱。这里只有十元了，你们拿去买些粥吧。"于是交给了为首的一个老者，让这个老者去买米给大家充饥。老者不会糊弄人，自然会秉公办事，米粥又多养了他们十日。十日之后，张校长又被拦住，继续支持了十元。这时地里的一些菜蔬和粮食作物也渐渐成熟了，天气也好了起来，慢慢风调雨顺，大家逐渐也有了食物，他们对林根生和张校长感激不尽。

林知秋看在眼里，想在心里，她觉得自己肩上似乎有着一副巨大的担子。自己所住的这个山区，多是梯田，遇到暴雨就会有滑坡和泥石流，粮食作物难以长起，以后要是学习了知识，一定要让身边的这些人吃饱，让这些人的孩子有书读。

　　林知秋发奋学习，用着其他孩子给她的铅笔和纸张，做着老师布置的作业。经过半个学期的努力，她已经从一个比平均年龄小两三岁的一无所知的旁听生，成为班级考试的第三名。她觉得自己从学习中找到了乐趣，找到了希望，像黑夜看到了日出的微曦，像大海中的航船看到了引路的灯塔。学习给她带来了无限的乐趣，让小小年纪的她，感受到了超越物质贫乏的精神力量。渐渐地，林知秋已经不用父亲送她上学，她能自己走山路，提着火把去学校了。

　　这一日，山区下着雨，山道上湿滑不已，林知秋拿着火把，往前走去。半路窜过一只野猪，吓得林知秋瑟瑟发抖，好在遇到了一群赶来上学的同学，大家一起往山坡走去。

　　几个大同学先来到天梯下，熟练地吹灭了火把，咬住火把，然后攀爬上了天梯。林知秋最后一个爬，此时的藤条天梯上已经被踩满了泥土，湿滑如冬日之冰，穿着布鞋的林知秋努力地爬上天梯，但没上几步，就滑了下去，狠狠地摔在了地上，好在一只手抓住了一根树枝，才没有摔落到山崖下。林知秋的摔跤，让上面的哥哥姐姐们吓了一大跳，他们赶紧滑下来，一把抓住了悬着的林知秋，林知秋这才得救。大家把火把点燃，看到知秋的腿和手已经被地上的石头和树枝刮伤，便问知秋：“没事吧？刚才真是太危险了。”

　　“没事。谢谢你们，我没事。我们上去吧，一会儿张校长就要来上课了。"林知秋想到的还是上课。

林知秋好不容易爬上天梯上到了坡顶，进了学校，此时天色已经逐渐明亮起来，大家发现林知秋的衣裤已经坏了，手脚上留下了几道血痕。

晚上张校长带着林知秋回家，林根生心疼不已，问知秋是否很疼。

知秋说："没事呢，爸爸，就当我砍柴摔了一跤，不能因为这次摔跤而不让我读书了。"知秋担心的还是父亲不让自己读书。

"爸爸不会让你不读书的。以后爬梯你要小心。"父亲等张校长走后，看着知秋，心里一阵酸涩，眼睛流出了心疼的眼泪。

上学路上也是充满了无数的艰辛，经常在黑乎乎的清晨就需要赶路了，林知秋踏着月色未退的山路田埂，好几次踩到了玻璃瓶碴，玻璃碴割伤了林知秋瘦小的脚掌，顿时流血不止。但学还是要上，林知秋总是咬咬牙，继续背着书包赶路。那些乡民，白天来田埂间做农活时，还能隐约看到山路上一串鲜红的脚印。

转眼间，林知秋已经完成小学的学业。这几年，从一个旁听生，到正式成为一个小学生，又从小学生到以优异的成绩毕业，现在已经要成为一个初中生了。只是初中在山外的乡里，离自己的村里有更远的路，这需要知秋更加勤奋了。

每天早上，知秋给父亲烧好早饭，就拿着火把，和小学时的同学，一起走着山路，往乡里走去。山路还是那样陡峭，但此时的林知秋，已经长大了。

按照林知秋家的条件，母亲不在了，父亲做草篓子的收入连勉强维持生活都困难，林知秋的纸笔、书包、饭菜都是要钱的。林知秋若能待在家里帮父亲干活，就多了一个赚钱的劳动力。

好在，小学张校长和初中校长介绍了林知秋的家庭情况，还告诉了初中校长，林知秋多么品学兼优，是个读书的好苗子。初中校长见眼前这个瘦小的女孩，原来如此好学勤奋，也就答应向乡里和县里申请政府资助。

林知秋每个学期拿到政府发放的生活补助资金之后，总是热泪盈眶。

每天林知秋都是第一个到学校，帮着打扫教室，等同学们到齐时，她已经做完扫地擦窗的工作，预习复习了好一会儿功课。同学们都称呼她一个外号：林第一。什么都是第一，第一个到校，第一个交作业，考试总是第一名。这个"林第一"的称呼，她愿意接受，似乎也正是大家对自己的鼓励。第一有什么不好的呢，只有处处争第一，才能不落后。知秋知道自己落后不起，知秋明白，自己能有这份书读已经很不容易，不争第一，不但对不起自己，也对不起含辛茹苦的父亲和张校长以及初中校长的厚爱和帮助啊。再说，拿了政府的资助，自己也不能浑浑噩噩，必须功课样样争第一才行。于是她有了一股别的同学没有的韧劲，她把自己遇到的每一道不会的题目，都当作自己奋斗路上的拦路虎，她总会想方设法把这些题目弄懂做会——无论是请教老师，还是问其他同学，她从不让不会的题目过夜，做到日日有收获，天天有进步。

可是，每次到吃饭的时候，林知秋就有些捉襟见肘了。春天的时候，大家都带着腊肉或者咸鱼，还有早上煮好的米饭之类。唯独林知秋，每次只带着一些辣椒炒制的咸菜，还有装在玻璃瓶子里的稀粥。大家吃饭，发出的总是咔哧咔哧香喷喷的声音，唯独知秋吃饭，发出的是喝水的声音。吃粥就是这样，和吃米饭不一样，粥里的米经过浸泡以后，已经完全成了糊糊状，没有了嚼劲，只能像喝水一样喝下去了。几个同学关心林知秋，就说："知秋班长，你怎么不带饭来吃，走山路那么累，学习也不轻松，喝粥能抵饿吗？"

"我们村里人说，'饭半夜，面黄昏，稀饭喝了跑得快'。"一个胖子同学说。

"啥意思？"一女生问。

"就是晚上吃了米饭，到半夜就饿了。晚上吃了面条，到太阳落山黄昏时分就饿了。要是晚饭喝了稀饭，那不用等到半夜，随时随地就得往厕所走——那粥全变成尿了。"胖子说。

"呵呵。没事，我不饿。"林知秋尴尬地看着胖子同学。

"来，给你一块腊肉。"胖子虽然说笑话，但心眼不错。

"胖子，你这么胖，给了班长，你够吃吗？不要不够吃的时候，饿得咬自己的肉。"另外一个瘦个子嘲笑胖子。

"我不饿。我吃饱了。再说我回去就可以大吃一顿，我阿妈给我预备着一厨房的腊肉吃呢。"胖子说着比画着自己家厨房里挂着的腊肉。

"谢谢你，我不太喜欢吃腊肉，还是你吃吧。"林知秋实际上是不好意思吃男生的菜。

"还有不喜欢吃肉的。"瘦子说。

"班长，你看，瘦子瘦成这样都喜欢吃肉，你就快吃了吧。"

胖子说。

林知秋红着脸，不好意思再拒绝，只能吃了那块腊肉，那肉嚼在嘴里是那么的香，有那种素菜所没有的厚重感，给人力量的厚重感，肉中的油让自己口腔里、胃里充满了能量。的确是这样，当知秋把这块肉咽下肚子的时候，已经感觉到肚里有了定海神针，变得像是有东西了，不再空落落了。

很快，稀粥喝完，但那腊肉的味道，林知秋算是体味到了。她其实和这些同学一样，也是多么希望自己能天天吃腊肉啊，可是就是连米饭都吃不上，更遑论什么腊肉。一斤腊肉要多少钱，能换多少斤米，一斤米能煮多少天粥。她在脑子里本能地盘算着，像她的同学，一天吃三两腊肉的话，换成米，足可以煮一个星期的粥，装进自己的玻璃瓶里，可以连喝一个星期了。她想着，也觉得奢侈，觉得高不可攀，觉得天天吃腊肉实在是神仙过的日子。自己只能咬菜根吃稀粥，但她无怨，她知道，学生比的不是吃什么菜和饭，而是考试的时候，老师用红笔批出的考试成绩。这才是最关键的，这才是最需要比的。她甚至这样想，就是自己天天吃泥土，只要自己成绩能保持第一名，就有希望上高中，就有希望考上大学。考上大学，她知道以后的路就平坦了。

最近一个同学拿出一本《菜根谭》在看，林知秋趁着午间大家在操场上玩耍，坐在书桌前翻阅着这本书，书里作者告诫后来人，只有嚼得菜根，才能做得天下的大事。吃菜根只是个比喻，就是能忍受世间各种各样的苦、清贫、逆境。咽得下最苦涩的菜根，吃得下最苦的苦，就能修好自己的内心，遇到任何事情都能心平气和，做到最好。小小菜根里，原来有大学问，这更让天天吃菜根的林知秋精神为之一振，在心里感慨，原来古人就以嚼菜根为乐，自己要坚持下去，总有一天会看到光明前程的。

一晃到了夏天，日常照旧，林知秋还是每日第一个到学校，上课最认真。临到了吃饭的时候，林知秋照旧拿出那个让人熟悉的玻璃瓶，瓶子里灌着稀粥。很多同学都想把腊肉给知秋吃，知秋都婉言谢绝了。胖子觉得热心遇到了冷面孔，抱怨说："班长是成绩好，看不起我们这些中等生。"

林知秋对胖子说："不是，王小刚，你多虑了。"

"班长不是看不起你，是怕你的口水，谁要吃你筷子夹过的肉。给我十块钱，我都不要吃。"瘦子说。

"我不用筷子夹，班长，你自己来夹。我这里的腊肉吃不掉，吃不掉就浪费了。班长，你就帮帮我吧。"胖子说。

"王小刚，谢谢你的心意。我已经习惯吃咸菜就粥了。"知秋说。

"那好吧，就当我没说。"胖子失落地自己吃起肉来。

瘦子对知秋也是敬佩有加，天天喝粥，居然面对这么多同学的好菜，绝不动心，真是神了。打个比方，林知秋就像一头吃草的牛，自己像喝油脂的"拖拉机"，在学习的道路上一路奔驰比赛，居然吃草的牛还胜过了吃荤油的"拖拉机"。次次考试，门门考试都是第一名。第一个发试卷的总是林知秋。简直是神了。无论瘦子胖子还是那些女生，都感慨佩服不已。

可是这次坏了。正当老师喊着林知秋的名字上去拿第一名试卷的时候，林知秋拿过试卷，就往门外跑。大家愣在了那里，不知道发生了什么事情，心想没人在外面叫她出去啊。家里出什么事了，也没人告诉她啊？她这是到哪里去？拿着试卷就往门外跑，这太离谱了。数学老师也愣在原地，不知何故。

瘦子就坐在班级的门口，数学老师让他去看看怎么回事。然后数学老师继续发起了卷子。瘦子跟着林知秋走到了女厕所门口，原来林知秋是跑进了女厕所，瘦子不能再跟进去了。瘦子躲在女厕所门口，听到林知秋"啊哟，啊哟，啊哟"地呻吟着。

瘦子鬼鬼祟祟地趴在女厕所前的样子让路过的老师警觉起来，老师说："喂，你是哪个班的？"

第二章　考北大

瘦子被老师拦住了，不能脱身，只能说："我是初二（三）班的，我是奉老师之命来打探班长林知秋情况的。"好在老师是女老师，说："上课时间打探什么情况，我以为你耍流氓呢。"

瘦子说："我们数学老师在发数学卷子，班长考了第一名，上台拿试卷的时候，突然就奔出来。我们不知道发生了什么事，数学老师就让我跟了出来。估计她拉肚子了。你是女老师，你进去看看她吧。"

女老师这才相信瘦子的话，进了厕所，发现林知秋确实疼得脸上直冒汗。老师问是否吃了什么脏东西，林知秋说没有啊，只是吃了自己带来的粥。

林知秋已经不能听课了，头上像黄豆大小的汗珠哗啦啦地落下，这位老师和瘦子一起把她带到了医务室。一位教化学的老师兼着医务员，问清了缘由，给林知秋拿了一些止泻药，林知秋一看是黄连素，直接咽下三粒。在药物发挥疗效之前，林知秋又去了好几次厕所，直到把肠胃里的有毒排泄物都排出来，腹部才停止了疼痛。

正当不再拉的时候，实际已经是林知秋脱水最严重的时候，林知秋突然在医务室晕倒了。这下可让医务员慌到了。

瘦子已经回到教室，把林知秋腹泻的事告诉了老师。老师听说林知秋没事，正在医务室休养，也就放心了。

胖子还在教室里说："班长可能吃了咸菜拉肚子了，咸菜时间长容易变质的。让她吃我的肉，又不肯。"

"你的肉，哈，你的肉又肥又油，谁愿意吃。"瘦子嘲笑说。

"不对，不对，不是我的肉，是我带来的腊肉。"胖子的解释引来了哄堂大笑。

数学老师说："夏季到了，食物一定要注意是否变质，不然吃坏了肚子就麻烦了。"

数学课还有三分钟上完，这时医务员兼化学老师就跑了过来，说："快，你们班的林知秋昏迷了，快送她去医院。"

数学老师说："快，来两个力气大的，把知秋背到乡医院去。"

胖子是个热心人，长得又高又大，加上瘦子，还有两个和知秋很要好的女生，冲到了医务室。他们把昏迷在椅子上的知秋抱起，放到了胖子的背上，胖子不愧吃了那么多的腊肉，力气大得很。

瘦子边扶着知秋，边还开玩笑说："胖子，你要对得起你吃过的那么多肉。现在班长的安危靠你了。我看班长是严重脱水了。快，快……"

"放心，有我在，你放心。"胖子说完，就踩了块石头，崴了脚，眼看着背不动了，但不知道他哪来的力气，还是忍痛坚持把知秋背到了医院。

两个女生还不忘带着林知秋的饭盒和玻璃瓶，让医生对食物进行诊断，好对症下药。医生拿过瓶子一看，一闻，说："还诊断什么？食物都变质了，一股馊味。你们怎么让她吃这种东西。"

"我们闻闻。"胖子说着和女生都拿起菜盒和玻璃瓶闻了起来。

"馊了，都馊了。菜也馊了，粥也是馊的。班长怎么喝得进这些东西啊。"胖子说。

"天天就喝这粥。真是铁人，铁人也倒下了。班长忘记现在是夏天了，夏天食物最容易变质了。"瘦子感慨说。

"快，她已经严重脱水，有无青霉素过敏史？"医生问。

"我们不知道，要做皮试。"女生说。

"好，你们给她扶好氧气袋，我这就做皮试。"医生帮林知秋做起了表皮试验，三分钟后，发现对青霉素不过敏，于是立即给林知秋挂上了盐水。

林知秋逐渐从昏迷中醒来，她不知道自己发生了什么事，也不知道自己怎么会躺在了医院里，她还记得自己好像在学校医务室的，现在怎么到了这里。胖子和女生见她醒来了，终于舒了口气，说："班长，你吓死我们了。"

"我怎么到的这里。"林知秋说。

"是胖子背着你从学校过来的。医生都怪我们了，不能让你以后再喝变质的粥和菜了。"女生说。

"我习惯喝粥吃咸菜了。"林知秋还是不后悔，事实上她无法后悔，她有的条件，就是每天早上给自己灌上一碗稀粥，带上几个自己腌制的咸菜，这是她能达到的最高配置了。她想吃肉，谁不想吃肉，可是怎么吃得起？条件不允许啊。

"可是班长，你忘了，现在是夏天了。早上带的食物，包装不好的话，极度容易馊的。"女生说。

"班长你不信，你闻闻你的粥瓶子。我特意没帮你洗。"胖子把粥瓶子递到林知秋的鼻子边。林知秋没有闻，因为她其实是早知道这粥馊了的，以为自己的体质能扛得住，没想到这次失算了。

林知秋望着自己的盐水瓶，心里一阵酸楚和疼痛，酸楚是自己差点没醒过来，疼痛是心疼盐水瓶里的药水，那每一滴可都是钱啊。自己连吃馊粥都供应不上，哪还有钱去交医药费。

女生看出了林知秋的心思。这时林知秋说："让医生拔了盐水吧。你们看，我好了，肚子不疼了，也不昏迷了。你们让我回学校吧。我不能落下课程。"

"班长，我知道你是担心医药费。没事，我已经付过了。"胖子说。

"这怎么可以……"知秋心疼又愧歉地看着胖子。

"胖子零花钱多着呢，这些钱不算什么。本来我们想凑一下的，胖子说他一人来。班长，你别考虑这些，你好好养病才是。医生说起码挂三天盐水，现在因为咱们是学生，不能落下课程，医生特批挂两天。两天都是打折的呢。班长，你就安心在这挂吧。"女生说。

"胖子，真是谢谢你了。你让我怎么谢你呢。"班长矛盾着，因为她不想欠胖子太多，而自己又无能为力。

胖子说："班长怎么能倒，班长是我们班的旗帜。现在我们要把你治好，到时候才能让你管我们。不然我们班还不乱套了。"

瘦子插话说："胖子说得对。班长，你好好养病。下次不要喝变质的稀饭了。下次我给你带饭！"

"瘦子，谢谢你，我不能吃你的饭。"知秋说。

"班长是不愿意吃你的饭，俗话说吃人嘴软，吃了你瘦子的饭，以后你调皮捣蛋，班长还怎么管你？对不对，班长？"胖子开玩笑说。

知秋嘴角微微露出笑意："呵呵。"

"我不会要你们带饭的。我再穷，也要喝自己家的粥，只有这样，才能时时激励自己。你们的好心我知秋心领了。"知秋感动地拒绝大家。

这时另外一个女生走了进来，说："刚才校长知道你的情况后，托学生送来了一个新饭盒，密封性很好的，不容易馊。知秋，以后你就用这个吧。"

"校长送的？校长也知道了？"知秋有些惊异。

"是啊，校长刚让人送过来的。他知道你食物中毒了，特别关心你。帮不到你什么忙，只能用自己的钱买了一个饭盒送给你。你就收下吧。"女生说。

知秋拿着这饭盒，眼泪哗啦啦地落了下来。她感受到了人世间的温暖，虽然自己很贫寒，但是周围却像一盆盆冬天的炭火一样，给自己送来光和热，送来希望。

知秋对胖子说："胖子，你出的医药费，我以后一定要还给你。"

"不用了。哪有还医药费的？难道你希望我生病？医药费出了就是出了，我们广南省是不兴还医药费的。"胖子说。

"那好吧。那以后你有不会的题目，我教你。"知秋只能这样回报胖子。

"好，我仿佛看到了我评上三好学生的样子。哈哈。这里先谢谢班长。"胖子作了个揖，努力说笑话调节气氛。大家看着胖子的样子，忍俊不禁，知秋也终于露出了笑意。

除了一个女生留下来陪着知秋以外，胖子和瘦子回到了学校，并让班里和知秋住得比较近的学生带信给林根生，就说知秋要在乡里一个女生家住一晚上，帮助这个女生补课。林根生虽然将信将疑，但还是相信了这个邻居女生的话。住就住一晚吧，反正第二天会回来，他们不会骗自己。

这谎言是胖子让这个女生说的。大家都觉得胖子人胖，心倒细，他是担心林根生听到知秋住院，再赶夜路到乡里，万一再出点什么事，那就麻烦了。

第二天，林知秋到了晚上才拔去了针管，谢过了医生。她问医生两天一共花了多少钱，医生看着她陈旧的衣着说："你那个胖子同学给你出了，你就别管了。"林知秋说："你要告诉我，以后我要还给他的。"

"没多少钱，你就安心回去上学吧。那胖子一看成绩就一般，你帮他补补课，就弥补了。回去吧。"医生说。

林知秋拿着那只自己从没见过的好饭盒，径直往学校走去。这时大家正准备放学，见班长回来，心里都高兴起来。胖子说："欢迎班长，欢迎班长归队！"

大家都围拢起来嘘寒问暖，看到林知秋的饭盒之后，心里都踏实了，说："以后食物不会变质了。"

很快，这个精美的饭盒陪伴着林知秋，度过了充满回忆的初中三年，经过中考，林知秋已经要成为一个高中生了。

可是，摆在自己眼前的问题又来了。学费对于林知秋来说，就是个天文数字，父亲年纪大了，左手中风，已经做不成草篓子了，家里没有了任何收入。而对于上学来说，就需要家里源源不断地支持。林知秋在初中毕业的暑假里，甚至想到了不去上高中，在等待高中录取通知书的时间里，她帮着父亲在田里忙活着，简直就是一个成年劳动力。

邻居大伯在田里看到了，就说："知秋啊，你不打算读书，准备回来种地了吗？"

"大伯，读书需要很多钱，我正想着回来帮父亲呢，不去读高中了。"林知秋说。

"你成绩那么好，大伯要是有钱，就拿给你读书去。"邻居大伯说。

"谢谢大伯了。我想通了，以后长大了有机会，还是可以读书的。"林知秋说。

"就怕被农活耽误了，春耕秋收，一年忙到头，年年如此，只要做了一个农活，哪还有时间去读书啊。"老伯为知秋叹气地说。

日复一日，这天林知秋还是在自己家的梯田里忙活。没想到邮递员在一个邻居小孩的带领下，送信来了，说："你叫林知秋？"

"是的，邮递员叔叔。"知秋放下锄头，抬起头回答说。

"你的信。"邮递员说。

"谁写给我的呢？"林知秋说。

"是县一中的录取通知书。恭喜你啊，林同学，你被录取了。"邮递员说着转身就骑车要走。

"邮递员叔叔，这信能否退回去？我不想读高中了。"林知秋说。

"寄到了收信人手里的信件，哪还有退回去的。你为啥不读高中？县里那么多人，想读一中还读不到呢。"邮递员说。

林知秋红着脸说："因为，因为……"

"我知道了，是不是没钱读书？不要紧，现在党和国家政策好了，只要你成绩好，能考上高中大学，国家就资助你到高中大学。姑娘，你快拿着通知书去找找教育部门，这学可不能不上，多好的机会啊。好了，我送信去了。希望你有个好的前程。"邮递员蹬着自行车，在崎岖的山路上驰远，还不忘竖起大拇指，鼓励林知秋。

在田里做活的邻居们都放下手头的事，围拢过来，纷纷要看看县一中的录取通知书是什么样的，他们大半辈子了，从没见过印得这么漂亮的录取通知书。通知书后还盖了县一中的印章。他们议论说："是真的，有大红印章。开头那些文字说的是啥？"

"说的是，我以乡里第一名被县一中录取了。"林知秋怪不好意思地说。

"知秋，你可一定要去读书啊。不然在家里种地，就和我们一样了。等念书有出息了，你还可以帮我们致富。一定要读书啊。千万别放弃啊。"一妇女说。

"可是我家的情况，你们也知道的，现在我爸爸做不了草篓子了，我们没有了收入，勉强靠种地能够吃饱，哪还有钱上高中啊。"林知秋低下头，心里是五味杂陈。

"找你们小学的张校长，让他帮帮你，他一定认识县里的领导的。"邻居大伯说。

"对，找张校长去。"邻居们纷纷鼓励。

林知秋觉得不想麻烦张校长了，现在已经是薄暮时分，就收了锄头带着沉甸甸的通知书回家去了。

张校长是个老党员，是个村里人尽皆知的好老师，是个心善人好的好人。他每天骑车放学路过林知秋他们村，村里的事，他也多半能知晓。这天去小学粉刷墙壁之后，他骑车从那大伯家路过，大伯正和老婆交谈："咱们孩子要能像知秋那么聪明就好了，现在考上了高中，却不去上了，真是为知秋可惜啊。"

"一分钱难倒英雄汉啊。"老婆说。

张校长听到后立马从自行车上跨下来，停在他们家门口，问："张大哥，你刚才说的是林知秋考上高中了？"

"是啊。她还是咱们乡第一名呢。可是她说不去读了。"大伯说。

"为什么啊。这么好的成绩，不去读了？"张校长有些痛心。

"家里确实没钱啊，要不然这真是个好机会。我们孩子就是没这个出息，要是也能考上高中，我们砸锅卖铁也要让他上。"大伯说。

"谢谢你张大哥，我去问问知秋看。"张校长说着就跨上自行车，飞快地往林知秋家骑去。

林知秋正在家里做玉米粥喝，张校长一下子就闯了进来，来到水蒸气弥漫的厨房，林知秋在灶下烧火，一看张校长来了，立马站起来，抹了抹脸上的汗，惊讶地说："张校长，您怎么来了？"

"知秋，恭喜你啊，听说你被县一中录取了。县一中可是咱们县最好的高中，你能考上，是我们小学的骄傲啊。"张校长欣慰而又凝重地说，"但听说你不想去读高中了？"

"是的，张校长，我不想去读了。"林知秋看来已经深思熟虑了。

"因为学费的问题？"张校长说。

"校长，是的。"林知秋低下了头，从她的神情里张校长其实看出了她的不舍和不得已。

"我帮你想办法！这个高中一定要读！你的前途一片光明，学费难不倒我们。"张校长说着，拿过桌上的通知书一看，"还是我们乡里的第一名，怎么可以不读书。找乡长，找教育局局长，也要让你读书。明天我就去找局长。"

"这……"林知秋没想到张校长如此激动。

"你这通知书先给我保管，明天我们一起到县里去，我们找教育局局长。学费的问题，一定能解决。"张校长说着就要离开。

林知秋和父亲要留张校长吃晚饭，张校长说回家吃，明天一早七点就来接知秋。

知秋心里激动不已，她从热心的张校长身上，又看到了读书的希望，像当年做小学生一样，她感受到了幸福。

第二天，张校长按时到了知秋家，知秋坐着张校长的自行车，穿过山路，来到乡里，张校长把车锁在了汽车站的铁栅栏上，就买了两张去县里的票，和知秋上了车。

这是林知秋第一次坐上汽车，在此之前，她只听说过汽车，在乡里初中读书的时候偶尔也能见到汽车，但是坐上汽车，还是第一回，她激动又兴奋，那汽车颠簸的感觉，实在是美妙极了。她觉得这和坐在自行车上赶路完全不同，自行车颠簸得屁股疼，而汽车坐着，山路再颠簸，也是软软的，柔和的。知秋知道，汽车的感觉，也许就是县里的感觉，就是城里的感觉。

山路实在遥远，从这山看那边的山，似乎是很近的距离，可绕弯才能过去的汽车，要在盘旋的山路上开很久很久，所以从乡里到县里这段二十公里的路程，足足开了一个半小时。这一个半小时，是林知秋最幸福的时间，也是心里最忐忑的时间。幸福是坐上了汽车，忐忑是不知道教育局局长会不会理会自己，毕竟自己只是一个再普通不过的学生而已。

到了县车站，出站后，张校长知道知秋没有吃早饭，就买了一个包子给她。知秋拿着这包子舍不得吃，掰开一半给张校长。张校长说："我在家吃过蛋炒饭了，你吃吧。"其实省吃俭用的张校长从没有吃早饭的习惯，他故意说得形象些——蛋炒饭，好让林知秋放心。

林知秋拿着包子，边走边吃着，走了两公里，终于到了县教育局。门卫一看这不是下面乡里的小学张校长嘛。连门卫都知道，这个张校长是局里年年表扬的典型，是留守在偏远乡村最坚定的老党员老校长。门卫亲自出来拉开铁栅栏说："张校长，您怎么有空来局里啊？"

"你好啊，老杨。来找马局长有点事。"张校长说。

"好咯，巧得很，马局长今天正好在，平时他都在外面，快，有事你们进去吧。"门卫说。

张校长带着林知秋走到了马局长的办公室前，敲响了门，那敲门声让林知秋紧张忐忑不已。

"请进！"马局长的声音很洪亮，一听就是个爽快人。

"马局长。"张校长打招呼说。

"啊，这不是老张吗？今天怎么有空来局里。快坐快坐。"局长客气地起身。

张校长谦虚地站着，林知秋更不敢坐了，半躲在张校长身后。

"马局长，今天来，我有一件事要向您汇报。"张校长说。

"坐，快坐下说。"马局长的秘书出来给张校长和林知秋分别倒了一杯水。

"是这样的，这是我小学时教过的学生，现在已经初中毕业了，今年中考，她以全乡第一名的成绩，被县一中录取了。这是通知书。但是她家庭没有收入，父亲左手中风，母亲又离开很多年了。现在遇到的问题是，没钱读书了。她成绩这么好，我想，作为她的小学校长，看着她长大的，不能功亏一篑，让她的学业荒废了。"张校长说。

"帮，一定要帮！"马局长爽快极了。

林知秋也没料到马局长会这么一口就答应了。

马局长接着说："现在政府有这个政策，对于特困家庭，可以申请补助，我马上打电话给一中校长，让他办这事。具体补助款的发放，我们教育局会把申请报告统一交给县财政局。"

"那太好了，那太好了。知秋，你快谢谢马局长。"张校长激动地说。

"谢谢马局长。"林知秋很害羞而激动地说。

"不用谢我。应该感谢的是党的政策好，张校长啊，现在咱们县，有很多小朋友的情况像她。叫什么？林知秋，是吧？很多小朋友也是读不起书，只要他们肯读能读，我们教育部门就不会不问不管，党和政府更是出台了补助资助政策，不会让任何一个读书好苗子掉队。知秋啊，你是你们乡里的第一名，希望你到了高中后保持这种勤奋好学的劲头，争取考县里的第一名，将来到北京上海去读大学！这样就是咱们县里的光荣啦！"马局长情绪激扬地说。

"嗯，我一定好好努力，不辜负国家对我的帮助。"林知秋说。

马局长拿起电话，打到了县一中高中校长的办公室，高中李校长正好在，马局长照着林知秋的录取通知书上的信息，读给了李校长听，让李校长马上打资助申请，并让李校长立即关注林知秋此人，不能在开学的时候让她没书可读，一定要让她读上高中。李校长连连答应，承诺绝不让林知秋掉队。

马局长还想留张校长在食堂吃个便饭，张校长和林知秋不好意思，就匆匆作别了局长。出院门时，门卫问张校长："事情谈妥了？"

"谈好了。马局长是个爽快人。"张校长说。

"嗯。不爽快，还真做不到局长。"门卫祝贺老张和林知秋。

很快，一个平静而辛劳的暑假，就这样过去了。林知秋靠着地里收成的菠萝，卖了一些钱。这些沉甸甸充满汗水的钱，是林知秋劳动换来的，在国家的生活补助金发放之前，至少买学习用品、坐车去县城、买双干净的跑鞋的钱是有了。林知秋把这些零散的钱，放在一个自己缝制的布袋里，然后放到枕头下，每一个晚上，她都睡得特别香。

开学了，林知秋告别了父亲，并留下了一部分钱给父亲，自己还是没舍得去乡里买一新跑鞋，只是把旧布鞋擦了下，穿着到了乡里。她本来想像张校长一样去车站买张汽车票的，但是临到要买时，自己又舍不得了，她觉得这张汽车票的钱，要卖好多地里的菜才能换来，而且要是去书店买书，可以买几本书看，自己真舍不得。于是她看了看远方的紫绕着云雾的山路，她决定走到县里，这样就可以省下这笔车票钱。

山路弯弯曲曲十八道，上坡又连着下坡，下坡又连着上坡，这二十公里的路，林知秋从早上一直走到了晚上八点，终于才走到县城里。这时她发现自己的布鞋已经走烂掉了。

李校长特意关注着林知秋这个人，今天第一天报名，还以为林知秋不来了呢。晚上的时候，班主任告诉李校长，林知秋才到学校，是一路走来的。

李校长得知后，对班主任说："这个孩子不简单，要好好照顾好她的学习和生活。"

班主任把林知秋领到了宿舍楼，帮着把林知秋简单的行李放进了橱里，让她今天不要上晚自习了，一会儿新同学都会陆续回来，"知秋，你走了一天的山路，累了，就早点睡吧。明天开始正式上课。"

林知秋确实很想睡觉，但是自己的布鞋跑烂了，不能不缝啊，林知秋就拿出了一根生锈了还在用的针，穿上了线，缝合着自己的布鞋，不一会儿工夫，布鞋又可以穿了。班主任在宿舍窗外看着这一切，心里既敬佩又怜悯，直叹真是穷人的孩子早当家啊。

等互不相识的新同学回来后，发现林知秋已经早早睡去。她们也放轻了动作和脚步，生怕惊扰了睡梦里的知秋。

第二天一早，她们就问早早醒来的林知秋，叫什么名字，哪里人，考了多少分。林知秋一一作答。当说出中考分数时，宿舍里的五个同学惊呆了，这个乡下姑娘的分数比自己高了一大截。原来一打听，林知秋是这届中考的全县第三名。宿舍里的同学都说要好好向林知秋学习，林知秋说："现在高中的课程还没开始，我们站在一样的起跑线上。过去的分数说明不了什么。我们一起努力吧。"

在马局长的关心和李校长的关切下，林知秋的助学金很快就发放下来了，林知秋拿到这些钱时，眼泪真的流了出来。她知道雪中送炭的成语，而今天，这沉甸甸的助学金，真的就是党和政府雪中送炭来的啊。她拿着这些钱，心里暗暗发誓，自己一定要以优异的成绩来回报党，回报国家，回报政府的关爱。回报，就是她学习的力量。回报，就是她奋斗的目标。

虽然有了比较充裕的助学金，但林知秋还是买最便宜的饭菜，通常是一包咸菜，然后中午一个馒头，晚上一个馒头。很多县里的同学，家境较好，吃的是鱼肉鸡汤和米饭米线，他们会发现远远的在食堂角落里，坐着的林知秋，总是很快地就着咸菜或者榨菜，吃完手中的馒头，喝完一碗免费的汤，匆匆又回到高一一班的教室，做起了功课。

宿舍里的同学见林知秋这么节约，晚上睡觉时就问她："知秋，你每天每顿都吃馒头和榨菜，你不饿吗？饿了怎么有力气做题目听课啊。你怎么咽得下的？"

"习惯了。我觉得还好，不妨碍学习。"林知秋说。她们不知道，其实馒头就榨菜，对于一直用稀饭就自制咸菜的初中小学生活来说，已经改善了很多很多。总之，在这些室友的眼里，林知秋就是一个吃的是草挤的是奶的学习超人，用馒头和榨菜，硬是造就了一个品学兼优、班级第一的学霸。她们真的很佩服林知秋，怎么会有这份毅力。不说别的，就说体育课，吃馒头榨菜的林知秋，跑起一千米来，甚至跑过了那些大鱼大肉惯了的城里同学。这是奇迹。室友问她何以做到的。林知秋说："跑步和吃什么没有关系，只要靠毅力坚持下去就可以了。"

室友从林知秋的身上，看到了毅力的作用、精神的作用。同学们在学习中国现当代史的时候，从那些不怕酷寒不怕牺牲的抗美援朝战士的身上，似乎也看到了林知秋那样的坚持和毅力。条件艰苦不要紧，要紧的是自己的精神不能败。条件只是外在，而控制自己精神力量的只有自己，谁也无法打败自己，除了自己。自己认输，那就会满盘皆输；自己坚持，一定道路光明。所以贫困并不能改变林知秋的阳光性格，体育课上，林知秋总是欢笑最多的一个，劳动课上，她总是最大汗淋漓的一个。

由于学习总是年级前三，体育也总是学校前五名，同学给她起了一个外号："林超人"。

大家都喜欢和林超人一起学习，做同学，其他班级的班主任也常用高一一班的林知秋作为榜样，教育那些吊儿郎当的男生，让他们珍惜自己的大好年华。

这天林知秋在上晚自习的时候发现自己的宿舍的灯好像没有关，再看了看宿舍室友都在班里上自习了。于是她决定花五分钟回宿舍把灯关了，回来继续上自习课。

宿舍的旁边有一条河，这条河离教学楼有些远，每次回宿舍，都要跨过一座桥。她回到宿舍关了灯，正要带上门时，听到楼下的河里有呼救的声音："救命啊，救命啊！"

林知秋发觉出事了，赶紧从宿舍楼二楼冲下来，冲到河边，发现是学校小卖部人家的孩子掉河里了。林知秋不由分说，赶紧跳下河，把这个还在上一年级的小孩给救了上来。

这时小店老板才意识到自己孩子不见了，循着哭声，才找到这里，发现林知秋已经把孩子救了上来。林知秋筋疲力尽，自己已经被十二月份的河水冻得瑟瑟发抖，几乎爬不上来了。小店老板赶紧叫上自己的老公，她丈夫用了很大的力才把林知秋拽上了岸。林知秋浑身湿淋淋地趴在地上，这时李校长和教导主任们闻声赶来，发现是熟悉的林知秋，再问了小店老板，才知道林知秋救了这个孩子。小店老板哭着说："多亏了这个女同学啊，我只是去小便了一下，出来就发现孩子不见了，要是没有这个女同学跳进这么冷的水里救孩子，真不堪设想啊。呜呜。谢谢你啊，同学！"

"快，葛主任，扶林同学回宿舍换衣服去。"李校长命令教导主任让还在咳嗽的林知秋回宿舍。李校长也扶着，夸道："林知秋，我认得你，你是好样的。明天我要全校通报表扬！"

林知秋咳嗽地说："不用表扬了，校长，这是我应该做的。小时候学过一点游泳，那个小朋友没事就好。"

林知秋换了衣服之后，发现自己鼻涕流不停，喷嚏也打不停，自己受凉，当晚就发烧了。第二天做操的时候，李校长把昨天晚自习林知秋救小店老板孩子的好人好事通告给了全校同学，同学们都报以雷鸣般的掌声。只是林知秋摇摇晃晃，有些要倒地的趋势，这时旁边一个男生一把扶住林知秋。班主任上来一摸林知秋的头，发现烫得灼手，她知道，林知秋是发烧了，而且是高烧。

小店老板听说林知秋受凉发烧了，赶忙开来了摩托车，要把林知秋带到医院。但是林知秋不想去医院，说到校医务室打个针就可以了。林知秋以学习任务重为由，说挂水太浪费时间了——其实她一是怕浪费时间，二是怕浪费了钱。打完针，回到了教室里，继续上课。虽然还有低烧，但她坚持了。这天，她破例给自己打了一碗鸡汤，她知道，这一碗鸡汤能抵到好些药钱，只要能量补充上了，就有力道和感冒病毒对抗了。只要不挂水了，就能省钱。虽然小店老板愿意出钱，但林知秋也不愿欠他人人情。最关键的是，学习不能耽误了。

鸡汤果然有用，第二天林知秋又恢复了往日的学习劲。小店老板承诺以后林知秋需要什么，尽管到店里拿，不要钱，林知秋微笑着离开了。从她的微笑里，店老板读出了林知秋是不会随便受人恩惠的，哪怕对他人有救人落水之恩。

可是店老板的话被其他班的几个顽皮学生听到了，有一次就跑到小店门口说："老板，林知秋让我们来拿两罐可乐，她上体育课口渴了。"

"一边去，知秋是一班的，你们是八班的，她怎么可能让你们来。"店老板说。

"我们也是一班的。"两人还是舍不得免费可乐。

"你们不走，我可拿扫帚打啦。"老板驱赶着。

两个学生不解，自己的身份怎么被老板知道的。老板在他们走后，嘀咕说："明明每天买完东西进的是八班的男宿舍，还说自己是一班的。真是两个小混账。"

高中三年，平淡而不平凡，它是形成一个人人生观、世界观的时期，一个人的基本性格和三观，通常都是在高中时代形成的。相比之前初中小学时期的林知秋，她现在感觉到了自己的成长，无论是体质，还是知识水平，都有一个质的飞跃。可以这样说，林知秋已经满怀信心地迎接即将真正改变自己命运的高考了。像乡下的秋天时分一样，是地里收成的时候，高考也是自己人生收获的时候，她等这一天等了十多年了。回忆起自己的读书之路，坎坷崎岖历历在目，因有了张校长、初中校长、李校长、马局长等人的关心才走到了今天，不说为自己的前程，就是单为这些校长的殷切期望，自己也不能就这样辜负了。

高考那天，县城闷热不已，知了在树上被酷热逼得狂躁极了。但林知秋的心却平静得很，运筹帷幄像周瑜胸有成竹地指挥赤壁之战一样，每一张卷子，都答得又好又快，正确率非常地高。

很多同学都皱着眉头出了考场，林知秋却一脸的轻松和笑意，她知道自己离目标已经顺利地又近了一步——果然，她高考估分660分，实际考了667分，比估分还高了7分。这个分数，在广南省，能顺理成章地被清华或者北大录取了。

公布分数的时候，一中沸腾了，林知秋以667分的成绩，领先本校的第二名15分之多，是县里两个能冲击北大、清华的学生之一，还有一个是县二中的第一名，也比林知秋差了3分。

林知秋喜欢北大也喜欢清华，一时难以抉择，班主任和校长对她说，要是学文科就选北大，学理科工科就选清华。林知秋觉得自己文科能力还是强于理科，就在志愿表上郑重地填写了北京大学。

第三章　勤做工

　　林知秋的分数，比北大那年的录取分数高出了八分，顺其自然地被北京大学录取了。录取通知书的投递地址，林知秋写的就是县一中的校址，她生怕通知书寄到乡里再寄到村里会遗失。班主任老师是第一个拿到通知书的人，她兴奋地拆开通知书一看，那印着未名湖和博雅塔的通知书，是那么有分量，这是一中的骄傲，也是县里的骄傲。二中那个第一名，考取的是清华大学。北大，这年县里就林知秋一人。

　　林知秋一直住在学校宿舍里，一来等着录取通知书，二来是为学校做点事，比如暑假粉刷墙壁，推着损坏的课桌凳子去校外的木匠那里修理，甚至清理学校河道里的淤泥。每天都累得大汗淋漓，但她还是干劲十足。直到班主任老师奔跑着，拿着录取通知书，来到宿舍，看到林知秋正在啃着她的标配馒头和榨菜。林知秋嘴里咬着一块馒头，她知道班主任出现，一定是录取通知书到了。

　　班主任说："知秋，知秋，恭喜你啊！你太棒了！你被北大录取了。"

"老师，真的吗？"林知秋觉得幸福也来得太突然了，她以为通知书最起码还得一两个星期到，没想到这么快就到了。

"你看，你快看。北京大学。"班主任说。

林知秋接过自己的录取通知书，百感交集，她看到了通知书上的未名湖和博雅塔，她想到了有着天安门的首都北京，想到了自己即将可以看到万里长城八达岭，她的眼睛湿润了。她想起自己从张校长带她在村小学旁听，到上初中，再步行七八个小时到县里上高中，她想到这些年的付出，终于有收获了，终于没有辜负自己的努力。人什么时候是最幸福的，不是拥有金钱物资，而是经过几十年如一日奋斗，自己的理想和目标终于实现的那一刻。

此刻，是美妙的，是幸福的，是让人感动。班主任抱起瘦弱的林知秋，原地旋转，两个人久久不能平静。

小店店主因为要卖东西给留校的一些外地教师，暑假也没关门，听说林知秋上了北京大学，也兴奋不已，特意拉着已经长大三岁的小孩拿着一箱牛奶来宿舍看望林知秋，又是感谢，又是佩服，还告诉孩子说："孩子记住，这个姐姐就是三年前救你的好姐姐，她以全县第一名的成绩，考上了北京大学，要到首都北京去读书了。她救了你的命，你要向她学习，将来像她一样，到北京去念大学。我做妈妈的，就高兴得笑歪嘴咯！"

林知秋摸摸孩子的头，说："会的。只要努力就有收获。"

"孩子，知道不，姐姐说只要努力就有收获。"店老板说。

"嗯。我要向你学习！"孩子用敬佩的眼神看着林知秋，似乎已经懂了。

林知秋没有收那箱牛奶，而是送了几本书给这个孩子，让他以后好好学习。店主感激不已，并要林知秋开学到了北京记着给自己写信，有什么生活问题，她一定帮忙。

林知秋客气地谢过了她。

当天下午，马局长来到了县一中，来到了李校长办公室，因为马局长最关注的就是每年县里的高考高分有几个，第一名是谁。县一中是县里高中的典范，是翘楚，所以马局长首先就来到一中视察，因为按照往年的日期，这几天是清华北大录取通知书寄达的时间。

马局长在李校长办公室问："今年你们第一名据说考了667分？"

"是的，局长，667分，全县第一，就在我们学校。"李校长说。

"这么说北大清华没问题了？"马局长说。

"没问题。只是校第二名和第一名之间，还相差好几分，估计第二名上北大清华有点困难。"李校长说。

"那上复旦南大浙大没问题吧？"马局长说。

"这个应该能上。"李校长说。

"考667分的那位学生叫什么？"马局长说。

"叫林知秋。"李校长说。

"林知秋？怎么那么熟悉？"马局长说。

"局长，您忘记了，三年前，她的助学金，还是在您的督办下批下来的。"李校长说。

马局长一拍大腿，说："想起来了，想起来了。是西北乡的小学张校长推荐的这个学生，当初她就是西北乡的中考第一名。真是不负众望啊！她的通知书到了吗？北大真没问题？"

这时班主任跑进校长办公室汇报说林知秋的北大通知书已经到了。马局长和李校长高兴不已，校长问："知秋据说在校里没回去，帮着做义工呢，她还在学校的话，我去看看她吧。"

"哪能让校长去看她呢，我让她过来，她还在宿舍，准备一会儿就回西北乡呢。"班主任说。

"不用叫她过来了，我和李校长一起去宿舍看望她。"马局长像见老朋友一样兴奋高兴，他也是为自己当初做的善事感到值得，他觉得自己没有看错人，没有培养错人，林知秋这个孩子，太给一中和县里长脸了。

林知秋正背着一个大包袱要出宿舍门，正打开门时，马局长、李校长和班主任已经来到门口。林知秋一下子愣在了原地："马局长！李校长！你们怎么来了！"林知秋说完，一下子流出泪来。

马局长也激动不已："好孩子，没怎么变，还是那么朴实纯真！三年前，你在我办公室，我第一次见到你的时候，就觉得你一定能出成绩！现在果然如我所预想的，你考上北大了！来，通知书给我和李校长看看，让我们也为你高兴高兴！"

林知秋手下包袱被子，赶快从怀里拿出通知书，给马局长看。马局长看了又看，爱不释手，仿佛是他自己的孩子考上北大一样。马局长摸着林知秋的头说："孩子，你给我们县里长脸了。孩子，你要记住，无论你将来走到哪里，无论你将来从事什么工作，你都是咱们县的水土养大的孩子，你不能忘掉我们县的父老乡亲啊。"

　　说到这里，林知秋流下了眼泪，她知道，自己的助学金，就是县里的财政给的，而县财政自然就是来自于父老乡亲。林知秋这一瞬，仿佛看到了那西北乡无数乡亲们在劳作时的样子，还有当初邻居在田间地头的嘱托，将来自己不能忘记了他们。林知秋立即答应马局长说："局长，您放心，无论将来我走到哪里，我都会想着家乡，如果可以，我一定会回到家乡来工作。"

　　"好啊，好啊。欸，欸，不一定要回家乡工作，不一定要回乡工作。人往高处走，水往低处流，只要你以后心里时时想着家乡就可以了。你在外面做大事，家乡也跟着沾光，只要心里不忘掉我们的父老乡亲就好。"马局长拍着林知秋的肩头说，仿佛在交代一项重任。

　　李校长要做东，拿自己工资请马局长和林知秋吃饭，林知秋婉言谢绝了，因为她不想再让校长破费，就说自己已经买了车票，马上就要开车了，要回西北乡了。

　　马局长也说局里还有事，见过林知秋后，就匆匆回局里了。校长在楼上先看到了局长的汽车远去，又看到了从校门口出来一辆极其破旧的自行车，校长赶紧揉了揉自己的眼睛，擦了擦自己的眼镜，再仔细看去，远处骑车的正是林知秋。

　　"林知秋不是去坐汽车吗？怎么骑自行车？难道她要骑车赶二十公里山路回乡？"校长心里又是担忧又是敬佩。

　　林知秋的自行车，是自己在高一时花五元钱从废品站买来的，这三年里，只要是回去看父亲，她都是骑着自行车的，周五下课来不及了，就周六早上出发，下午到家，然后第二天早上出发，下午到校。当然，要是双休才行，有的周末只能放一天的话，就不能回去。而事实上，这三年里，林知秋回去的次数屈指可数，虽然她也很想念自己的父亲。

林知秋在这旧车上努力地蹬着，任他山高路远，任他颠簸坎坷。林知秋带着几个包子，这是她难得一次买肉包子吃，包子放在书包里，在山路上饿了，就拿出来吃一个。三个包子，就是自行车的"汽油"，她的力量一小半来自于这"汽油"，一大半来自于自己的意志耐力。而最后一个包子，她要留给父亲。

到家的时候，已经是晚上8点了。拿钥匙打开久违的家门，听见父亲的鼾声，他已经早早睡去，炉子里的火星还未熄灭，星星之火，给人家的温暖。林知秋揭开锅盖一看，锅里空空如也，也不知道父亲吃的是什么。

林知秋实在太累了，不打算洗漱，想马上睡觉去了。父亲听见动静，就喊："知秋，是你回来了吗？考得怎么样？"

"爸爸，是我，我回来了，你吃过晚饭了吧，这里还有一个包子。"知秋说。

"好，我问你考得怎么样？"父亲最关心这个。

"爸爸，我考上北大了。"林知秋说。

"北大是哪里的大学？"林根生没读过书。

"北京大学，在首都。"林知秋兴奋地说。

"噢。"很快，气氛陷入了沉默，林根生淡淡地说，"那，你快睡吧。"

林根生此时已经全无睡意，因为他知道，孩子要去首都读书，那就需要一大笔钱，自己没有了赚钱的能力，怎么能够供得起林知秋呢。他当然知道林知秋这一路走来是国家资助的，但他还是担心，寸土寸金的北京，是否还有女儿嘴里说过的马局长、李校长和小学张校长这样的人帮助她呢？据说大学的学费和初中高中的不可同日而语，这以后该怎么办呢？

林知秋本以为父亲会特别激动，但是父亲却出奇地平静。她懂父亲所想的，她也放慢了动作，陷入了沉思，拖着疲惫的身体，来到了久违而简陋的木板床上，睡着了。睡梦里，她梦到了自己的母亲，母亲张开双臂拥抱自己，母亲热泪盈眶，为自己的成绩感到骄傲，母亲还让她多注意身体。她又梦到了小学时候的日子，梦到了小胖瘦子他们，一起在星期天去挖地瓜烤地瓜吃。梦到了自己总是坐在张校长的自行车上，是张校长这些热心人一步步推着自己走向了大学，她看到张校长的车很旧很旧了，已经坐不动人，她在梦里发誓将来自己赚钱了一定要给张校长买一辆。

等梦醒来，张校长真的来看望林知秋了。张校长每天都来林家，今天算是给张校长撞到了。林知秋兴奋地招待着头发花白的张校长，张校长拿着沉甸甸的录取通知书，兴奋得像个小孩子。他说："我这么大把年纪了，第一次见到北京大学的录取通知书啊。我真是开眼界了，北大啊。都说贫苦的孩子考不过城里人，我就不信，知秋你就是好例子。贫苦怎么了，西北乡是贫苦，但是出了一个北大学生！真是值得庆贺啊！"

"张校长，谢谢您一直以来对我的关心，没有您，我可能小学都上不了，更谈不上上初中高中了。高中的时候，您又帮我和马局长申请了助学金，您的恩情，我真的难以报答啊。"林知秋说。

　　"这通知书就是报答。我能看到这北大通知书，金光闪闪的北大通知书，就是对我这个村小学校长最大的报答。"张校长也热泪盈眶了。

　　林知秋打算请张校长在家吃饭，但是家里没有荤菜，只有一些腌黄瓜、土豆之类的蔬菜，林知秋也就不敢硬留校长。校长离开时，很多邻居大伯和阿姨，还有他们的儿子孙子孙女们都围到了林知秋家，来看这个大学生了。

　　大伯们都在议论："什么大学，什么大学？"

　　"北大，北大，好像是北大。"

　　"北大是哪里的大学。"

　　"我听说咱们省里有个叫北海的，是不是北海大学？"

　　"是北京大学。首都北京，中国最好的大学。"一个读过书、比林知秋稍微大一些的男劳力说。

　　"知秋，你真是我们村历史上最厉害的女秀才啊！你一定有大出息的，你都考上中国最好的大学，要去北京了。"当年和她一起种地的邻居大伯说。

　　"女秀才啊女秀才，女秀才啊女秀才！"孩子们拉着手，跳着舞，为林知秋高兴，好像自己也上了大学一样。

　　通知书在大伯手里拿着，大家围拢去看，真是精美至极，一个叫网根的青年说："印得真好，像钱一样印得好。图案那么清晰。"

"网根，你这就说对了。这通知书就是钱，以后我们知秋就能赚大钱了。知秋，你还记得在田头说的话吗？读书有出息了，不能忘记了我们乡里乡亲啊！"大伯说。

"我不会忘记！一定不会忘记！"林知秋热泪盈眶，忍不住抹着眼泪。

接下来的日子，就陷入了平静，大家恢复了正常的劳作。林知秋也帮着父亲种地，但林知秋觉得这两个月的暑假，地里也产不出什么钱来，就决定去乡里的小菜馆打工。她每天早出晚归，在小菜馆里洗碗刷盘子，老板答应一天有十块钱的收入，两个月除去军训那些天，也能有个五百多元收入。这对于自己来说，已经是不小的收入了。

林知秋每天早早起床，骑着她的破自行车，往西北乡赶去，到了小饭馆，正好是早上八点，她随着老板去菜场采购蔬菜和猪肉牛肉，然后回到菜馆帮着老板挑菜洗菜。中午食客一多，林知秋就忙着端菜和撤盘子，食客一走，她就把好几百只盘子洗完。

这天一个老板带着他城里读高二的孩子来吃饭，吃饭时老子训儿子："你怎么考了个全班倒数第二，前几次不还是倒数第六吗？"

"卷子变难了。"孩子说。

"变难了，人家的名次怎么没退步，就你退步啊。"家长说。

孩子不说话，低头沉默着。

"我告诉你，老子虽然是小老板，但钱也不是太多。以后的路还要你自己走，你说，你考不上大学，做什么？还像我一样卖瓜子吗？告诉你！"家长指着端菜来的林知秋，又对儿子说，"以后你要是考不上大学，也只能像这个女生一样端盘子，做服务员。"

林知秋并没有生气，而是微微笑着，说："大叔，您的菜来了。"

等林知秋走后，老板对儿子说："你看，做服务员多可怜，我说了她，她还得赔笑！你以后难道也想做端盘子的？不好好读书？争取下学期你考到倒数第十，这样才有希望上个专科。"老子说。

林知秋又端着第二个菜来了。

这时那孩子看着林知秋不放，老子说："怎么，你看上这个服务员了？吃你的饭！"

"爸爸，我看她像一个人。"儿子说。

"她本来就是个人，只是一个服务员。"老子咬着猪耳朵说。

"她像我们学校高三的林知秋，我们学校成绩最好的女生。"儿子说。

"扯吧，你就扯吧。你们学校最好的女生，到这里端盘子做服务员？那我说我是广南省的首富呢。"老子不服气地说。

"没错，这位老板啊。看您也不常来，刚才给你们端盘子的，确实是县一中的高才生，今年考上了北京大学呢，还是县里的第一名。"菜馆老板得意地介绍说。

这时瓜子店老板顿时咽下了猪尾巴，咳嗽不止，没想到自己数落的服务生竟然是中国最高学府的学生，真是有眼不识泰山。儿子在一旁笑着，老子生气地训斥儿子："你还笑，你还笑。老子都是因为你。你还不向这个服务生，不，向北大学生请教请教如何学习。"

林知秋耐心地走过去说："这个弟弟刚进来时，我就觉得眼熟，在学校好像见过。"

老子说："看，人家记性多好。"

"你是我们学校的名人，我也记得你。"儿子说。

林知秋把学习的一些方法，包括如何做笔记，如何做作业，如何预习复习，作息时间如何调整，特别是英语单词如何背，数学题目如何解，如何准备错题本，如何在考试时保持良好心态都告诉了这个顾客。

瓜子店老板带儿子走出饭店的时候，说："这次饭吃得真值，我估计你下次能考倒数第十五了。"

这下饭店里，坐在旁边的食客都听在耳朵里，原来天天给自己端菜的女生竟然是北大学生，县高考状元。这样一来，饭店的生意就大好了，一传十，十传百，西北乡里希望儿子女儿读书上大学的父母，都带着孩子来吃饭了。饭店老板可乐坏了，生意是平时的三倍，这小饭馆明显感到了食客人流的压力。

这些食客纷纷慕名而来，一边吃饭，一边请教林知秋学习的事，饭店老板鉴于自己的生意大好，收入成倍增加，就主动给林知秋增加一倍工资，一天二十元。老板很有生意经，想让林知秋专职给来求教学习的父母子女讲解，不用端盘子。但林知秋觉得自己拿钱要付出一份劳动才可以，不能什么也不做。老板就尽量自己端菜，林知秋被拉到这张桌子前，被要求帮助他们的孩子如何对症下药，提高成绩。更有甚者，是别的菜馆的老板，看到这家菜馆生意大好，来挖林知秋，说自己菜馆每天给五十，只要林知秋肯去端盘子——不，坐堂。端盘子这个字眼已经不合适用在县高考状元身上了。

林知秋很有职业道德，既然第一家菜馆当初收留了自己，就是别人出再高的价格，自己也不能毁约了，虽然这约只是口头之约。

一个暑假过去，知秋赚了有一千二百多元。她不能再打工下去了，北大要求提前一些日子，去学校军训，她就和菜馆老板告别了。老板知道，天下没有不散的筵席，林知秋离开自己的饭馆，生意就要恢复到正常状态了，心里十分不舍，但也无可奈何。最后还要多给林知秋一百元钱，林知秋婉言谢绝了。

之后，这个菜馆干脆改名叫"状元酒馆"。顾客还是慕名而来，沾沾喜气，特别是那些要中考高考的孩子，都会被父母带过来吃顿饭，沾沾县状元的喜气，顺便问老板，林知秋当初说过最有效的学习方法是什么。

林知秋决定要动身了。当她把这个消息告诉父亲时，父亲有些不舍，正好被隔壁的几个偷听的小孩听到，传了出去。村里的大人们都在议论，说："知秋要动身去北京读书了。"

不一会儿，村里的邻居都围到了林家门前，林知秋听到外面大家的声音，出来看，瞬间泪流满面。乡亲们拿着自己家的腊肉、鸡蛋、鸭蛋，还有鱼干、玉米等等站在门口，说是要送给林知秋，让她带到北京去吃。老伯说："北京菜贵，这些菜，都是我们乡亲的心意，你就带上吧。到了北京，都是陌生人，就要你自己照顾自己了。只是要多写信回来，不能忘了我们啊。"

"不能忘了我们啊。"一些妇女也说。

"不会的，不会的。这些我不能要，我不能要。"林知秋推辞着，这时老伯和乡亲们更用力地把腊肉、鸡蛋推给林知秋，林知秋知道自己不能拒绝了，泣不成声，她看到了这些父老乡亲善良的眼神，看到了他们内心的朴实。就在这一刻，她觉得只要自己有报答父老乡亲的机会，就不能忘掉他们。眼前这些拿着篮子，提着绳子的父老乡亲，就是自己的根，永远不能忘记的根啊！

林知秋含着眼泪，收下了这些朴实的礼物。

收下礼物，这些乡亲们才散去，林知秋第二天就要出发了，晚上，吩咐父亲，一定要把这些礼物还给父老乡亲，他们比自己更需要那些食物。林知秋还拿出在餐馆打工赚来的钱，对半分了，拿给父亲，说自己不在父亲身边，留着钱，不说买什么吃，就是万一生起病来，也可以托外人帮着买些药。

林根生泪流满面，他恨自己的手为什么要中风，恨自己作为一个庄稼人怎么就没了劳力。他当然也为自己的女儿感到骄傲，自己的女儿真的长大了。他当然知道，别的有钱人家的孩子，就是用钱去供着他们读书，他们都未必能考上县一中，未必能考上全国最好的大学。现在女儿还赚钱了，现在正是到北京用钱的时候，女儿还想着自己这不中用的老父亲。林根生拿着钱，终于哭了出来。

林知秋帮着父亲抹去脸上的泪痕，说："爸爸，您别哭，您哭我也要哭了。"

林根生知道女儿上北大是喜事，就不哭了。他拿过钱，拿了一张一百元，就把其他的钱塞回了林知秋自己缝制的小钱包里。

林根生拿出父亲的威严说："我就拿一百，像你说的，万一生病感冒，可以买个药吃。其他钱，你一定要带到北京去。你要是不答应，我这一百也不拿。"

林知秋看着坚定的父亲，知道他是为自己考虑，也只能暂时答应了。临走前，知秋把钱放到了父亲的枕头底下，等自己离开后，父亲一定会发现的。父亲虽说不需要钱，但一人在家，身边有了钱，遇事就不会心慌了。

林知秋从县里坐车到了广南省城，然后买了一张去北京的站票。为了省钱，知秋选择的是站票，在她眼里，只要能到北京，站着和坐着是没有区别的，干习惯了农活的人，即使站个十小时也不觉得特别累。

在北上的火车里，知秋看到了故乡的山水渐渐从身后远去，列车前面的风景都是自己没有见过的，山水也和广南有了区别。她知道，过去的每一秒的时间里，自己和首都北京都近了一步。

车里挤满了人，林知秋已经站了五个小时，倒不是觉得有多累，只是膝盖慢慢有些酸乏了，就拿出一张报纸，在车门前的空车厢的地上坐着，稍作休息。卖饮料、方便面、盒饭的餐车此时从她身旁推过，她多么想买份盒饭，多想尝一尝火车上盒饭的味道，但是她舍不得钱，从别人和售货员的交谈中她听到，一份盒饭要二十元呢，是自己在饭店打工一天的收入。于是她拿出了自己准备好的饭团，就着榨菜，吃了起来。虽然食物平淡无奇，但就着车窗外时时都在变换的美景吃饭，让她觉得嘴里嚼的就是天下第一的美味，心情好，吃什么都是好的，都是幸福的。

北京到了。

当她兴奋地出了北京站之后，她真的感觉到了首都的繁华和大气。不要说自己的西北乡，就是广南省会也没有这番景象，大厦入云，道路宽阔，汽车来往，大家的步伐也不像县城里的人，他们都匆匆忙忙，而又井井有序。这是大都市的气质，这是大都市的景致。她匆忙来到一个公交车台，看一下哪一路车能直达北京大学，随后这路车就到了。

坐在公交车上，她更看清楚了繁华热闹的北京城，这些高楼动了起来，从车身后远去。她多么想马上看到天安门广场，于是问了售票员，热心的售票员说这路车并不经过，要去看天安门的话，得乘几路几路。林知秋从售票员嘴里听到了标准的北京话，这和自己的广南普通话有着极大的区别，林知秋觉得自己一直被家乡人称为学霸，到现在才发觉自己普通话都没学好，都说不标准。

售票员说："听口音您是南方人吧。"

林知秋说："嗯，阿姨，我是广南省的。"

"广南的啊，好地方。你来北京上学吗？什么大学啊？"售票员说。

"北大的。今天来学校报到。"林知秋说。

"好姑娘，你们那儿能考上北大不容易啊。你是你们那的状元吧。"售票员露出钦佩的眼光。

"算不上什么状元，只是考试时发挥得还好。"林知秋说。

"好姑娘，北大是个出成绩的地方。到了礼拜天，想看看天安门、八达岭了，就出来坐我们的公交车，几块钱就能到，还有地铁。"售票员说着就给别人找钱了。

"嗯，谢谢阿姨。"林知秋说。

半小时的工夫，北大到了。北大终于到了，看着北大的校门，林知秋像见到了亲人一样，热泪盈眶。凭着通知书，她带着行李，跨进了校门。她没有直接去法学系报到，而是背着行李，来到了通知书上印着的未名湖边，她看到了初秋的未名湖，是那么平静、碧绿和美丽，这种静美的感觉，多么符合北大的气质。她坐在湖边的石头上，望着这未名湖，心情难以平静，她知道自己已经成为未名湖畔一位幸运的学生了。她抬头，望到了高耸的博雅塔，于是抬起脚步，向博雅塔走去。这是林知秋第一次见到宝塔，巍峨、雄伟，还带有一些神秘，林知秋抬头望着塔顶，直到脖子都酸了，还不舍得转身。

在塔下走了几圈，又在椅子上坐了一会儿，林知秋知道自己要去系里报到了，她拿着通知书，问了几个学生和保安，才找到了北大法学院。

法学院的几位辅导员已经等在那里，他们查看了通知书后，把早已经排好的宿舍和班级告诉了林知秋等人。林知秋也就此认识了自己的辅导员兼班主任刘老师。

刘老师说："林知秋，很好的名字，广南的。一路过来，累了吧。"

"还好，老师，我分在几班呢？什么时候上课？"林知秋说。

"果然是个勤奋的学生，到学校就想着上课了。你忘记了，通知书里告知先要军训呢。"刘老师笑着说。

"刘老师，那什么时候军训呢？"林知秋。

"明天，你先记住宿舍的门牌号，然后把行李放过去。床上有你们的名字，行李放了，晚上集合开个会，明天教官来了就开始军训了。"

林知秋连连点头，签到后，带着行李往宿舍走去。

随着夜色降临，北大的氛围祥和而欢快，到处都是出来散步的新同学，他们嘴角都挂着笑容，赏着校园内的处处美景，其中要数未名湖畔的人最多。很多学生都拿着手机拍着照，传给远方的亲人朋友。林知秋没有手机，她也多么想把眼前的美好拍给父亲、张校长他们看啊，可是突然才发现自己连晚饭都还没吃呢，手机对于自己来说，是多么奢侈的事。

她来到学校的小超市，买了一桶方便面，用超市提供的热水泡了，端着坐在超市门口吃。这方便面原来这么好吃，自己在广南的时候，从没有吃过。

在体育馆里，新生按照班级的座位分配，各自坐到了自己的区域。副校长出来作了军训动员讲话，林知秋看着儒雅的校领导，感觉到了北大教授们的亲和力和渊博的知识。她知道，自己已经深处在知识的海洋里，等军训结束了，上课了，一定要好好学习。

军训的日子，很多学生都觉得苦不堪言，正步抬腿训练，先以三分钟计，慢慢地以六分钟计，十分钟计，最多的时候要一个姿势保持二十分钟，很多城市来的学生哪受过这个苦，都坚持不住了，有的女生竟然哭了起来。唯独林知秋，任凭汗水如雨，也坚持完成教官的每一个动作，并且动作完成得非常完美。

教官是河南人，说："这个女生，中！动作很规范，你们要向她学习。"

林知秋的好表现，自然落在班主任兼辅导员的眼里，她默默地观察着自己班里的学生，发现林知秋是最吃苦耐劳、最投入的一个，觉得这个孩子，似乎可以做个班长。

第二天军训之前，刘老师召集大家，要把学费交了。听到学费的时候，林知秋心里就不能平静了，她手里只有一千多元，而学费是四千多元，相差那么多。自己在北京又不认识张校长这样的人，怎么交得起这个学费呢。

很多同学都交了，在刘老师眼里，积极乐观的林知秋怎么一下子行动缓慢而变得沉默了，凭着自己的自觉，她感觉出林知秋肯定遇到了经济问题。

"知秋，是不是拿不出学费……"刘老师走到低着头的林知秋身边。

林知秋拿出自己缝制的小布袋，取出其中的一千元钱，拿到了刘老师手里，说："刘老师，我只有这打工赚的一千块钱了。学费可能拿不出了。"

"没事。我知道你的情况，广南的孩子，本身能考上北大已经不容易。我们能理解的，你不要为你的学费发愁。北大每年都有很多贫困生，他们都能得到北大助学金的资助。只要考上了北大，北大绝不会让学子失学。等他们学习好了，学期末还能拿奖学金。知秋，你写一张情况介绍，然后填写一下这张北大贫困学子助学金申请表，并让家乡乡镇开个家庭贫困证明，然后北大就会给你下放助学金了。"刘老师微笑着说的话，让林知秋吃了个定心丸。

自我介绍很好写，一个晚上就完成了，表格也填写好了。贫困证明可怎么开呢，自己家里又无电话，即使联系上了父亲，父亲也不太懂这些事。林知秋在宿舍熄灯前决定，自己要去超市打电话给小学张校长，只能再烦张校长帮这个忙了。

林知秋要出去的时候，被室友小王喊住了："知秋，这么晚了，到哪里去啊。"

"我去打个给老家的长途电话。"林知秋说。

"打个电话还要跑那么远。马上要熄灯了。我的手机给你打吧。"小王说。

"这个，可是长途电话……"林知秋说。

"我天天往家里打，我家也是长途，没事。这么晚了，出去了，宿舍门卫关了门，就麻烦了。别客气，拿着打吧。"小王说完把手机递给林知秋。

林知秋谢了又谢，就拿起电话打给了张校长，恩师张校长的手机号，是她永远不会忘记的号码。林知秋是用广南话讲的，宿舍的人只知道林知秋在和电话那头说话，至于说的什么，大家都听不太懂。

第四章　遥资助

张校长一听是知秋打来的，高兴坏了，问这问那，北京是否漂亮，天安门看了没有，不到长城非好汉，一定要代自己去爬一下长城。最后林知秋才把学校的要求告诉了张校长，张校长一口答应，说明天就去乡镇办证明，一定把证明办好，然后用特快专递给知秋递过去。

知秋感动地流了眼泪，张校长说："别哭，孩子，好好学习，将来不忘了家乡就好。你早点睡，要多吃饭，养好身体，身体是学习的基础……"

张校长俨然是个父亲，而林知秋也似乎成了张校长最得意的女儿。

电话还给了小王，知秋看了下，说6分31秒，要不少钱呢，改天我请你吃饭吧。林知秋不想随便欠人人情，没想到小王说："6分钟，要不了多少钱。以后我们是同学兼室友了，就应该互相照顾。"

林知秋在熄了灯后，说："王若晴，很好听的名字。谁给你起的呢？"

"我爸爸。"小王说。

"林知秋，也不差。你的名字是谁起的？"小王说。

"我妈妈。"林知秋想起了母亲。

"你们的名字都很好，不像我的和她的，叫顾小花，叫侯春芳……"宿舍的室友都在议论自己的名字。

小王讲起了自己的家庭，父亲是浙江省社科院的教授，小王出身在高级知识分子家里，虽算不上大富大贵，但也是小康之上，因此手机电脑成了标配。宿舍里，其他学生的家境都不错，有的是开超市的，有的是开饭店的，有的是高中老师，有的是公务员，只有林知秋家里是地地道道的农民，而且是失去劳动力的单亲农民家庭。林知秋心里知道这些都比不过他们，但学习，学习是自己的强项，自己在之后的学期中一定要努力。

很快，室友都睡去了，林知秋却陷入了长长的思绪中。

张校长接完电话之后，就给自己的自行车打了下气，生怕明天早上不好骑出去。第二天，天蒙蒙亮，他就跨上车，往乡政府赶去。到了院子，门卫告诉他，乡长下乡去了，要等。于是张校长就在门外等了三小时。等看到乡长的吉普车开回院子，张校长才进了门，乡长一问情况，立即答应，说："林知秋的名字，县里都知道，特别是我们西北乡，更应该支持她读书啊。她是我们西北乡的骄傲，是西北乡建乡几十年来，第一个考上北京大学的学生。贫困证明，我给出，马上出，马上盖章，不能耽误她在北京的学习。"

张校长没想到乡长这么爽快，连连感谢。乡长说："让她好好学习，西北乡的父老乡亲是不会忘记她的。"

张校长握着乡长的手说："一定转达，一定告诉她。"

出了校门，张校长兴奋不已，骑车也比来时迅速了。他急忙向县邮局疾驰而去，没想到地上有一层黄沙，是运建筑材料的卡车留下的。由于速度快，车轮在黄沙上打滑了，张校长狠狠地摔在了地上，膝盖被蹭出了血，裤子破了两个洞，手掌也流了血，眼镜也碎了。张校长并没有觉得自己多倒霉，站起来，不顾疼痛，第一时间就是查看那份盖了章的贫困证明，不承想，自己手掌上的鲜血，染到了贫困证明上。张校长这下可急了，这证明弄脏了，怎么办？再找乡长办一张？

只能这样了，再办一张，但当张校长回到乡镇府时，门卫告诉他，乡长又出去了，这次是到县里开两天会，县委书记要传达新的精神。张校长无可奈何，只能拿着印着血痕的贫困证明再次来到邮局，他知道，自己必须马上寄出，知秋要得急，学校肯定也催得急，这关系到助学金发放的证明，必须以最快的速度送到知秋手里。张校长只能硬着头皮，花了十几元钱，用特快将证明寄了出去。

收到特快专递的林知秋，看着证明上印着的血痕和泥土的印记，她突然感觉到了什么，她想，张老师肯定是摔跤了，或者是被车撞了。她立即去超市拿起电话，打给了张校长。张校长还是一如之前地热情关切，问证明有没有收到。

林知秋说："校长，你告诉我，你是不是在给我开证明的时候骑车摔跤了？"

"你怎么知道的。"张校长说。

"摔得严重不严重啊。你现在还好吗?"林知秋要哭出来了。

"没事,没事。轮子打滑,摔了一跤。印了点痕迹在证明上,不影响助学金申请吧?"张校长最担心的是会不会影响知秋。

知秋说:"张校长,我真的亏欠您太多了。呜呜……"

"这个小妮子怎么哭了。"超市的大妈听到林知秋拿着电话在哭。

张校长也在电话那头说:"知秋,别哭。这点小碰小擦算啥,没事的,还没你小时候从天梯上摔下来重呢。"

林知秋想起小时候就有些难为情,才破涕为笑,说:"张校长,我不哭了。你要好好保重身体。等放假了,我一定回来看您。"

"证明还好用吧。"张校长说。

"好用,好用,不影响的。"林知秋说。

"那我就挂了,好好保重啊。功课不要落下,那是关键。"张校长叮嘱说。

"您也要多保重!张校长。"林知秋说。

下午,林知秋就把证明交给了班主任刘老师,刘老师拿着这些资料证明交给了学院,学院再上交给上一级。很快,特困学生助学金就发放了下来。

林知秋看到自己的学费有着落了,心里一阵感激,感激张校长,感激县里的领导,感激北大的这些好心的老师教授,更要深深感激的,是这个美好的时代,是党和政府给自己带来了阳光雨露的恩泽。都说没有共产党就没有新中国,林知秋知道,没有共产党,她可能连小学都上不了，更谈不上能上北大这个中国最高学府。想想都是幸福的眼泪。困难算不了什么，困难后总能见到人心和社会的善，困难只能阻挡弱者的眼睛，困难阻挡不了奋斗者的脚步，困难也压服不了林知秋好学上进感恩的心。

每一堂课，林知秋都格外认真，别的同学在恋爱、传纸条，她则是坐在第一排，做着笔记。眼睛近视了，也舍不得去买眼镜，要三百多元一副，这对于自己来说太贵了。她能做的，就是每天每课，早早地来到教室，坐到第一排，这样老师的讲课板书，就能看清了，就能抄写下来。就这样，谁也不知道，坐第一排的林知秋，居然只是为了省下一副眼镜的钱。

有一天，林知秋洗完衣服才去教室上课，比平时晚到了一会儿，哪知道第一排已经被人抢去，她只能坐在第二排。她满以为第二排也能看得清楚老师的板书，但坐下后，就发现自己只看到黑板上模糊的粉笔字，像一堆白色的蚯蚓乱码一样附着在黑板上。

她使劲地揉着自己的眼睛，她不想落下一点知识点，可是近视不是揉眼睛能治好的，这一刻，她竟然快哭出来了。老师发现了这个使劲揉眼睛的林知秋，下课之后问："这位同学，你的眼睛怎么了？上课看到你一直在揉着。"

"我忘了戴眼镜了，老师。"林知秋说。

"我记得你，你每次上我的大课，都坐第一排的，没见你戴过眼镜啊。"老师说。

"我，我……"林知秋的衣服和鞋子，让老师察觉到，她的家境一定不怎么好，朴素得让人怜惜。

"我知道了，你一定是舍不得买眼镜，对不对？"老师学过心理学。

"我……"林知秋低着头，脸红了起来。

"跟我来！"老师带着林知秋，走出校园，来到旁边的一家眼镜店，要用工资帮林知秋买一副眼镜。

林知秋说："老师我不能让您给我买眼镜。"

"眼镜是学习的关键，我看你是大课堂上最认真的学生，你有困难，我作为老师怎么能不管。你先戴着，别和我推辞。"老师丢下三百元给眼镜店，让店长帮着林知秋验光，自己就先走了。

林知秋看着老师的身影，眼睛又忍不住湿润了起来。眼镜配好了，六百度。店员说："你一直没戴过眼镜？"

"没有。"知秋说。

"近视这么严重，你怎么考得上北大的。"店员说。

"我以前高中时都坐在第一排的。"林知秋说。

"你遇到了个好老师。她给你付了钱，你以后若赚钱了再还给她呗。现在先戴着，学习要紧。"店员随口一说，林知秋记住了。

"以后赚钱了再还给她。"林知秋记住了店员的话，觉得自己不能就这样欠下这位任课老师的人情，老师的工资也并不是特别高，也要养家，三百元可能是老师一天上课的薪水呢，今天也许就白干了一天。

林知秋戴着眼镜，看到的又是另一番的世界，清晰无比，让她不由得想起王维的诗句："空山新雨后，天气晚来秋。"整个天际远处近处，校门湖水塔楼都像洗过一样，特别清晰，林知秋的心情好多了，知觉也好像更进了一个层次。她觉得自己这下上课，无论坐哪都可以看清黑板了。

还得赚钱。林知秋知道很多留学生在国外都是打工赚钱交学费的，自己也有过打工的经验，于是她先想到的还是给饭店打工，可是饭店通常中午就要营业，她上午下午都有课要上，林知秋只能打傍晚的工。而白天，她必须把各门功课的作业全部完成。林知秋等于是拿别人上晚自习的时间，自己到餐馆去帮着端菜和刷盘子。

等到九点半自习结束，林知秋在餐馆的工作也基本完成，赶在宿舍门卫关门熄灯前，回到宿舍。然后等大家睡觉之后，她用买来的充电小手电——电已经在餐馆充好，在被窝里打开书本，大家呼呼大睡说梦话的时候，林知秋开始了自己两个小时的晚自习。直到小手电里的电耗尽了，她才放下书本，疲倦地睡去。

这样，工也打到了，功课也没有耽误。

很快，就迎来了第一次考试，虽然来北大的都是各地的状元探花，但是很多同学一进了最高学府就有些飘飘然了，学习也不认真了，打游戏泡网络成了他们的日常，自然成绩一落千丈。但林知秋却稳稳地各门功课都是第一名，那位给她买眼镜的女教师遇到林知秋时说："怎么样，近视怎么能不戴眼镜。希望你下次继续保持第一名。"

林知秋深深地给老师鞠了个躬，这让老师没有预料到，老师连忙将她扶起，说以后有什么困难尽管跟自己说。

一个月之后，林知秋已经靠打工攒了八百多元了。这天上完课，她对老师说："老师，您上课带来的那本参考书，能否借我看一天。"

老师说："好啊，你尽管拿去。明天给我。"

这位给她买眼镜的老师把书给了林知秋，林知秋回去后确实把书看了一遍，并且在书里塞了三百元钱，第三天才有老师的课，一上课，林知秋就把书还给了老师。

老师在下课后，翻开书本之后一看，里面有三张百元钞票。老师懂了，原来林知秋借书是为了还钱，老师见人多，也未将林知秋喊到身边，但对林知秋微微一笑。林知秋也微微一笑，既然是下课了，林知秋也就故意先老师一步离开教室。老师看着林知秋的背影，觉得她真的是那么朴实纯真而让人感动。

要选拔优秀学生入党了，林知秋作为班长的学习表现，还有领导能力，以及给大家留下的朴实勤奋踏实的印象，让大家第一个选的就是她，老师也是第一个想到了她。她也交了入党申请书。一路走来，她深深地知道，一个没有母亲、父亲中风的贫困山区人家的小孩，能从简陋的小学，走到乡里的初中，走到县里的高中，再走出广南，走到北京大学，靠的就是党的恩泽，党的关怀，还有无数像张校长、李校长、马局长、西北乡乡长，以及北大的这些党员教授、班主任、任课老师的关心。林知秋知道将来无论走到哪里，都不能忘记对自己恩重如山的党。

共产党员的存在，就是为百姓谋幸福的。林知秋觉得自己将来一定要以张校长他们为榜样，帮助更多的贫困地区的孩子，让他们也有书读，让他们也能像自己一样考上北京大学，成为一名光荣而神圣的中国共产党党员。

她在入党申请书里这样写道："只有把个人的追求融入党的理想之中，理想才会更远大，一个人活得有意义，生存得有价值，就不能光为自己而活，要用自己的力量为国家、为民族、为社会做出贡献。"

这天，第一批入党的新生们，来到了党旗下，在校领导的带领下，他们宣誓一定要做一名合格的共产党员，一定不辜负党，一定将来要报效祖国。党旗的红色，正如一路走来，热忱帮助她成长的热心人的内心啊。林知秋掩饰不住自己的激动，没有人发现，她在宣誓时流下了激动和感动的泪水。

林知秋光荣地成为党员，更要处处以身作则了。这天红十字会的车开到了北大校园，为的是让学生可以参与义务献血。虽然林知秋从小恐血，但她还是排在了第一个，献了很多血。工作人员担心她瘦弱的身体是否吃得消，林知秋说："没事，吃两顿饭就补回来了。"

事实上，按照林知秋一顿饭三块钱的标准和营养，就是十顿饭也补不回那点血的营养，但是她义无反顾，因为医院总是有需要血的人，自己做的这点事，只是力所能及的。虽然抽完血头晕得厉害，林知秋还是坚持晚上到饭店打工，晚上端完盘子，开始洗碗，越洗越累，竟然趴在旁边的小凳子上睡着了。

老板在外面接待迎送完客人，准备关门打烊了，走到厨房来一看，林知秋并没有在洗碗，那碗还是像山一样叠在大大的塑料盆子里。林知秋呢？让老板极度气愤的是，她居然伏在凳子上睡着了，而且还睡得那么沉。简直肺要气炸了，拿我的钱，却不帮我刷盘子洗碗，把我当取款机吗？老板上前两步，想去拎林知秋的耳朵，突然发现就在林知秋身后不远处，有一个小本子掉落在地上。老板收住伸向林知秋耳朵的手，而是弯腰，捡起了小本子。定睛一看，是一本义务献血的记载本，发现上面的日期正是今天下午。老板突然才明白，林知秋是献血之后实在太累才睡着的。那就干脆让她睡吧，这个小妮子真不容易，老板这样想着。可是睡着睡着，让老板害怕了，他想起林知秋献血的量，浑身紧张起来，会不会这个小妮子昏厥了？要是昏厥了，得马上送医院啊。老板赶紧冲上去说："小妮子，小妮子，醒醒。你没事吧，醒醒。"

林知秋好久才勉强醒过来，脸色惨白，说了句："老板，不好意思，我没把碗洗好。我马上洗。"

"你不用洗了。你是不是去献血了，怎么献那么多，你这瘦弱的身体怎么吃得消。头晕不晕？要晕的话，就得马上送你去医院。不能耽误的。献血多了，就要输血了。"老板生怕林知秋出事。

"老板，没事。我能挺住。我马上帮你洗好碗。"林知秋说。

"别洗了。你吃过晚饭没？"老板也急了。

"还没呢。我洗好碗回去吃。"林知秋说。

"还洗什么，还回去吃什么，你不肯去医院，那我马上给你炒个猪肝，你就着饭吃，喝碗排骨汤。快别洗了，小妮子，你把自己当超人用啊。快坐好，等着我。"老板说着就冲向厨房，做了个爆炒猪肝，盛了一碗自己要喝的排骨汤，端到桌子上，让林知秋赶紧吃饭。

林知秋推辞不得，只能坐下来，她确实饿了，也好久没有吃过这么好的菜了，狼吞虎咽囫囵吞枣一样，一会儿，猪肝和饭菜以及汤都吃完了。老板这才松了口气，说："照理献血之后吃了猪肝，还要喝点黄酒，这样才不会影响身体。你不会喝酒，赶紧多喝点排骨汤，我给你再盛些。你等着……"说着就跑进厨房，又端出一碗冬瓜排骨汤。

林知秋没有拒绝，她实在太饿了，有种山穷水尽的饿感，这种饥饿与小时候喝粥的饥饿不一样，是整个人都要倒下的虚弱和饥饿。好在这些菜，一下子又补回了元气。

老板又松了一口气，一来是真心为林知秋身体担心，二来也是为自己小店考虑，要是林知秋有个三长两短，是在自己店里洗碗倒下的，那岂不要赔了店也补偿不清了。

林知秋脸色渐渐红润起来，也感觉舒服了许多，说了句："谢谢老板，我马上洗完，今天一定会把碗洗好。"

老板说："算了，算了，今天就我自己洗吧。你快回去吧。等洗完碗，你学校都回不去了。"

林知秋说："没事，晚回去了，我说明下情况，让门卫大妈开一下就是。"她硬是要把余下的碗洗完，老板也不能坐视不管了，见林知秋端过刚吃过的碗放入盆中，自己蹲下身子，和林知秋一起洗起了碗。很快，如小山堆积的碗，都洗得干干净净。

老板让林知秋赶紧回学校，后来，老板又说，等一下自己，又关上了店门。老板硬是要林知秋坐上他的小电动车，将她送到了北大门口。他生怕夜深了，林知秋一人走路不安全。

进了校门以后，林知秋快步走向宿舍，时间已经到了十点。门卫大妈一看林知秋这么晚才回来，问道："上哪去了？"

"我在饭店刷盘子刷晚了，真不好意思，大妈，就让我回宿舍吧。"林知秋央求说。

"不错，这个理由可以让你过。小妮子，你和其他人的理由不一样，人家都是逛街吃饭唱歌上网迟到了。你都知道勤工俭学了，是个好孩子。进去吧，以后注意。"大妈微笑地让林知秋进去。

进了宿舍，王若晴和几个小伙伴都吓坏了，说："知秋，我们还以为你出事了呢，又没有手机联系到你。今天怎么这么晚回来？我们觉得你在北京也不可能有亲戚，我们都吓坏了，我们准备到了十一点，你不回来，我们就打班主任电话报告呢。"

林知秋谢过了室友的好意和热心，说："没事的，姐妹们不用担心，只是在饭店耽误了一些时间。"

她们不说话了，因为她们知道，在饭店耽误一段时间，绝不是她被人请去饭店吃饭耽误了时间，而是刷盘子洗碗打工耽误了时间。室友们都打心底里佩服起林知秋。从林知秋的身上，总能看到一种韧劲和希望，所以和林知秋成为室友，成为同学，让她们在学习有懈怠情绪时，只要想到林知秋，就都精神振奋，不惧困难。

这一夜，林知秋没有在被窝里学习，她实在太累太累了，一觉睡到天明。

林知秋这天口渴了，拿着杯子倒着水在喝，看到宿舍外，很多学生喝完的矿泉水瓶和饮料瓶都扔到了垃圾箱里。林知秋知道，这些塑料瓶，在自己县里是很多拾荒者喜爱的东西，可以换钱的宝贝，一个塑料瓶能值一毛钱。虽然一个一毛钱不算什么，但就自己喝水那一分钟不到的时间里，就有五六个学生把塑料瓶扔到垃圾箱，还有几个素质不好的随地就扔了。

林知秋觉得如果把这些瓶子收集起来，量变就会引起质变，一毛钱就会变成很多钱。把这些瓶子卖了换来的钱，可以捐给希望工程，可以让山区更多的孩子有书读。她作为一个受国家资助一路走来的学生，知道希望工程的钱对于那些充满求知欲而又懵懂无助的山区孩子们来说，意味着什么，意味着人生道路的转变。林知秋作为一个党员，有责任去想那些山区的孩子，她思考了几天，想出了一个办法，在宿舍里提了出来。她的办法就是设立塑料瓶子回收箱，放在校园里，然后在三角地里张贴告示，让北大学生们都行动起来，把塑料瓶放进回收箱，这样日积月累，卖瓶子换来的钱，就可以全数捐给希望工程。

　　林知秋的想法很快得到了大家的支持。于是林知秋发起成立一个"节约社"并报学校社团管理会批准，社的宗旨简单明了，就是回收塑料垃圾，换成钱后支持国家的希望工程，让山区的孩子受益。

　　社团的老师一想也是，与其让一些随手扔掉的垃圾污染学校环境，还不如就按照林知秋的办法，这样还能把坏事转换为好事，让山区的孩子受益。很快，节约社就被批准了。

　　回收箱上印着社团的初衷和要求。要求很简单，就是凡是学生喝完或积攒的矿泉水瓶、易拉罐瓶，可以放到每栋楼前的回收箱里，节约社会按时回收，所得款项全部透明并捐助给希望工程。

　　学生们渐渐熟悉了这种习惯，一旦有废弃的塑料瓶就投进了回收箱。起初林知秋和室友要三天去取一回瓶子，现在量大了，每天都要节约社的大量人手去取瓶子。果然如林知秋所想的一样，每一天光各种瓶子换来的钱，就有三百多元。

这下好了，半年下来，有好几万了。这些钱，林知秋是不能动用的，几个节约社新加入的社员怂恿林知秋可以用那钱吃顿饭。他们的理由是，义务劳动，不拿钱，吃顿饭总可以吧。林知秋一口拒绝，每天收多少瓶子，都有台账记录，换多少钱，都有票据说明，并说这钱一分不能动，必须全额交给希望工程。

　　渐渐林知秋成了学校里的风云人物，有的人是佩服她，也有的人是说她的风凉话，说她是半个垃圾婆。

　　吃饭的时候，在食堂就遇到这样的情况。

　　一个男生很崇拜林知秋，但他的女友坐在了他身边。

　　"看什么看！"女友吃醋地说。

　　男友实际上是看到了林知秋，看到了传说中的才貌品三全、高不可攀的女生。

　　男友局促地掩饰："没，没，我没看啥。"

　　"哼。看谁不好，你是不是喜欢她了？"女友说。

　　"哪有，我只喜欢你。"男友说。

　　"哼，你看上别人我没话说。她谁不认识，她是北大的垃圾婆。你要是看上她，我都替你羞耻。"女友其实是醋意熏天。男友只敢低头吃饭，不敢再看一眼林知秋。

　　林知秋的耳朵并没有聋，她知道这个女生在侮辱和数落自己，但她心里清楚得很，自己所做的一切，对于那些无助的山区孩子有重要意义，不是你两句嘲讽就能让她灰心丧气的。当然，林知秋也是人，也知道被骂是心痛的，但她一点也不难过，她对那个女生回以淡淡的微笑。这微笑，居然让那女生局促不安。在言语上，这个女生好像是赢了。在精神上，这个嘲笑林知秋的女子，输得干干净净。

林知秋吃完饭，就起身先走了。

那男生又忍不住偷看了一眼，女友捏着他耳朵说："你还看！你的眼珠怎么不跟她走！"于是生气地起身要走。男生拉住女友的手，再一边千哄万哄，求不要分手，惹得旁边的同学都笑他们俩。

最近，林知秋收到了一封信，拿着信封，有说不出的兴奋，因为是从自己的母校县一中寄来的。她还没有拆信，不知道是谁写的，但就这地址，足以让自己激动。她舍不得打开信，她带着信回到了宿舍，要在床上好好地看看信里说的是什么。

等打完工，回到宿舍，已经是九点。她洗漱完，上了床，准备打开信封，一看才知道，并不是李校长他们写来的，而是两个贫困生写来的：

知秋姐姐，您好，姐姐您是我们县一中乃至整个县的榜样，我们时时以你为我们学习的目标。我们是县一中高三一班两个学生，我叫季花，还有一位叫陈军，我们是表兄妹，我们的家庭条件非常差，陈军的爸爸妈妈，也就是我的阿姨和姨夫都去世了，陈军在我家长大，而我的母亲又是瘫痪在床。还有一个妹妹，这个妹妹生了奇怪的病，要常年吃药。父亲是种地的，已负担不起我们两个人的学费。妹妹的医药费更是让我们雪上加霜，每个月要600多，医生说要吃三年才有望好转。我们虽然也得到了政府的生活补助金，但妹妹的药费，压得我们喘不过气来，我们实在没有办法了，我们想到了您，知秋姐姐，也许只有您能帮助我们姐弟俩了……

林知秋流着眼泪看完这封信，她本以为自己的身世已经很可怜，但世界上总有比自己更可怜的人，这两个自强不息的兄妹，让自己想起了同样贫困的童年。她觉得要帮助这对兄妹，让他们安心学习，不要担心妹妹的药费，让他们省去后顾之忧。

但林知秋也只是个学生，自己并不是来北京发财的，自己的学费还是靠着打工和助学金。林知秋也犯难，断然不可写信回绝这两个同学，那么想都不用想，这两个学生会心灰意冷，学业成绩大跌，影响高考，影响前途。而若给予帮助，那就意味着自己要另寻赚钱的出路。

节约社的钱是不能动一分的，这是她和社里的骨干定下的规矩，规矩不能破，必须坚持，要是自己挪用了钱，节约社定办不下去了，更会影响到对希望工程的捐助。

这一夜，林知秋没有心思复习功课了，她想了一夜，想到了一个月至少能赚满六百元的办法，就是给学校周边的孩子补课。

因为餐厅打工的钱，只够自己的生活费，必须要再给高中生补课，才能赚满每月六百元。

林知秋很快就找到了学习补课的中介机构，很快就有家长来询问，问了一下时间，林知秋说只能星期六星期天这两天，每周就补这两次。家长觉得可以，因为周一到周五，老师布置的作业都做不完，只能利用周六周日补课。再问了人家的价钱，一看都是三千多，比较了下，唯独林知秋只要六百，很是奇怪，觉得性价比也挺高，就爽快地答应了。签了合同，家长问林知秋为什么这么低的价格，林知秋并不回答。

就这样，林知秋每个周五都把老师布置的功课做好，第二天一早，就去高三同学家补课。林知秋不愧为状元级的学霸，给这孩子补课前，先讲了学习的方法，甚至作息时间也讲了——知秋认为合理稳定的作息时间，也会有益于学习。之后才开始讲解高中的知识点，让这个家长欣慰的是，别的补课老师是按照每门来补，所以要请好多门的老师，通常是这个老师刚走，那个老师又来了，所以在城里这是很大的教育投资。这倒好，在林知秋这里，她什么都能教，物理、化学、数学、英语、语文、生物、地理、历史、政治，无所不教，最让人不解的是，只要六百元。

很快，有了这个状元老师，高中生的成绩大幅攀升，成为班级的前几名。家长觉得不可思议，这当然都是林知秋的功劳，家长终于忍不住问林知秋，为什么补课效率这么好，而且是门门都帮自己孩子补，才收六百元。

林知秋磨不过家长的问题，只能说家乡妹妹吃药要钱。家长立即又给涨了二百。

当林知秋把汇款单寄给季花和陈军这两个小师妹小师弟时，两人拿着八百元钱在教室里哭，他们告诉老师，说自己只是抱着试试看的想法给林知秋姐姐写信，没想到她到了北京，到了首都，到了大城市，没有忘记我们，而且还写信来说会每月按时寄款过来。林知秋的信是鼓励他们，其实也是鼓励县一中的学子要奋发图强，不畏生活的艰难，把学习放在第一位，以学习来塑造自己，以学习来改变自己的命运。

这样，林知秋的信被李校长在升旗仪式前的讲话时读了出来，大家听得都很振奋感动，而季陈两兄妹，已经在下面泣不成声。爱的力量是伟大的，如果说人世间的美好有万万种，无疑，爱是能排在第一位的。爱会产生崇高，爱会超越苦难。崇高和爱是可以战胜苦难的。人世间的苦难不可怕，可怕的就是没有大爱，有了爱，就有了光明，人就有了前方和未来。

为此校长在升起仪式结束后，还组织了捐款仪式，号召同学们向季花陈军家捐款，并且也从自己微薄的薪水里，拿出五百元捐给季花兄妹俩。拿到这些钱，季花、陈军泣不成声，他们感受到了社会的温暖。这些钱，季花和陈军都拿去还欠下的债了——妹妹生病，向很多亲戚借了外债，亲戚家也都不富裕。

即使打两份工，外加忙活节约社的事，林知秋还是稳稳地在学期结束的时候考到了班级第二名，当然有所退步，但已经很不容易。自己退步一名，换来许多孩子的学业和未来，她觉得值得，再累也值得。第二名也是有奖学金的，林知秋的表现和成绩，让学生和老师都很佩服，奖学金她不拿，还有谁拿呢。

暑假寒假，她是不回广南的，除了打工还是打工，广南一来回，不但要花费不少的路费，还耽误了打工，这就是双重损失了。自己的父亲，自己当然很想念，也很想念张校长。林知秋拿了奖学金就寄一部分给自己的父亲，让父亲去邮局领钱买药买粮食。生怕父亲不会写字或者走不动，林知秋打电话让张校长代领。林根生拿到女儿汇来的钱，他明白，女儿能有钱寄回来，就证明她过得还好，生活不成问题。张校长告诉林根生，说："老兄，你可以放心了。这是知秋的一部分奖学金，说明她在北京过得不错，学习也不错。只有学习好，才有奖学金的。"

林根生点点头，要留张校长吃饭，林根生说："要是知秋在家，一定要留住你吃饭的，你是我们家的大恩人啊。"张校长笑着说："哪里，什么恩人，我只是做了一个校长应该做的事。现在知秋样样都好，我也放心了，根生老兄，你也放心吧。"

根生留不住张校长，看着张校长也已经苍老的背影，心里觉得无比愧疚。

山长水远，天高云淡，广南和北京相隔数千公里，但因为爱，让这些人的内心紧紧地连在了一起。世间最遥远的距离不是富裕和贫穷，不是城市和乡村，而是没有爱，只要有爱在，一切山高路险人生困苦都能走向平坦。

三年过去了，林知秋也已经是大三的学生。季花陈军的小妹妹，身体也好了起来，这是林知秋的功劳啊，家里每月六百元的药费和二百元的生活费，让季花陈军可以安心地学习。果然，高考后，他们俩分别考上了浙江大学和武汉大学。他们对林知秋心里充满了感激，所以准备在暑假的时候，来北京看望一下自己家的大恩人林知秋姐姐。

后来他们决定，不要两个一起去北京，只去一个就行了，这样可以省却一份路费。最后季花决定自己前来，因为当初第一封信也是自己写的。

当季花在县城打了一个月工后，拿到了一笔钱，就直接来北京看望林知秋了。季花是按照信上的地址，找到法学院林知秋所在的那个班的班主任，班主任见她是女生，又是林知秋的老乡，就带着她往宿舍走去。

第五章　初相遇

当县一中的小师妹季花在林知秋北大班主任的带领下，走进林知秋的宿舍时，发现室友都在，唯独林知秋不在。现在是傍晚时分了，班主任问室友，知秋去哪了。室友都说去餐馆打工了。季花听说打工，心头一怔，她突然明白，原来知秋姐姐的钱是这样一分一分攒起来的。

室友都是知秋的好姐妹，听说知秋的小师妹来看她，问有没有吃饭，季花的肚子咕咕咕叫着回答了大家，大家都笑了，于是下了楼，王若晴请季花吃了一碗牛肉面。王若晴也趁着她吃的时候问一些广南的情况，还问到季花考上了什么大学。

季花从没有吃过这么好吃的面，说："考研时，我一定要考北大。这里的面真好吃。"

"浙江大学也不错。欢迎你本科毕业后来北大读研。"王若晴说。

"嗯！"季花说。

王若晴知道天色已经晚，天色晚了就要住宿，宿舍是不能随便住人的，于是就带着季花来到北大旁的招待所，给季花开了一间房，让她住下，第二天她会和林知秋一起来看她。季花累了两天了，倒床就睡，梦里也唤着知秋姐姐。

林知秋回到宿舍，得知王若晴帮着自己安排了季花的食宿，愧歉不已，准备拿钱给若晴，若晴生气地把钱扔到林知秋床上，说："哼！我们还是不是好姐妹！"

林知秋只能收回钱，打听了一些季花的情况，准备第二天一早就去招待所看她。

季花早早就已经起床，在房间里等着林知秋的到来。当敲响房门，林知秋和王若晴出现在季花眼前时，季花忍不住上去抱住了林知秋，喜极而泣地伏在林知秋肩头哭着。季花说："知秋姐姐，真的很感谢你，你是我家的大恩人啊。"

林知秋微笑着抹去季花的眼泪，让她坐下来好好地聊聊家乡的情况，林知秋说："听说你考上浙江大学了。很棒！你哥哥上的是什么大学？"

"没有姐姐你的帮助，我们就不可能安心学习了，也不可能考上大学。不过我也想考北大，像姐姐你一样，但是目前还考不到。我争取考研时考到北大来，继续做姐姐的学妹。对了，我哥哥考上了武汉大学。"季花说。

"先祝贺你们俩。"林知秋说着拿出自己买的一袋橘子，剥开一个给季花吃。

"李校长还好吗？我的班主任老师是否还好？"林知秋说。

"好，都好。他们都很好，他们时时在我们耳边提起姐姐你。让我们向你学习……"季花说。

林知秋感到有些难为情。

聊了很久，突然季花眼睛里含着泪水问："姐姐，你怎么还要打工啊。以前资助我们的钱，是不是也是你打工赚来的啊？"

"一分耕耘才有一分收获。劳动才能换来报酬。"林知秋微笑地说。

"姐姐为了我们，不知道受了多少苦。姐姐，我真的觉得很愧疚你。本来我想和哥哥一起来看您的，但觉得两个人来路费太贵了，我就代表哥哥来了。我们兄妹俩能够考上大学，都靠着姐姐的帮助啊。要是妹妹没药吃，身体不好，大人就打算让我辍学回家照顾妹妹了，现在妹妹的身体也好了，我也上了大学。真的要感谢姐姐啊！"季花激动地说着，从包里拿出六个苹果，送给林知秋说，"姐姐，这苹果给你吃。"

林知秋说："苹果很补身体的，你自己吃吧，姐姐可以自己买。"

"姐姐，你一定要收下，这是咱们县里产的苹果，是广南苹果，你一定要尝尝，这是家乡的味道。"季花恳切地说。

"好好。我尝尝。"林知秋听说是家乡的苹果，变得非常兴奋。季花洗了一个，递给林知秋，知秋大口地咬了起来："真甜。真甜。若晴，你也尝一个，我们家乡的水果。"

林知秋吃着，季花看见知秋眼眶里已经含着泪水，她知道知秋姐姐是想家了。三年来，知秋没有回家乡去，要是回去的话，她一定会出现在县一中，去看望老师校长。这些年，她在北京打着工学习着，真不容易啊。

季花突然说："姐姐，我到了浙大，我也要在杭州打工，也要像姐姐一样，帮助咱们县一中有特殊困难的孩子。让他们也考上大学。"

林知秋微笑着摸着季花的头，又聊到了现在县里的建设，乡村的开发，以及家乡各种变化的面貌，林知秋沉浸在季花的叙述之中，为家乡取得的一点一滴的进步感到骄傲和欣慰。

临到了吃饭时间，林知秋本打算到打工的饭店请季花吃饭，季花说："姐姐，你赚钱也不容易，我不想去大饭店吃饭。我想体验一下北大食堂里的饭菜。如果饭菜特别好吃，我就会一直记着。以后考研时，想着北大的饭菜，我就有动力。姐姐，对不对？"

林知秋和王若晴都笑了，于是领着季花来到食堂。林知秋这次买了很多的菜，铺在了桌子上，让季花美美地吃着，林知秋则欣慰地看着几乎饿坏了的季花——季花为了省钱，在火车上没有买东西吃，饿着过来的，苹果虽然在包里，但这是送给知秋姐姐的。昨晚也只是匆匆吃了点，今天已经很饿了。

桌上的菜很快就被季花吃完了，季花打嗝说："姐姐，北大的饭菜真好吃。"

知秋和若晴捂着嘴开心地又笑了起来。

季花说："有时间的话，知秋姐姐和若晴姐姐，你们也可以去杭州，尝尝我们浙大食堂的饭菜。"

知秋递给季花一张餐巾纸，说："来日方长，有机会一定去杭州看你。"

吃完饭，季花匆匆要告别了，说："姐姐，我要去杭州了，学校要开始军训，我也要去报到了。"

知秋嘱咐了季花路上要注意安全，并说要是到了杭州学费有问题，打电话告诉自己，用知秋的话说："姐姐赚钱比你容易。"季花心里一阵酸楚，姐姐赚钱哪里容易，分明是一只盘子一只盘子洗出来的，季花此时却很有信心地拍着胸脯说："姐姐，我现在哪还要姐姐帮助，我已经长大了，也考上了大学。可以像姐姐一样打工了。我还要像姐姐一样资助县一中的学弟学妹呢！"

林知秋又摸了摸季花的头，欣慰地笑了。林知秋上了很少坐的公交车，把季花送到了北京站，给季花买了一张去杭州的火车坐票，目送季花上了火车。季花在火车上忍不住哭了起来，边抹眼泪，边和姐姐挥手作别。林知秋也忍不住要哭了，但是她还是露出了微笑，因为她的微笑是想告诉季花，一定要坚强，遇到人生中任何困难的事，都要坚定坚强。

大四已经开学了，林知秋还是过着勤工俭学的日子，这天，她在骑着自行车去餐馆打工的路上，突然发现自行车的钢圈已经锈得要断裂了，林知秋下车查看了下，心想："继续骑个半年应该没问题。兴许还能骑到大四毕业呢。"

上车后，还没骑多远，遇到一块石头，那自行车后轮就完全震瘪了，前轮也跟着瓢了。林知秋拎着这可怜的老自行车，心疼不已，一边拎一边往前走，她记得前面有一个自行车修理店，也许能修好自己这辆不知道已经是几手的老爷车。

到了修理铺，师傅走出来问什么事，一看那车就明白了，说："小妮子，你是想修，还是想买车？"

"师傅，我的车轮坏了，你能否给我换两个新的？"林知秋说。

"我看看……"师傅摸了摸已经锈到风化的铁圈，说，"这个轮子已经不生产了，这是八十年代的自行车，现在的轮子配不上啊。小妮子，你这车没法修了。"

林知秋得知之后，问："真的没法修了？"

"没法修了。再说，即使有轮子配套，两个轮子的钱，也不少，快赶上一辆车钱了。小妮子，你还是买辆新车吧。我这里有新车，你随便挑。"老板说。

林知秋看着自己已经报废的自行车，心疼不已，又进修理店看了一下那些新车，都要六百到一千的价格，这让林知秋望而却步，说："太贵了。"

"你能出多少，比如这六百的车，你能出五百不？"师傅的意思是便宜一百元也可以卖给她。

"还是太贵了。"林知秋说。

"这都没有利润了，车的利润很薄，我看你是学生，噢，校服上印着北大的。学生没什么钱，我才忍痛便宜你一百的。我敢说，没有哪个车行老板能这么大度。自行车的利润很薄的，就赚几十元一辆，我便宜你一百，就一分钱不赚，还倒贴几十元呢。不卖掉这车，资金积压，还要生锈。我也难啊。"老板说。

"我理解你的难处。但我实在买不起那么贵的车。那辆你卖不卖……"林知秋指着一辆已经被骑过的二手自行车，这车比起自己报废的车，要好看和新颖许多，毕竟这车是2000年之后的款式，还是比较新潮的。

老板说："这是我一朋友卖给我的二手车，也不是卖，他用这旧车抵了一百块钱，以旧换新，又出了五百，买了那辆六百的。你要这车？一百一十卖给你。我赚你十块。"

林知秋拿出那只布做的钱包，老板眼睛一怔，心想这个女孩子一定是山区考上北大的学生，确实也没什么钱，林知秋打开钱包，把钱包里的五元，十元，二十元，还有硬币，数了个遍，只有九十元。林知秋说："师傅，我只有九十元。能不能卖给我呢？"

"九十元。不要说一百一十元能给我赚十元了，我还亏十元。一下子少了二十元。这，这……"老板显然很不乐意。

"老板，我急着去菜馆打工，你就答应我吧。我回学校后，明天来时把十元钱给你，好不好。"林知秋很诚恳。

"好吧，好吧。看你也不像坏人，就卖给你吧。这小妮子，真会讲价。"老板说着就收过了零零碎碎的九十元钱，数了半天，正好。

林知秋就谢过了老板，上了这自行车，去了菜馆。

老板说："砍价就砍价，还安慰我说明天送十元来。真是会做生意。"

第二天，林知秋骑着车，从学校里路过这个修理店，林知秋下车后，来到闷头修车装车的老板面前，说："大哥，这是昨天买车差的十元钱，你收下吧。"

老板抬头一看，果然是昨天那个北大小妮子，今天真的没有食言，真的送来了十元钱。老板高兴坏了，说："十元钱是小，你这小妮子，不愧是北大的，这么守信用啊。我还以为你就说说，安慰安慰我呢。算了，既然你这么守诚信，我这十元也不要了。你拿回去吧，我也不差这十元。"

林知秋把钱塞给老板，老板推辞着，还问："车骑着怎么样？"

"很好的。很顺很轻。"林知秋说。

老板坚持不要十元钱，林知秋把钱塞到了他修理的自行车脚踏板的缝隙里，自己跨上车就走了。老板微笑地看着林知秋远去，说："这样的小妮子，真不多了。"

骑上新车的林知秋，心情自然也好了许多，以前那车要用尽全力，才能蹬得动，每骑一米都是在受罪，现在这车，虽然是二手的，但顺溜极了，如果说以前的旧车像绿皮火车，现在这车骑起来就像高铁。

上课时，林知秋就把这车锁在自行车堆里，然后匆匆进了教室。下午下完大课，她准备到菜馆打工去，这时发现自己的钥匙居然打不开自己的自行车了，这让林知秋急的，心里想："怎么了？怎么会这样？新买的，虽然是二手的车，但也不至于钥匙打不开啊……"心里急得很，生怕耽误了端菜洗碗，毕竟时间已经到了临近吃晚饭的时候了。

林知秋放下书包，拔出钥匙，仔细看了看钥匙，发现钥匙并没有断，锁也是完好的，没有谁塞东西进去，可就是打不开。急得她像热锅上的蚂蚁，从没见过林知秋这么急过。

这时，一个男生走了过来，显然也已经下课，要回宿舍，他拿着钥匙，去开自己的自行车，发现自己的自行车也打不开了，这很奇怪，自己的车，已经骑了四年，怎么会突然打不开了。他的反应和林知秋一样，看着钥匙，又看看锁孔，没有发现异常，就是打不开。

这时男子发现不远处一个女生也在很急地开锁，就走了过去。男子问林知秋，说："你也打不开锁？"

林知秋说："嗯。"

这时男子看到林知秋的车，居然愣住了，说："咦，这车怎么和我的一模一样？"

林知秋突然有些不高兴了，说："这怎么会和你的车一模一样，这是我买的车。"

"不，我的意思是，你这车的款式、颜色和我那车一模一样。你看……"男子拉了拉林知秋的衣服，用手指着远处的那辆车给她看。

林知秋才发现，果然颜色款式，连新旧都一模一样。林知秋摸着脑袋，不知道怎么回事。男子却笑了，说："我明白了。我来……"说着男子就用自己的钥匙，塞进了林知秋身旁车的锁孔里，咔嗒一声，车被打开了。

林知秋惊异地说："这是怎么回事……"

男子微笑地说："可能那辆车是你的车，你的钥匙呢，我帮你去试一试。"

林知秋把钥匙给了男子，男子去一试，咔嗒一声，也打开了。

男子笑了，林知秋也笑了，异口同声说："我开了你的车。"

林知秋见自己车是另外一辆，锁已打开，也就舒了口气，男子微笑地把钥匙拿给林知秋，有礼貌地说："师妹，你我眼光一样，选的都是一样的车。这是不是英雄所见略同。"

"不要随便叫人师妹好吗，你大几呢？"林知秋说。

"我大四，你呢，小师妹。"男子说。

"我也大四。"林知秋骄傲地说。

"我叫李恩，我是社会学系的。很高兴认识你，你呢，什么系的。"李恩说。

"我叫林知秋，法学院的。"林知秋说。

"以后可不要开错我的车了噢。"林知秋还不忘说一句。

"不会，不会，以后我给自己车绑个小物件，就不会搞错了。"男子说。

"那好吧。我有事，先走了噢。"林知秋推开自行车，就先走了。

李恩看着林知秋的背影，心想真是个美丽娴静的女子。他似乎又觉得在哪里见过这个女子，想了半天，才想起，这个女子可能是北大"节约社"的风云人物。对，林知秋，她好像是叫林知秋。对，一定是叫林知秋，是节约社的。

平淡的学习日子又过了一周，这一周林知秋也在自己的车上绑了一个饰品，发现那李恩的车也绑了一个小奥特曼，林知秋觉得这个社会学系的男生真是幼稚，还绑着奥特曼。这一周来，他们都没有在放学时相遇。

要写毕业论文啦。这对于大四的学生来说，是个不轻松的活计，课程已经几乎停下。林知秋因为优秀的成绩，已经成功被法学院保研，但本科论文还是要亲力亲为去写好的，严谨勤奋的林知秋除了打工的时间以外，就几乎泡在图书馆里。

她今天要找一本心理学的书，于是走到书架旁，搜寻起来。当她看到这本书时，心里正喜出望外，正要抽出这书，发现这书怎么也抽不出。等林知秋用力抽出来一看，原来对面有个男子也正捏着这本书的书脊，要抽出去看。林知秋定睛一看，男子也定睛一看。男子先说话："林知秋！"

"你，你……李恩！"林知秋红着脸说。

"怎么会那么巧，我们在同一时间，要找同一本书。"李恩说。

"你找心理学的书干吗。你不是社会学系的吗？"林知秋说。

"社会学也要研究人的心理，社会是人的社会，心理学自然是社会学要关注的学问之一啊。其实我是写论文——要引用心理学的一些观点。"李恩说。

"我也是写论文。真的这么巧。"林知秋说。

"不早了，也到了吃午饭的时间了。这书就给你看，我请你吃个午饭吧。上次你介绍自己后，我才想起，你是咱们北大节约社的大名人，用小小的塑料瓶帮助了不少山区孩子读书呢。"李恩恳切的言辞里充满了对林知秋的佩服。

"我不随便吃男生的饭。"林知秋显然有些不愿意，心想这个男生怎么这样，才遇到两回，就请自己吃饭，也太唐突了，要是这样，那学校里每天和自己擦肩过数次的人，都要和他们吃饭咯？

"我觉得我们应该可以成为朋友，因为我们买一样的车，拿一样的参考书，这就是缘分。"李恩说。

"谁和你有缘分。"林知秋脸色马上绯红起来。

"噢不，我说错了，是投缘，投缘。朋友间的投缘。"李恩说。

林知秋极其害羞，转身就拿着书回到了自己的座位，准备看书继续写论文，显然并不愿意和李恩出去吃饭。

李恩望着林知秋的背影，心里一阵失落，也是十分佩服，他看了看自己的手表，已经是中午十二点，再摸了摸自己的肚子，已经前腹贴后背，饿得快把自己胃消化干净了，但眼前这个节约社的美丽女子林知秋，却安如泰山，坐在桌子前宁静地看着书，写着东西。周围其他的学生已经纷纷撤退，不是去食堂，就是去学校外下馆子了，当然他们的书本还留在桌上占位。

李恩没趣地离开了图书馆，来到学校外的一个比萨店，自己吃了些东西，想起林知秋瘦弱的样子，不吃饭怎么顶得住，饿着怎么能写出好论文，于是买了个比萨，打包后放进包里，偷偷带回到了北大图书馆，林知秋果然还在原处写着论文。李恩把书包放在桌子上，转身就走了，林知秋正聚精会神学习，被书包碰到书桌的声音惊动了，回头看见远处李恩边转身边微笑着跑远的身影，林知秋明白了，这包里一定是李恩买的什么东西。

林知秋翻开布包一看，是个比萨，本想把比萨还给李恩，但李恩已经走远，心想这个李恩真是坏，放下比萨就走，让我追也追不上。

李恩确实也是这么想的，在林知秋身边放下比萨就溜，这样林知秋就无法拒绝了。李恩兴奋地跑出图书馆，知道自己送餐行动已经大功告成。

林知秋不是铁做的，也不是钢做的，怎能不饿，既然是李恩的心意，总不能丢垃圾堆里，这不是林知秋节约的风格，她断然不会这样做的。她拿着布包，自言自语说："这个李恩，真是疏忽大意，给我送比萨，你不知道图书馆不能吃东西的吗？"

林知秋拿起包，向图书馆外走去，还希望能追上李恩，发现李恩早没了踪影。林知秋在一棵茂盛的梧桐树下，打开比萨，吃了一块，垫了下肚子，稍微感觉不饿了，就又回到了图书馆继续写起论文来。

还剩的比萨，晚上时候带回宿舍去，被室友们一抢而光。室友都惊讶说："知秋，真是太阳从西边出来，你舍得买比萨吃啦。"

"不是我买的。"林知秋淡淡地说。

"我们知道了，一定是哪个男生给你买的。在追求你呢，对不对，哈哈。我们班长有男朋友啦，加入我们有男朋友的队伍啦。"室友说。

"什么男朋友，学习要紧。"林知秋还是淡淡地说，心里才不觉得李恩是自己的男朋友。

"还不好意思，快说，是哪个系的帅哥。让我们看看，帮你参谋参谋。"室友说。

"不是我们系的。就是一朋友，不是什么男朋友。"林知秋说。

"哈哈，果然有了，果然有了。快说，叫什么，我们姐妹神通广大，帮你三天内调查出这个男生的全部底细。"姐妹们说。

"你们真是闲得慌。论文写完了？保证通过了？"林知秋显然有些反感。

"哟，班长生气了。我们论文写完啦，肯定能通过。我们要看姐夫长什么样。啊哈哈。"室友说。

"胡闹。"林知秋说完就去餐馆打工去了。

第二天林知秋和李恩相遇，还是在图书馆，这次李恩主动坐到了林知秋身边，林知秋起初没有发现，因为自己正投入写作呢。半天才发现身边坐的学生是李恩。李恩看林知秋抬头发现了自己，报以微微一笑。林知秋也微微一笑，轻轻地说了句："昨天谢谢你。"

"不用谢。"李恩说。

这时，林知秋的姐妹们已经鬼鬼祟祟、古灵精怪地跑到了图书馆，暗暗地观察着林知秋，她们太希望知道在追林知秋的男子是谁了。这不，她们已经发现了李恩就是目标。

果然，看到李恩写了张纸条给林知秋，姐妹们在远处捂着嘴，说："哈哈，就是他，还很帅，相貌配得上知秋，就是底细不知道怎样。"

"快动用你的人脉，去调查清楚。"姐妹们互相嘱咐着。

李恩纸条上写着："中午十一点，校南门外西餐店见。想请你吃饭,不要拒绝,不见不散。李恩。"

李恩把纸条给了林知秋,就走出了图书馆,姐妹们就派了个最灵活的王若晴跟着李恩,李恩骑着自行车回到了社会学系的宿舍,他不知道自己已经被跟踪。

王若晴问他们宿舍楼的门卫大妈,刚才那进去的小伙子叫什么名字。

大妈警惕地说:"你是做什么的?"

"我也是北大的。这是我学生证。他丢了五十元钱,我进来还给他,没想到他这就进去了。"王若晴扯谎说。

"噢,原来是这么回事。"大妈说,"他是社会学系的男生,三班的,叫李恩,青岛人,人特别好,很随和,成绩也特别好,据说已经保研,只是好像是单亲的孩子,大学四年只有他妈妈来看过他。对了,我和你说这么多干什么,五十元钱呢,你放着,我给他。"

"他有或者谈过女朋友吗?"王若晴说。

"没有,没有。这孩子一身正气,从没有见过她谈女友。"大妈说。

"噢。我知道了。"王若晴转身就走。

"欸,你不是说他掉了五十元钱,要给他嘛,我替你转给他啊。"大妈觉得这个女生很奇怪,像是在耍自己。

"噢。我这就回去拿钱。"王若晴耍滑头,才不愿意损失五十元钱呢。

"噢,那你快去快回啊。"等王若晴走后不久,大妈才反应过来："捡到钱，那钱还不就在手里捏着，怎么还要回去拿？真是个小丫头骗子！"

回到了宿舍，王若晴把调查的内容告诉了室友，室友都说这个男生看来不错，配得上林知秋。林知秋中午没有去西餐馆吃饭，李恩等了半天，林知秋没有来，李恩倒也没破费，只是付出了些时间成本，到了十二点半，还没见到林知秋，李恩就去隔壁吃了碗面，怏怏地回到了自己宿舍，心里闷闷不乐，很是难过。他突然发觉自己有些喜欢上了林知秋，一天见不到林知秋，心里就像少什么似的，吃饭也没有味道——刚才那碗面，虽然是浓油酱赤的炸酱面，吃在自己嘴里也觉得淡淡的，寡然无味，如同嚼蜡。他知道，自己心里可能已经被林知秋占据了，哪止是喜欢她，他发觉自己真的极有可能爱上了林知秋。林知秋的身影、笑容、写论文娴静认真的样子，在他脑子里像幻灯片一样来回地播放着，心绪难以平息，他辗转难眠，想着以后怎么才能接近这个高傲又美丽的女生林知秋呢。

问电话，李恩觉得自己只有要到林知秋的电话，她才能在自己生活中固定下来，就可以随时找到了她啊。电话，改天一定要去问林知秋要到手机电话。

林知秋回到宿舍，王若晴她们已经微笑着等候着她。林知秋看着她们神神秘秘笑着的样子，觉得奇怪，问："你们今天怎么了？"

"李恩。男，社会学系……"王若晴说。

"你们怎么知道的？"林知秋脸色都变了。

"我们知道得更多。你想听吗，知秋班长？"另一姐妹说。

"你们怎么会知道的？"林知秋还是这句话。

"我们神通广大，我们的班长要找男朋友了，我们做好姐妹的，怎么能不把好关呢，我们还有更一手的资料呢。"若晴说。

"什么第一手资料，神神秘秘的，你们怎么知道他名字的？"林知秋疑惑不解。

"我们跟踪他的。哈哈，知秋，你想不想听他的个人情况？"王若晴卖关子说。

"随你说不说。"林知秋说。

"我说，我说。看来知秋是动心啦。嘿嘿嘿！"室友笑得很坏。

"别胡说。你们爱说不说。"林知秋脸红了起来。

"好，我告诉你，知秋班长。这个男生叫李恩，想必你是知道的。他的情况是北大社会学系大四的学生，老家是山东青岛人，据说有一个单亲妈妈，父亲是离婚还是去世的情况不明，待调查。我们还问了相关人士，李恩到目前为止，没有女朋友，是单身。李恩这么帅，看他总是缠着你，估计是喜欢上你了。知秋，你要考虑考虑啊。我们宿舍，就你还没有脱单了。不要拖后腿啊。遇到好的男生追求你，就要好好把握。过了这村，就没这个店啦。"室友王若晴坏坏地说。

"你们了解得很清楚。"林知秋知道了情况，心里倒反而踏实了许多，心想原来这个男生是山东人，怪不得做事大大咧咧莽莽撞撞的，但确实人挺好。

"你是不是在想李恩人挺好的。"王若晴说。

这下林知秋被说中了，脸更红了起来，转身过去："胡说，叫你胡说。"拿起枕头就扔向了王若晴。王若晴躲了过去，过来哈林知秋的痒痒穴，大家都来哈林知秋的痒痒穴，要林知秋答应，好好把握李恩。林知秋笑得接不过气来，只能答应她们的胁迫。

王若晴说："以后我们就做你的密探，需要我们去了解李恩更深层次的背景，只要差遣一声，我们无偿效劳。"

林知秋说："你们真坏！"

咯咯的笑声充斥着宿舍。这时王若晴想起一个事，班主任要找林知秋询问班级党支部的情况，一直因为林知秋没有手机，不能随时联系到而觉得不方便。班主任让王若晴转达说，学生到大四基本上都有手机了，劝林知秋赶紧也买一只手机，无论是论文答辩，还是人际交往都用得上。王若晴把班主任的话传达给了林知秋。

林知秋其实也觉得自己该有一只手机了，说："其实我也想买了。就是感觉现在的手机太贵，有点舍不得。"

"不舍如何得。手机是必备品，电脑你已经没买了，手机一定要买，不说别的，就是李恩帅哥要联系你，也方便啊。"王若晴说。

"又调侃我了。我知道了，下午就去手机店看看。"林知秋洗起了自己的衣服。

大四下学期，论文写完，就基本没什么事了，所以今天下午就来到了北大校外不远处的一家手机店。她踏进手机店时，服务员热情相迎，让自己如沐春风，非常暖心舒心。但是绕着那些精美的手机转了一圈之后，发现这些手机都太贵了，最便宜的都要一千五百多。这如何舍得，一千五百多，要打好久的工才能赚来。要是换成自己西北乡的玉米棒子，得收成一卡车才能赚到，自然，林知秋只能看看，根本不会舍得下手买回去的。

服务员好像看出了林知秋的犹豫，知道她似乎也买不起，笑容也渐渐收起了。只是让她自己看看。林知秋失落地走出了手机店，走在路上时，她却发现了一个回收旧手机的小店铺，小店里多是各种各样的旧手机，林知秋灵机一动，有了。车可以买二手的，为什么手机就要买新的呢？只要能通话，二手的也可以用啊？目的不就是班主任和学校领导能直接联系到自己嘛，只要能通话，能发短信，就没问题。

于是林知秋花了一百元钱，买了一部能发短信和接打电话的二手手机，去移动办了一张卡，装进二手手机里，第一个电话就打给了王若晴，说自己买手机了。若晴把这个消息第一时间告诉了室友，室友也为林知秋高兴。只是等林知秋回到宿舍，大家好奇地要看她手机，林知秋才从口袋里拿出来。大家一看，不说话了，是一只陈旧的老年机。在手机用户的潜意识里，这样的手机，只有跳着广场舞提溜着鸟笼的大爷大妈才会用。还不一定是二手手机，说不定是七八手旧机器呢。王若晴一下沉默了，差点眼泪都掉出来，说："知秋，你怎么买这样的手机，你拿不出钱，我可以借你啊。"

"对啊，我们可以借你钱啊。还不还都不要紧。你现在拿这样的手机，太丢面子啦。我们是女孩子，是要面子的啊。别的女孩，你看，都拿苹果炫耀。你拿这个不足一百块的二手手机，一点面子都没有啦。"室友很替林知秋着想。

知秋平静而微笑地说:"没事。乡下孩子,不讲究这个。只要能联系到你们,只要能打电话,就可以了。我不奢求好的手机。一部苹果手机,要五六千,如果给山区的孩子,是十个孩子一年的生活费了。"

大家都陷入了深深的沉默,一个室友推脱说要睡觉,其实用被子捂住了脸,在抽泣着,林知秋真的让她们感动了。

有了手机的林知秋电话果然多了,餐馆老板联系她也方便了,班主任有事也可以随叫随到,当然,王若晴和室友们还是想撮合李恩和林知秋。王若晴和室友一次在食堂吃饭,看到了李恩,拿着餐盘走到角落,坐了下来。

王若晴也端着自己的餐盘,一个室友也尾随着,坐到了李恩旁边。

王若晴说:"这边没人不?"

"恩,没人。你们坐吧。"李恩很有礼貌。

王若晴心里微微一笑,觉得李恩这人挺有礼貌。王若晴就和室友说:"不知道林知秋晚上在哪吃饭,我们要不要给她带饭。"

"你们说谁,林知秋?你们是她同学吗?"李恩说。

"是啊,你是谁啊?"王若晴装傻。

"我最近正想找她,可是没有联系方式啊。"李恩说。

"你想她啦。"室友捂着嘴笑着说。王若晴掐住她的肉,让她别先暴露自己。

第六章　回县中

李恩不知道这并不是巧合，而是王若晴故意接近他，并向他透露林知秋的信息。

李恩那忽闪忽闪的眼睛，突然盯着王若晴，等她告诉自己林知秋的情况。

王若晴说："我们不认识你。"

"没事没事。我和知秋认识，你们是她同学，那就是我的朋友。你们告诉我下她的手机吧。我好常联系她。"李恩说。

王若晴心里乐开了花，和室友努力控制住不笑，嘴里平淡地说："万一你是坏人怎么办？我们凭什么相信你。我们林知秋可是我们的班花，班花的手机，谁都想知道。我怎么能轻易告诉你。"

"我，我，我也是北大学生。我有学生证，你们看。"李恩急切地说。

学生证拿过来一看，王若晴装作通过说："好，相信你了。你是不是喜欢我们知秋？这么急切要她号码。"

李恩脸突然红了起来，王若晴真想暗笑，和林知秋一个样，一难为情就脸红到脖子。李恩害羞又坚定地说："是的，我喜欢上知秋了。"

"喜欢还是爱？"王若晴室友坏坏地问。

"我现在连她手机号都没有，连喜欢也不够格啊。"李恩有些自卑。

"好了，小子，你走运了，喜欢我们知秋的人多得很，她都不答应的。你如果喜欢她就要深爱她。知道吗，我们可以把手机告诉你。"王若晴说。

"好好，我马上记下。"李恩说。

王若晴说："记住咯，号码是，一三九白酒黄酒葡萄酒。"

"姐姐，别调侃我行吗。我真急着要她号码。"李恩苦笑着。

"哈哈。记住咯。139……"王若晴把号码告诉了李恩。李恩千恩万谢，兴奋极了。王若晴随后和室友没吃完就告别了，临走，李恩还追出来问："知秋什么时候生日，我连她生日都不知道。"

王若晴告诉她了知秋的生日是10月12号，李恩生怕忘记还把日子用圆珠笔写在了手背上，王若晴问："人家都把字写在手心。你怎么写手背。"

李恩说："写手背不容易模糊，这样骑车出汗字迹也不会模糊了。"

王若晴和室友先离开，若晴说："这个李恩不错，是个有心人，和知秋真般配。"

李恩有了知秋的电话，打了过去，知秋以为是骚扰号码，也就没接。李恩忘了自己没告诉王若晴他们自己的号码，李恩决定得发个短消息给林知秋。

林知秋收到短信后，问室友："是不是你们把我的手机号告诉李恩的。我的手机号是新号，只有你们几个知道。"

王若晴她们笑了起来。林知秋说你们真坏。

王若晴还把李恩在食堂的神情还有把字迹写在手背面的样子，惟妙惟肖地模仿给林知秋看，意思告诉林知秋李恩是多么深情。其实林知秋也非草木，心里自然也是甜滋滋的，毕竟李恩的条件也不错，而且对自己确实也很用心热心。

"你们是不是吃过他的比萨，所以嘴软了，都说他的好话。"林知秋说。

"是真好人，就要说真好话，他的确不错。知秋，你也要珍惜噢。希望你们能走到一起。咣咣！咣咣！……"模仿出婚礼进行曲的声音。

林知秋难为情地出了宿舍，直接到餐馆去了。

林知秋没有回李恩的消息，这让李恩又一次辗转难眠，心里觉得自己可能真不受欢迎，甚至觉得自己是配不上林知秋，如果林知秋喜欢自己，为什么不接电话呢，或者回个短信呢。一样都没有，李恩觉得是自己不够完美，不够有层次，自己难以和林知秋相配。想了一个晚上，真的是为伊消得人憔悴，第二天瘦了三斤。室友问李恩怎么了，李恩也不说，大家都觉得李恩一定是失恋了。

过了几天，日子一样的平淡无奇，学校里又开进了义务献血车，林知秋决定自己要去献个血，这是她每年必做的事情，今年北大里排队献血的人很多。林知秋来得有点晚，排在了中间，等到她要跨进车门时，车上走下了一个捂着右手的熟悉面孔。林知秋像被电击了一下，顿时愣在了远处，是的，是李恩。李恩捂着手，也发现了林知秋，李恩突然高兴地像个孩子，手也不捂了，说："知秋，知秋，你也来了。我终于见到你了。"

李恩的右手没捂住，针口的鲜血流了出来，浸红了衣袖。林知秋看到这里，立即跑到车上找了一团棉花，塞在了李恩的针口处，李恩以为林知秋要逃跑，没想到是为了自己的针口。这时李恩的心都要融化了，李恩明白，林知秋心里是有自己的，林知秋是在乎自己的，不然她会舍不得我针口流血？李恩竟然咧着嘴在原地笑着。

轮到林知秋上去献血了，李恩捂着手，在车外等着，林知秋上去了好一会儿，李恩知道，这次林知秋献血一定很多，时间的长短，就是献血的多少，李恩明白。足有三分钟，林知秋才下来，林知秋的脸色已经惨白，李恩知道，林知秋一定是不顾身体地献血，逞能地献血。李恩心疼极了，不顾自己的针口还没合上，就去搂住林知秋。林知秋也不拒绝，她心里明白，李恩能主动来献血，证明他是个愿意付出，心中有爱的人，这样的人，不会坏到哪里去，自己也没必要再处处拒绝他了。李恩说："我们都献血了，要好好补补。知秋，你不要拒绝我，我请你到西餐馆吃个饭，上次你就爽约了，这次一定要给这个面子。"

林知秋突然感觉脚有些抽筋，已经出了学校，李恩干脆不顾大家的笑话，一把抱起了林知秋，往餐馆走去。林知秋央求李恩放下，李恩就是不放下，说："我生怕你溜走不和我吃饭呢。"

"和你吃饭，和你吃饭，我答应你。你放心我。多难看，周围都是些北大出来的学生。"林知秋捶着李恩的肩膀。

李恩得知自己大功告成，才把林知秋放下来，这顿饭，看来知秋愿意和自己吃了。

坐在奢华的西餐馆里，这是林知秋有生以来的第一次，李恩想点最贵的牛排，林知秋看了下菜单，说太贵了，于是自己点了一份很便宜的牛排。李恩见林知秋这么节约，心里也些震撼了，也点了极便宜的牛排。

虽然两份牛排还不如一块好牛排的价格，但是他们吃得很开心，李恩也是第一次和外人，和自己最爱的人，聊起自己的身世和童年。

李恩说，自己是个单亲家庭出身的人，爸爸是一名刑警，在一次抓捕犯人过程中，中枪牺牲了。妈妈是一位小学教师，已经退休在家了。李恩说起爸爸，心潮澎湃，他在李恩心里显然是一个大英雄，是一个嫉恶如仇的好警察。只是为了工作，爸爸的角色在他家里总是缺席的。但缺席总比没有好，李恩一想起牺牲的警察父亲就泪流满面。说起自己慈祥和蔼的母亲，李恩眼睛里又闪着光亮。

李恩问林知秋的过去，能否告诉他一些。林知秋说自己出生在广南省的最偏僻的一个县的乡村里。林知秋把自己只有一个父亲家庭状况，和自己世代农民的出身、自己从小学到初中高中接受县政府乡镇府资助才完成学业的经过告诉了李恩。

李恩含着眼泪听着林知秋平静地叙述，作为一个青岛城市里出生的孩子，李恩听着这些不敢想象的山村往事，心里百感交集。原来外表坚强的林知秋，是经历了这么多磨难才坚强起来的，此时，李恩明白，林知秋有着一颗柔弱的内心、感恩的内心。

李恩问到了一个最关键的话题："知秋，那你毕业了还会回家乡工作吗？"

李恩心里是希望林知秋能够跟他去青岛，或者留在北京。当然还没到那样的关系，但心里却是这么想的。

"回！我一定会回去！"林知秋目光坚定。

这是让李恩没有想到的，林知秋几乎想也不想，就回答了他的问题。林知秋是要回去的，她说："广南省现在还是国家的贫困地区，而我们县更是特困地区，最基本的教育还有待于提高。教育是改变那些孩子命运的关键，我们县里每年能上名牌大学的屈指可数，而更多的人连大学都考不上，还有更多的人连高中也读不上，读不起。没了知识，各种行业都开展不起来，走不远，经济不行又反过来影响教育。这些都是教育水平低的恶性循环，有了好老师，就能改变这种面貌。我研究生毕业后，回去哪怕做一个高中老师，我也愿意。从我的三尺讲坛上，要走出更多的大学生。"

"嗯。我跟你一起去广南。我也想做一个老师。我妈妈就是一名人民教师。"李恩突然也坚定地说。

这话倒让林知秋害羞了，林知秋心想，怎么一下子就说到跟自己一块回广南了。但她心里却也非常高兴，因为她觉得要是李恩真能不计西部家乡的落后条件，跟着自己吃苦一辈子，这样的男人，倒真值得爱一场，真值得嫁一次。

接下来的研究生时光，过得踏实而美好。

这天是林知秋的生日，傍晚时分到了。李恩看到林知秋还用着那二手的旧手机，心疼林知秋，就去手机店买了华为的一款新手机，还给林知秋订了一个大蛋糕，打了个电话给王若晴。因为男生不能进女生宿舍，只能打电话给王若晴。王若晴走了出来，猜到一定是李恩有礼物要自己传达，看到手里拎着大蛋糕和手机的李恩时，王若晴笑了起来，说："我猜到你会来的。可惜我们女生宿舍不让你进。知秋的生日庆祝，你参加不了啦。"

"恩，是有些遗憾，所以我把礼物带来了，她的手机太旧了，我给她买了个新的。希望你转交给知秋。"李恩说。

王若晴看了看，极乐意地接过了礼物，蹦跳着进了宿舍。正在看书的林知秋突然眼前一黑，原来王若晴和室友把电灯拉掉了，王若晴带头唱起了生日祝福歌，这些林知秋才记得今天是自己生日，看着大蛋糕，林知秋感动得眼泪都流出来了。

吹完蜡烛，王若晴把手机递给林知秋，说："猜猜谁买的。"

"李恩吗？"林知秋说。

"猜对啦。"王若晴让知秋赶快拆出来看看。

"这样不好啊，他怎么那么浪费。"林知秋说。

"因为爱你啊。他怎么不给我们买啊。就是因为在乎你爱你啊。快拆开把电话卡装上啊。生日快乐！"王若晴说完，就迫不及待地和室友吃起了蛋糕："嗯，蛋糕真好吃，晚上咱们就不用去吃晚饭了，热量够了，再吃饭容易胖。"

林知秋和李恩也确定了恋爱关系，李恩时常带着林知秋去爬长城，逛西山，到怀柔，去昌平，把北京的山山水水都看了一个遍。

青春盛开如歌

用李恩的话说是："要带着你去看遍祖国的千山万水。"

研究生的第二个学期，李恩决定国庆前把林知秋带回青岛给母亲看看。母亲也知道李恩谈了个女朋友，也听李恩说林知秋是多么多么优秀出色心眼好，但母亲干着急没用。儿子和女友关系没发展到那个份上，女朋友是不愿意跟着回老家看自己的，这她知道。当母亲得知李恩即将带着女朋友来青岛时，她把这个消息告诉了邻居，邻居也为她开心，她就去菜场买回了很多很多海鲜。因为她听说林知秋是内地人，很少吃过海鲜，而青岛盛产海鲜，准儿媳来，一定要让她尝个遍。

而这个时间段，李校长也来信了，足足两页纸，写的内容是自己也快要从县一中校长的岗位上退休了，想在退休前能够看到林知秋回母校做一场演讲，鼓励更多的山区孩子好好学习，要让他们从林知秋的身上，看到学习的希望，看到奋斗的力量。林知秋不能回绝，马上给李校长写了封信，说愿意在国庆后回母校做一次演讲，分享自己的学习心得。李校长收到信，莫名兴奋，激动得拿信的手也颤抖着。

正好，旅程这样规划好了，林知秋先和李恩坐火车去青岛，然后从青岛过完国庆，坐火车去广南，正好顺路。

李恩兴奋地帮着林知秋提着行李，坐上了火车，还把靠窗的那边让给林知秋，让她看看车窗外的景色。这一路，李恩就介绍青岛的各种好吃好玩的，让林知秋恨不得一下子就到男友的家乡。

李恩青岛的母亲已经亲自雇了一辆的士，在火车站门口迎接着，还手写了一个牌子：欢迎知秋来青岛做客。

林知秋看着李恩已经五十多岁的母亲，心里一阵亲切，而那接人牌子更让林知秋觉得感动。她们一见如故，性格也很相合，极为投缘。倒是李恩被冷落在了一边，故意生气地说："妈，以前我回来，你都像跟屁虫一样围着我转。现在只要知秋了。我吃醋噢。"

　　母亲说："我都养了你快三十年了，厌烦你了。知秋多好，她第一次来青岛，我当然要好好照顾啦。"

　　林知秋也笑着说阿姨不要见外，不然自己也不好意思了。

　　进了家门，林知秋发现男友家的房子不小，足有一百一十平米，比起自己广南西北乡的家，不知道要上多少个档次。她知道，这是青岛，寸土寸金的地方，李恩生长的这个环境，真是让人羡慕啊。

　　"阿姨，你们的房子真好。"林知秋说。

　　"是啊，环境很好。但是李恩不努力啊。你们广南我去过，条件是要差些，但这不妨碍聪明勤快的人奋斗出成绩啊。知秋，你从乡村还能考上北大。那么李恩这个条件如果努力的话，是不是该考个剑桥哈佛？所以，我一直说他，不努力，不努力。以后只有你来改正他学习工作的懒惰。"母亲到底是老师。

　　"我要努力了，不就和这么好的姑娘擦肩而过了。我还怎么遇到她。剑桥哈佛有什么好，又没有我的知秋。"李恩说着拉着知秋，要知秋吃一只大龙虾。

　　林知秋害羞地说："李恩，别在妈妈面前笑话我了。"

　　"好，叫得好，叫得好。我喜欢你叫我妈，我等这声妈已经等了三十年了。"妈妈激动得有点想抹眼泪。

"妈妈。"知秋又叫了一声。母亲干脆搂住林知秋，又想起自己牺牲的丈夫，百感交集，抽泣起来。

李恩打圆场，说这么多菜不吃就浪费了，又夹了个海螺给知秋，大家继续吃了起来。实在是吃得太饱了，每个人都挺着个大肚子。

第二天，自然是爬崂山和到海滨浴场游泳。从崂山上观大海，蔚蓝一片，水天一色，好壮观，这是林知秋第一次看海，心里激动不已。下了山，又到海滨浴场，这次是第一次接触海水，林知秋第一次那么放松，那么惬意，那么无拘无束，从一个山村灰头土脸上顿不接下顿的野孩子，到考上北大要受多少的磨难和历练，如今，就让男友家乡的辽阔、清澈、温柔的黄海水涤荡自己的胸襟吧。林知秋在海水中和李恩游了很远、很久，他们像一对恩爱的小鱼一样，被黄海的海浪轻轻拍打着，一切都是那么美好。直到彼此实在游不动了，天色已昏，才回家歇息。当然，照理又是母亲准备的海鲜大餐招待他们。

亲戚朋友们也纷纷来看李恩的女友，都说好，都竖起大拇指，没有一个人反对的。问起林知秋家乡的情况，亲戚们都说不容易啊，偷偷对李恩母亲说："李恩那小子运气好，娶这样一个懂事勤奋的女孩子，是他的福分。"

国庆假期快要结束了，李恩买了两张去广南的火车票，林知秋和李恩作别了母亲，就上了火车，火车在群山万壑间驰骋，越过了祖国的千山万水，过江苏，过安徽，过江西，过湖南，李恩说："我终于实现了和最爱的知秋一起走遍祖国的千山万水的愿望啦。"他们依偎在卧铺座位边，看着窗外的景色，手拉着手，越发地珍惜彼此的这段缘分。

县一中已经派出了车子到火车站迎接林知秋，林知秋没料到场面这么宏大，学校还敲锣打鼓，挂着横幅迎接自己：热烈欢迎县一中的骄傲，北大才女林知秋回母校！

校长亲自来学校门口，他和林知秋一见如故，相拥而泣，林知秋看到眼前已经衰老的校长，心里一阵酸楚，往事也历历在目。林知秋介绍了自己的男友，北大社会学系的李恩。校长更是激动，说："好啊，好啊，两个北大，给我们传授要多学习的经验。"

林知秋来到主席台，李校长介绍了林知秋的情况和所学专业，说："知秋是我们县一中走出去的第一个北京大学的学生，她从小吃苦耐劳，虽然家境十分贫穷，比你们的家境要贫穷许多，但还是凭借自己的努力，以全县第一名的成绩，考上北大。如今又已经保送研究生，成为北大法学院的一名研究生。今天，很荣幸地请到了林知秋回母校给我们做演讲，请大家以热烈的掌声欢迎她为我们分享学习的经验。"

林知秋羞涩地拿起话筒，谦虚地说都是因为党和政府当年的关心爱护，不然自己可能连小学也上不了："是党，是政府，那如山高海深的恩情，让我走到了今天，所以在我分享学习方法之前，我想感谢县政府，感谢当年热心的领导。我知道，党和政府的关心一直没有改变，如今在座的同学中也一定有接受助学金资助的学生，我想说，你们和我一样，是幸运的。有了社会的关注，政府的资助，我们就看到了光明的前途，只要我们付出努力，只要我们坚持不懈地学习，只要我们不失去精神的动力，我们就一定能考上好的大学……广南属于西部省份，我们县更是西部的西部，需要人才，需要更多的人才来建设好家乡。只有我们自己通过学习，让自己变得强大了，有朝一日，才可以回来建设家乡，改善家乡的面貌。都说要致富先修路，其实要致富还有一条，就是兴教育。只要我们的孩子，没有一个因为贫困而辍学在家，我们的家乡就大有希望……"

林知秋还把自己具体的学习方法和心得，在演讲中和大家分享了一番，台下只听见铅笔和纸张本子之间记录的摩擦声，以及不时响起的掌声。大家从林知秋的讲话中，得到了太多的启发，都点着头，对比着自己的学习习惯，反思着以往的不足。

演讲完毕，掌声如雷鸣一般久久不能停息。

李校长要食堂准备了简单的饭菜来招待林知秋和李恩，被林知秋婉言谢绝了。林知秋说要马上回西北乡看父亲和张校长。临别，李校长说："还有一个人想见见你呢。"

"是谁呢？"林知秋说。

"马县长。"校长说。

"是原来的教育局马局长吗？"林知秋说。

"是的，他现在咱们县的县长。这几天有空的话，我们一起去拜访他下，他听说你回来做演讲，主动说要见见你呢。"校长说。

"好的，我先回西北乡看父亲。住一晚，明天回来后就去见县长。马县长也是我的恩人呢。我一定要去拜谢他一下。"林知秋说着握着李校长的手，坐上了李校长安排的吉普车，往西北乡开去。

村小学的张校长已经退休了，但还是没人愿意来西北乡的这个村当小学校长，只能由张校长一人返聘兼任着。他是收到林知秋的电话，说这几天要回来，于是把消息告诉了林根生和诸多父老乡亲。乡亲们都沸腾了，时时刻刻都念叨着林知秋，盼望着见到那个昔日柔弱的小女孩，如今的北大才女。

　　随着县一中校长的车开进西北乡，开到林知秋的家门口，张校长已经带着村民热热闹闹地在迎候林知秋了。林知秋和李恩下了车，第一个和张校长拥抱了起来，张校长和林知秋都激动不已，看到依旧淳朴和激动的父老乡亲们，眼眶湿润了起来。读大学这几年，只回来看过父亲一次，还是匆匆回来，匆匆北上，现在她可以好好地和眼前的乡亲们寒暄起来。

　　"孩子，你比上高中那会还瘦了。北京是不是压力很大啊。"邻居老伯说。

　　"还好，还好，你还是老样子，精神好得很。还有这些孩子，都长大啦。"林知秋摸着这些孩子的头，心里感到了温暖，仿佛也看到了自己读小学时候的样子。

　　大家都问："知秋，这位后生是谁啊？"

　　"他叫李恩，是我的男朋友。"林知秋微笑地把李恩拉过来，介绍给乡亲们。

　　乡亲们拉着李恩的手，说："孩子，你长得真端正，也是北京大学的吧，真好。我们知秋就拜托给你啦。"

　　"嗯，我会好好照顾好知秋的。"李恩红着脸激动地说。这是他第一次来到中国南方的乡村，第一次感受到了这些朴实农民的温情，也第一次感受到了这山回路转的闭塞，虽然路是闭塞的，但人情并不闭塞，知秋的这些父老乡亲们是多么地好客和热情啊，自己的手都被大伯阿姨们捏红了。

"孩子，你老家是哪里的啊。"老伯问。

"我是山东青岛人。"李恩说。

"好地方，青岛是不是生产啤酒的，我一次去乡里，看到路边的废品回收站有一些易拉罐印着青岛啤酒几个字。"老伯说。

"是的，是的，我们那产海鲜产啤酒。有机会老伯去青岛，我请您喝啤酒吃海鲜。"李恩握着老伯的手说。

"我们也要去青岛，我们也要喝啤酒吃海鲜。"几个娃娃说。

"你们还是小屁孩，喝酒会头重脚轻摔得狗啃泥的，一边吹风凉快去。"老伯呵斥着这些打乱自己说话的小孩子说。

李恩觉得孩子们很可爱，就给他们每人塞了一粒自己早就准备好的巧克力。孩子们吃得可开心了。

林根生这时才得知女儿回来了，手里正拿着一条绳子，慢慢地又激动地走了过来。女儿一下子就看到了父亲，于是快步走上去，扶住了父亲，说："爸爸，我回来了。"李恩也跟着林知秋，这才明白过来，眼前这个瘦削的老者，正是自己恋人的父亲，正是自己未来的岳父。只见老者脸上布满了皱纹，皮肤黝黑，但眼睛炯炯有神，他赶忙握住林根生的手，说："爸爸。"

林根生眼睛都愣了起来，怎么突然多了个叫自己爸爸的城里青年，有些不好意思，很不自在。

这时老伯开玩笑说："根生啊，你是不是拿着绳子要绑住女儿，不让她回北京去啦。哈哈。"

"我这是要去打柴。"林根生笑着说，但心里还是纳闷眼前文质彬彬的城里男子是谁，他突然明白过来，一定是知秋的男朋友。

林根生打量着这个男朋友，没有多问他什么话，就让知秋赶快带着他一起回家，张校长和牛村长则跟在身后，进了林家家门。

牛村长说："知秋啊，我们是看着你长大的，你现在在北京一定是成功人士了。你不能忘了家乡啊。能否让你北京的一些有钱的做企业的朋友，到我们村来投资建设啊。"

"我倒没有什么企业家朋友。但我考虑过我自己回咱们县来。"林知秋的话让张校长惊讶起来，作为自己启蒙老师的张校长说："我觉得，家乡不可忘，但既然凤凰已经飞到了高处，就不要再低飞了。回报家乡有很多种方式。就像村长说的，等以后你更成功了，有了很多搞企业的朋友，让他们回家乡投资，那也是对家乡的回报啊。"

"知秋热爱家乡，我也打算跟着知秋回到这里来。"李恩说。

"好孩子，真是好孩子啊。"牛村长和门槛外围观的村民说。

林根生看了看李恩，点了点头，心里对这个未来女婿的好感又增加了不少。

林知秋带回来一些罐头食品，让李恩去打开，放在了盘子里，然后根生到地里摘了些蔬菜，炒了三个菜，还有三个罐头肉，留张校长和牛村长一起吃了顿饭。

李恩来的时候想得比较周到，行李箱里带了三瓶酒的，张校长和牛村长还有岳父喝了一瓶。张校长尤其兴奋，和李恩讲述着林知秋从小勤奋努力刻苦学习的点滴往事，说刚上学那会，还从天梯上摔了下来，好在知秋聪明反应快，一下子拽住了藤蔓树枝，不然就没有现在的知秋了。李恩也被张校长的描述吓得眼睛圆了起来，吃惊地看着知秋，心里无限佩服，说一会儿要去看看那天梯，看看知秋小时候读书的小学。

饭后，张校长和牛村长走了，林知秋和李恩没有喝酒，知秋打算带着李恩去外面打点柴，然后看一下自己的小学，自己也不清楚这么多年了，小学有没有变化。

林知秋在前，李恩在后，他们走在田埂山路之上，特别是李恩，尽情呼吸着这山野的纯净空气，像是池塘里的鱼儿到了宽广无比的长江黄河里，自由而惬意。他说："秋，你们这空气真的好，山也好，怪不得你这么美。"

"你还没有看到这里的溪流，虽然比不上青岛的大海，但是溪流的水可以直接喝，很甘甜。我们这的乡亲们喝了能长寿，所以他们几乎不生什么病。"林知秋说。

"那一会儿你带我去尝尝溪水。"李恩说。

我们先砍柴，然后把柴放在半山腰，我们爬上那座山头，上去看一看我以前的小学校。李恩随着林知秋，在灌木和树丛里穿梭，这个城里男生对周围的一切充满好奇，他朗诵着北大诗人海子的诗歌说："从明天起，做一个幸福的人，劈柴喂马，周游世界。我今天真的砍柴啦……"

林知秋看着像孩子一样的李恩，心里脸上都是笑容。

半个时辰的工夫，柴火已经打了不少，于是林知秋想背着，李恩一把接过柴，背在了自己肩头上——他是心疼林知秋。柴火好重啊，李恩说："知秋，我真佩服你，看来你小时候就是这样把一担担柴火背回家的，你真不容易啊。我背着都觉得沉，何况那时你还比现在小，还是个女孩子。真不容易。"

"我们这里的人，无论男女，力气都很大，这些农活，再正常不过了。好了，到了，这就是天梯。你把柴火放下，我们爬天梯上去，学校就在上面的山坡上，你可要小心噢，今天天气也比较潮湿，梯子容易滑。"林知秋嘱咐说。

"没事。我在学校学过攀岩呢。"李恩自信地说。

林知秋先做示范，先爬上了天梯，虽然很多年没爬，但埋藏在身体里的习惯和能力，一下子就被唤醒了。她很快就到了山顶，李恩接着就上来了，爬到天梯一半的时候，由于山里湿气很重，他又穿着城里的运动鞋，一下子就打滑了，好在学过攀岩，手里劲道比较足，一把抓住了梯子，没滑下去，李恩吓得不轻。林知秋鼓励李恩要胆大心细，小心打滑，眼睛不要看上面，也不要看下面，看好每一步。好不容易，吓出一身冷汗的李恩，上了山顶，看到了眼前果然有一座简陋的小学，但小操场的旗杆上，飘扬的红旗却格外耀眼，这红旗点缀着山林，像黑夜中的火红的灯火，将周围照亮，红旗醒目的红色里充满了一种不可言说的希望。李恩小时候在青岛，上的都是混凝土浇筑的现代校舍，而且是三五层的楼房，眼前却只是一排三间土屋，李恩一下子鼻子就酸了，自己心爱的人，原来在这样的学校里读过了她的童年，他心疼地搂着林知秋说："知秋，你小时候上学要吃多少苦啊。"

"这么多年了，学校也没有变。张校长年纪那么大了，也要每天上上下下，坚守这里一辈子，比我还不容易啊。走，我们进去看看。"林知秋说。

林知秋走到教室外一看，孩子们都在认真地听课，任课老师走出来说："请问您是？"

"我叫林知秋，也是这所小学毕业的，张校长的学生。"林知秋说。

"啊，您就是考上北京大学的林知秋。我知道，我知道，您回学校来看我们啦。孩子们，快欢迎欢迎！"老师兴奋，李恩也微笑了起来，他感受到了女友在这里的绝对知名度。

林知秋没有带什么，但李恩却很细心，他背后的背包里，带了一罐子糖果，足有上百粒，他发给了每个小孩，孩子们吃着糖，幸福的深情无法言说。老师让林知秋讲几句话，林知秋并未推辞，说了一些鼓励孩子的话，话中告诉他们："孩子们，你们要吃得起苦，吃了学习的苦，就可以走出自己的山村。到外面看看更精彩的世界，到外面去学习更有用的知识，来建设我们的家乡……"孩子们边吃着糖边听着林知秋的演讲，露出了对未来美好的向往，当林知秋和李恩下山时，这群孩子都冲出了教室，排成了做操升旗的队伍，给林知秋敬礼，然后说："欢迎林知秋姐姐下次再回母校。"

看着这群天真无邪的孩子，林知秋哭了，但林知秋要在孩子面前坚强，她抹去了眼泪，和李恩一起，向孩子们挥着手，依依不舍地卜山而回。

马县长正要出县政府办事，他记得县一中李校长告诉他说这几天林知秋要回一中演讲，但不知道是哪一天。马县长于是打电话给李校长，李校长马上接过手机说："县长，您好，您好。"

"李校！听说林知秋要回来，她到咱们县了吗？"马县长说。

"到啦，到啦。县长，林知秋已经在县一中演讲完，回西北乡的家里了。她说等从家里回县城后，就来县委拜访马县长您。"李校长说。

"好好，回来就好。正好西北乡政府有一个现场会议，我要去开，开完会，我亲自去她家看望林知秋吧。"马县长说。

"啊，您亲自去看她，这太……"李校长本想说，这太礼贤下士并且出乎常规了，但越是这样，他也就越看出了县委对林知秋这个当地名人学子的重视，自己作为校长，自然也沾到了光。

"对，我亲自去看她。别忘了，我当时是教育局长，她也算我的门生呢。呵呵。"马县长爽朗地笑着。

挂完电话，李校长赶忙打电话给林知秋，说马县长要亲自来你家访问，林知秋也有些紧张，说："李校长，我能否去乡里找他？"

"看样子不行，马县长去你们西北乡是开现场会议的。他已经定了，说开完会亲自到你家来。你就别再去乡里了，万一跑了对岔，那就对不起县长了。你就在家里等着，我也马上到你家，一起迎接马县长。"李校长说完就开车往西北乡去了。

第七章　誓归乡

在西北乡乡镇府，开完了现场会议，听完了党委书记和乡长的汇报，马县长提出要亲自往林知秋的村里看一个人，这让乡长书记们始料不及，说："村里县长要看谁，我们让他上乡里来就行，山路不好走，很危险啊。"

"不行，我要看的人，很重要，是我的学生。她是你们西北乡第一个考上北京大学的人，是你们西北乡乃至我们县的骄傲。快，备车，乡长书记，你们跟我一起下村去。"马县长意志坚定。

乡长和书记才反应过来，是要去看乡里无人不晓的北大才女林知秋。

林知秋和匆匆赶到的李校长已经站在门口焦急地等着了。马县长的车在山路上颠簸了半个小时，开到了林知秋家门口不远处，不能再往小路上开了，村长说："县长，那就是知秋家。"

林知秋一个箭步跑过来，她一眼就看到了多年没见的马县长。

县长和林知秋的手，紧紧地握在了一起，知秋说："马县长，您好，您怎么亲自来我们村了。"

"小林啊，多年没见啦，第一次见到你时，那时我还是在教育局，你那时还是个初中生啊。一晃都这么多年了，你好吗？在北京怎么样？"县长说。

"马县长，挺好的，挺好的，快到我家里坐坐。"林知秋说。

"是要到你家坐坐，看看是什么家庭，培养出了你这么优秀的好学生。走，一起去看看去。"马县长好奇且高兴地往林家走去。

林根生也在门口候着，心里有些紧张，他这辈子见过张校长，见过村长，还真没见过乡长书记，更别说是一县县长了，他显得局促不安。林知秋拉拉父亲的手，意思让他无须紧张。林根生在县长和乡长等领导坐下后，自己也坐了下来。

马县长拉着林知秋的手，一起坐在了一张长凳上，马县长说："知秋啊，古代讲门生，新科进士考试前受过哪位主考老师的指点，就算是这个老师的门生呢。我虽然没指点你，但你应该也算我的学生。你是我做教育工作那三年里，遇到的最优秀的学生。我现在还为自己的决定而有成就感——当年的一份助学金，把知秋你送上了中国最高学府北京大学啊。值得，值得。"

李恩也在一旁听着，原来这是自己女友最大的恩人呢。

"是的，马县长，真的要感谢您。如果没有党和政府，没有马县长您当时的帮助关心，我高中肯定已经辍学在家了，更谈不上考大学。所以我出去这些年，时时刻刻都忘不掉马县长还有张校长李校长你们的关心，没有你们，我不可能到北京去读书的。"林知秋感恩地说。

"知秋啊，在北京学习怎么样？读几年级了，应该是研究生了吧。"马县长说。

"研二了。"林知秋马上回答。

"好啊！研究生好，我们县，就是缺这样的高级知识分子啊。我们搞经济建设，不但需要资金项目，更需要懂知识的人去建设，教育也是——你们都知道搞教育是我的老本行，我本身也是教师出身，教育也需要高学历的人才参与其中。名师才能出高徒，李校长，你们学校有多少硕士学位的老师？"马县长问。

"没有一个，最高也是本科，其中年龄较大的还是当年的专科生。"李校长说。

"这就对了，县一中是我们县最好的中学，这是众所周知的，其中的老师，都没有一个是硕士研究生学历，这就需要反思啊。老师学历不高，学生如何更优秀，这就是问题所在。同样的，人才不多，知识水平不高，县里的各项建设如何推进发展这又是一个问题。其实这两个问题是一个问题，就是人才缺少，自己的人才少，来县里发展的人才也少，这是我们要看清的问题和努力的方向啊。知秋，你毕业后在北京的工作找了吗？将来要多关注咱们家乡的发展，多推荐我们家乡，让优秀的人才知道我们景云县。"马县长问。

"马县长，我毕业后不想在北京工作。我想回到家乡来。"林知秋说。

马县长突然站起来，鼓掌赞叹。林知秋这话是让他始料未及的，他原本以为林知秋这样已经如凤凰般高飞的优秀学子，是一定会顺理成章地留在大城市工作的，没想到林知秋却坚定地回答自己要留在家乡，于是马县长说："好啊，没想到啊。你们听到没有？书记乡长听到没有。知秋已经是北大的研究生，在北京任何单位找一份工作，都不是什么难事，但她今天许诺说要回来，回到生她养她的故乡，回来建设故乡，改变故乡的面貌。这份情怀，足以让我们县里的领导班子和县里的一百万父老乡亲感动啊。明天县里要召开一个会议，顺便我也要把知秋的这种想法和精神跟全县的领导干部讲讲，多向知秋学习奉献的精神。知秋，我今天承诺，你回咱们县，我一定给予你最大的帮助。"

"知秋你真的不待在北京发展了？"乡党委书记说。

"这还有假？"马县长说。

"嗯，不在北京发展了。不但我不在北京发展了，我的男友也打算跟着我回来，回到咱们县。"林知秋示意自己的男友，站在不远处的李恩。

"哪位是你男友？"马县长在密密麻麻的人群里搜寻着。

李恩站了出来，腼腆地走到马县长身边。

马县长站起来和李恩握手，说："噢，一个大帅哥！快介绍下自己，哪里人？"

张校长在一旁说了："知秋的爱人叫李恩，是山东青岛人，也是北京大学的学生，现在也是研究生，和知秋同岁。"

马县长拍着李恩的肩膀，得知他是大城市青岛人，并且愿意和未婚妻回她家乡时，投以敬佩的目光，拉着李恩的手赞叹道："山东青岛。中国数一数二的海滨大城市啊，我去过一次，那里的高楼大厦比咱们广南省会都多，经济发展速度非常快。就连他们济南市也感觉到压力啊。这么大一个城市，你都不回，更大的北京，你也不留。你真的愿意和我们知秋来我们县吗？"马县长说着说着倒有些不安了。

"我已经和知秋在北京商量好了，等我们毕业后，就来县里发展，哪怕做一个老师，我们也愿意，为县里培养更多的大学生。"李恩说。

"好好！君无戏言，一言既出，驷马难追，我老马等着你和知秋回县来。不过，以你们的才智，要直接参与政府的经济建设工作。做老师还是大材小用了。到时具体怎么操作，我会开常委会商量此事。李恩同志，知秋是个好姑娘，我们县里的同龄男子，都知道知秋，都恨不能娶她为妻呢，她是我们县的骄傲，你要好好对她啊，好好珍惜她啊。知秋也是，这样深明大义的青岛男生，愿意做咱们县的女婿，知秋你也不能欺负他啊，呵呵，你和他——李恩，都将是建设我们县的一流人才，我们等着你们毕业的好消息啊！"马县长动情地说。

聊了许久许久，林知秋打算请马县长在家里吃完饭再回县里，马县长客气地谢过了林知秋，也别过了乡党委书记和乡长，说要回县里，还要和几位副县长一起开个晚间会议，就上车挥手远去了。

林知秋和李恩送了很远很远，直到看到县长的汽车如蚕豆，再又如小米粒一般消失在山际之间。

村民们都沸腾了，他们第一次见到了县长，心里甭提多高兴了，县长临走前还对他们嘘寒问暖，并说了一些即将出台的新政策，要让老乡们过上好日子。老乡们都围着林知秋家不肯散去，纷纷竖起拇指夸林知秋，说："知秋啊，多亏了你啊。县长都亲自来我们村看我们，我们都托了你的福啊。不过，你说你要回家乡来工作，我们觉得不应该啊。你在北京多好，北京可是首都啊，我们想去都去不了，何况你已经在北京扎根了。再回来发展，就可惜了啊。"

"是啊，人往高处走，水才往低处流啊。"一位乡亲说。

"听说北京有烤鸭吃。回咱们县就吃不到北京烤鸭啦。"另一位村民说。

"要是我，我肯定不愿意再回这里。这里真是穷怕了。知秋还不怕穷，真是让人佩服。"一位青年说。

夜色来临，这些乡亲们才回到家，家中有上学的孩子的父母就对子女叮嘱说："你看，你还要不要好好学习。知秋姐姐，就比你大十几岁，现在已经是中国最好大学的研究生。县长都从县里开车走山路来看望她。我们都叹了一辈子命不好，就是因为没读书，没书读。现在你要好好读书啊！"

"我觉得知秋姐姐真傻。好不容易到了北京，考上了北京大学，还说要回到咱们县，真是太傻了。"一个三年级的顽皮孩子对母亲说。

"你懂个啥！那是知秋姐姐心好！你长大了就懂啦！你现在还是好好做题吧！"母亲拿着手里正在纳着的鞋垫，往这个做着作业的顽皮孩子头上，轻轻打去。

在家里住了三天，林根生和李恩也渐渐熟悉起来。林根生问李恩说："孩子，你真的愿意和我们知秋毕业后回这里工作吗？"

"一定。知秋走到哪里，我就跟到哪里。知秋做县一中的老师，我也做县一中的老师，要是我做不了老师，在学校外开一家小店，我也要跟着知秋，守着知秋。我们要一直在一起。能回到老家来照顾你，来帮助县里面建设，是我们的责任所在。"李恩说。

"可是你的母亲怎么办？"林根生说。

"我的母亲身体很好，在青岛也有退休工资，一个人生活没有问题。她已经一个人生活习惯了，十几年都这样过来了。另外，我和知秋回到这里安定安稳下来后，还可以把我妈妈接过来，我们住在一起。我妈妈以前来广南旅游过，对这里的印象特别好。到时候，时机成熟了，我和知秋就可以把她接过来。"李恩说。

"那就好，我是担心你不愿意到我们这个穷地方来。青岛是大城市，我担心知秋配不上你。"林根生是老实人，连这话也说出来了，他不知道，知秋是李恩费了多大的力才追上的，某种程度上来说，是自己配不上知秋啊。李恩知道，北大有多少傻男生把高高在上的林知秋当做遥不可及的梦中情人，有多少追不到林知秋的男生，在见了林知秋后以她为标准找的女友。

李恩红着脸说："爸爸，你说哪里的话，你不知道，我们北大，很多男生都喜欢知秋。要不是知秋答应，我还没资格跟着来广南呢。甚至我还没资格做她男朋友呢。"

林知秋扑哧一声，捂着嘴笑了起来，说："知道就好。"

林根生也笑了出来，但又忧虑重重地说："可是，孩子，你也看到了，我们林家就这情况，没有家产，只有这间老屋子，冬天漏风，夏天漏雨，我老骨头一把，没办法给你们在县里买房子啊。你跟着知秋回来，肯定会吃苦。所以知秋啊，我还是希望你们留在北京，哪怕跟李恩这孩子回青岛也可以。这里的条件实在太差了，你们是年轻人，不要再来受苦了。"

"爸爸，我已经决定了。回来工作的事，也已经告诉了马县长，怎么能出尔反尔呢。广南需要我们，咱们县是广南有名的贫困县，更需要人才。马县长那天不是说了吗，县里急需各方面的人才，你也在现场听到了。我怎么能朝三暮四，说了回来，又待在北京呢？您别担心我们回来的住宿问题了，我们可以住宿舍。我们不怕任何苦。李恩，你愿意跟我一起回来吗？"林知秋说着看了一眼李恩，想看李恩在父亲面前再一次表态。

"我一定跟着知秋，知秋走到哪，我就到哪。爸爸。"李恩说着扶住激动的林根生坐下。

知秋笑了起来。林根生也无话可说，就去灶台做饭了。知秋连忙让李恩和自己一起洗锅烧饭，让爸爸歇着，说："我们在家，就让我们做饭吧。爸爸，你手不好，就歇几天。"

林根生的手是顽固的中风，是无法治好的，好在还可以做基本的家务活，做饭砍柴，还不需要人照顾，这些年就这样过来了。至于像以前那样做草篓子卖钱，已经是不能够了，他中风的那只手是麻木的，毫无知觉的，但他的内心并不麻木。他感受到了女儿知秋和未来女婿的懂事，他分明看到了一对能干的小夫妻，回到家乡，建设家乡的样子。吃着这顿饭，他自然觉得是这么多年来，最香最甜的一次。

请的假已经结束，必须马上赶回北京了。林知秋和李恩盘算了下，除去回京的车票钱，两人还能省下三千元钱，知秋给了父亲一千。林知秋和李恩来到张校长家，一是作别，二是把两千元交给张校长，让他改善一下这些孩子的伙食，让他给孩子们增添一些书本和教具，让他们有一个好的学习条件。张校长没想到林知秋会这么细心，说："听老师说，你和李恩，回过小学了？"

　　"是的，还是多年前的样子。很怀念，很感动。"林知秋说。

　　"希望你早日学成，报效家乡。我在家乡等着你的好消息。你的这些钱，我替六十个孩子感谢你。"张校长说着要鞠躬，林知秋一把扶住老校长，眼睛里的泪水已经流出来了，说："张校长，您别这样。真正应该鞠躬的，感谢您的，是我啊。若当年没有您硬带着我去小学上学，天天用那辆自行车拖着我上学放学，我现在哪还有机会到北京读书啊。"林知秋说着深深地向张校长鞠了个躬。

　　这时让林知秋没有料到的是，自己的父亲也步履蹒跚地走到了张校长家，把自己给他作为生活费的一千元钱，塞到了张校长手里说："张校长，孩子更需要这些钱。你拿着，都给孩子们花！"

　　张校长望着苍老的林根生，说："这钱是知秋给的生活费吧。我不能要，不能要。你的心意，我代孩子们感谢了。"

　　"拿着。你也知道，我一辈子用不到什么钱，家里有地，吃的都在地里。我用不到钱。学校的孩子们还小，吃饭读书都要钱，就说那天梯，也要花钱改造一下。几十年了，还是那样子，孩子爬来爬去危险。这一千块，你雇个泥瓦匠，凿条小路，让孩子们上下方便也可以。"林根生硬是紧紧地捏着张校长的手，不让他张开手把钱再还给自己。

张校长感动得连连答应。知秋也说要赶紧修好上学的小路，天梯太危险了，说李恩也差一点摔下去，还好力气大，抓住了梯子。说着大家都笑了，张校长送他们到了村口，后面跟着牛村长和无数的父老乡亲，他们舍不得知秋。他们已经把知秋看作自己的女儿，看作给村里带来无数希望和荣耀的女儿，在他们眼里，知秋是村里最完美的女子。连同龄的女子，也不吃醋羡慕，而是敬佩万分。

山路十八弯，送君终有一别，有些乡民跟着林知秋和李恩，一直送到了乡里的汽车站，才挥手回村去。坐着这颠簸老旧的公共汽车，李恩全程感受到了恋人林知秋的童年和青年时光，他握住知秋的手就更紧了。如果说以前对知秋的爱是纯爱，现在又在爱里多了一份敬佩甚至崇敬——虽然这个词好像并不是用在爱情里的，但确实如此。李恩觉得林知秋身上有好多闪光的地方值得自己去学习。

到了县里的汽车站，李校长已经在车站等着林知秋了，和林知秋李恩作别后，依依不舍地站在检票口，望着学生知秋和李恩上了车，望着车开出了车站，往广南省会的方向开去，才转身离去。

路上，李校长对司机说："要是咱们一中多出几个知秋这样的学生就好了。"

司机说："那我们县一中就更厉害了。"

林知秋和李恩在广南省会上了去北京的火车。火车一路驰骋，山川万里，风景从秀美渐渐变得雄伟，他们知道，火车已经过了长江，到了祖国的北方，再过五六个小时，就到北京了。

回到北大，一切照旧，当然也面临着毕业了。很多大公司需要北大法学院的专业人才，一家名叫盛华奇雨的跨国公司人事部主管，在听说北大法学院有林知秋这么个品学兼优的学生时，亲自跑到林知秋的宿舍里。林知秋并没有料到自己会被关注，面对来到宿舍的跨国公司女主管，心里没有准备，但是她心里是明白的，也不用准备，自己是不会答应的。

主管介绍了来意后，开门见山地说："知秋，我们公司，想必你在生活中也是听说过的。我们是跨国大企业，每年的利润可以建一所小型的大学。我们多方面了解到你的信息，你不但学习好，品德也好，在校期间在勤工俭学的同时还创办了节约社，通过希望工程让山区的孩子有书读，自己还是北大的杰出青年，每半年就向红十字会献血。我们在向公司CEO汇报之后，决定以八十万的年薪，聘请你加入我们的法务部。从法务做起，以后逐渐上升。"

"人事主管，您好。首先真的感谢你们，包括你们CEO对我这样一个普通北大研究生的关注。我的职业规划里并不想进这么大的公司……"林知秋其实是想说自己连北京都不会留。

"可以加，可以加。"主管以为是自己开的薪水不够多，"起薪可以加二十万，一百万一年，如何？我们领导层真的很赏识你。我们领导也是穷苦孩子出身，非常爱惜人才。你一定要答应我啊，我回去好向他们交差。"主管算是央求了。

"不是钱的事，虽然一百万对我来说已经很多，何况是年年一百万。主管，我是想回广南家乡去发展，我们那里的农村还非常落后，需要人才回去，我的意思是，我毕业后是要回广南去的，不会留在北京。主管，真的不好意思了。"林知秋很抱歉地说。

"原来是这样。可惜我们广南没有分公司，不然可以让你在广南公司任职。"主管还说，"那你就不能冲着一百万答应我吗？我真的无法回去和领导交代，他非常赏识你啊。"

"真的很抱歉了。"林知秋很坚决地说着。主管自讨没趣，只能就这样作别了，临走给了张名片给林知秋，还说："若你改变主意了，我们公司随时欢迎您加盟。"

主管走后，室友都惊呆了，说："知秋，你知道你拒绝了什么？你拒绝了一年一辆跑车。一百万一年啊，那可以买多少手机，多少电脑，多少蛋糕啊。你想过没有，只要努力十年，你就可以在北京买一套不错的房子，你就是北京人啦。我们真不理解你，为什么要回广南去。我们可都要留在北京的，薪水哪怕只有十万一年，我们也要留下来。"

"也许人各有志吧，广南比起首都，确实各方面都比不上，但那是我的家乡啊。"林知秋深情地望了望窗外的南方。

李恩遇到林知秋的室友，室友告诉他，知秋居然拒绝了百万年薪的跨国大公司，李恩微笑地回答说："我理解她，要是我，我也会拒绝那家公司。"

"疯了，我看你和知秋都疯了。"室友说。

李恩笑着打着热水回宿舍，心里暗自佩服女友，真是说到做到的女汉子。一百万一年，对于一个农村来的学生，对于在北京这样的大城市，就是雪中送炭啊，何况这炭年年都有。李恩得意地把女友拒绝百万年薪的事告诉了母亲，母亲也觉得知秋真是个有坚持有理想的好孩子，让李恩一定要好好把握，好好珍惜，她说："现在的女孩子，不为名利，特别是能抵挡利的诱惑的，实在太少了，你遇见知秋，是你上辈子修来的福分啊。"

李恩听到母亲如此夸赞自己的女友，还不忘在电话这边得意一番："妈妈，怎么样，我的眼光不错吧。"

母亲说："对知秋好，才是你要做的。好好在北京读书，毕业后就和知秋去广南，广南需要她。妈妈硬朗得很，不需要你照顾呢。今天我还跑了十公里路，锻炼身体呢。"

李恩得知母亲身体这么好，也就放心了。

毕业论文已经写好，还有一个月就准备答辩了。这时，法学院的副院长找到了林知秋，把林知秋喊到了自己办公室，说："知秋啊，你也快要毕业了。毕业后准备怎么发展，北京的企事业单位找好了吗？"

"我不打算留在北京了，副院长。"林知秋说。

"你瞧你，知秋，我正想和你说这事呢，院长得知你的情况，特意派我来和你商量，虽然你只是硕士，但学院希望你留在学校，从助教讲师一步步做起。学校需要你这样品学兼优的学生，在学校，我们提供住宿，你还可以继续读博，到时候你就安心地，顺理成章地成为北大的优秀教师。你看这条件如何？我们和院长都要老的，要退休的。到时候，就得你们留在法学院做中流砥柱了。"副院长动情地说。

"院长，我知道您说的这些条件，对于一个只有硕士研究生学历的学生意味着什么，北大是不容易进的，做学生如此，做北大的老师，更加严格。但是我多年前已经下了决心，我要回到广南去，回到自己的家乡去，家乡太需要人才了。我是从山区走出来的孩子，山区的百姓有多落后和贫困，我是深深了解的。我要回去帮助乡亲们改变贫困的面貌，现在国家正在脱贫攻坚，我是有七年党龄的党员，党员的存在，就是为百姓谋幸福的，我必须回去，回到广南去。"林知秋说。

"可是你想过没有，回去了薪水、待遇、机遇都比不上你留在北京。哪怕，你不留在北大，到社会上的企事业单位去，也比回广南好啊……"副院长说。

"我不但要回广南，还要回到我们县，广南最穷的县，我必须回去，那里需要我。我是靠党和政府的资助，才一步步走到了今天，即将完成学业，我必须回到家乡去。鸟知反哺，人更应知报恩。党和国家对我有恩，我就应该回到最贫困的家乡去。儿不嫌母丑，家乡虽然穷苦，但那是生我养我的地方，那里有我的父亲母亲，我只有回到家乡，才能带动更多的人，去建设好家乡。"林知秋眼睛里已经满是泪水。

副院长站起来，也已经眼角湿润，说："知秋，我现在理解你了。好，那我就不留你了。虽然北大也需要你这样的好学生，好孩子，但是你的家乡更需要你。我记得广南在我们北大有几个选调生的名额，我让院长和校领导汇报，我们支持你回广南去。以后要是想回来学习了，或者做老师，我们法学院还是对你无条件敞开大门。"

林知秋感动地握了握副院长的手，然后走出了学院的大楼，她拒绝了跨国公司之后，拒绝了北大挽留之后，身心反而特别轻松起来，好像卸去了一份无形的压力。

身边路过的几个女生悄悄说着什么躲闪开去："这个好像就是林知秋，拒绝百万年薪的人，我看她一定是脑子坏掉了。我们快走，快走……"

林知秋反而微笑地看着她们的背影，也许这就是道不同不相为谋吧。

王若晴的婚礼要举行了，因为王若晴已经有了男友的孩子，所以也顾不上论文答辩，必须奉子成婚了。林知秋参加了王若晴的婚礼，这是林知秋在北京参加的第一场婚礼，李恩也跟着参加了。看着王若晴和那位家境不错的富家子弟结婚，林知秋知道闺密一辈子不会受苦了，也默默地为王若晴高兴。

李恩说："知秋，我也会给你这样一个婚礼的。知秋，我们以后一起努力。"

知秋转过脸来，深情地望着李恩，两人的手握得更紧了。知秋当然知道，李恩不可能有王若晴男友的条件，但她根本不在乎，她不是一个物质的人，如果她是物质的人，小时候的各种苦，早就把她给压垮了。如果她是个物质的人，那百万年薪，北大教席，早就把她给征服了。她要的只是一份深情，对家乡如此，对李恩也是如此，情，才是她最看重的物质。

随着婚礼进行曲的播放，王若晴那美丽微笑的眼神，让林知秋终生难忘，她看到闺密的幸福心里也无比甜蜜，无比开心。

好了，刚结完婚，王若晴就郑重地打了个电话给林知秋，什么事情呢？王若晴的男友家是开公司的，也极有钱，极度宠着王若晴。他们门路很广，已经去医院做了彩超，发现王若晴怀的是个男孩，公公兴奋极了，奖励王若晴一笔钱，随便她做什么。王若晴读法学院一直有个目标，就是做法官或律师，现在律师证已经考下来了。丈夫不会让她做一线的辛劳的律师，王若晴也是这么想的，于是她和丈夫决定开一家律师事务所，王若晴想找一个合伙人，帮她打理律所。她第一个想到了专业对口的闺密林知秋，所以她打给知秋这个电话，把前因后果说了一次。

林知秋在电话里就给回绝了。

王若晴可不是说放弃就放弃的人，她又约了林知秋在北大外面的咖啡店里郑重地谈一次。

"知秋，我现在肚子大得厉害。你就不能先帮帮我吗，你是我最好最好最好的姐妹，做我的合伙人，唯一的合伙人。你不要出钱，什么都不要出，只要做二把手，实际上就是一把手，我不会具体管事。律所让你打点，你会有不低于年薪百万的分红。"王若晴深情地说。

"不是为了钱，我知道你是我最好的姐妹。以前是的，以后也是的，永远都是。现在你的情况也确实不容易。"知秋指着她的大肚子，大家都笑了说，"说实话，你有难处，我也真的想留在北京替你打点律所，但是我必须回广南的。你了解我，只要是决定的事情，我是不会随便改变的。你知道我的，七年来，一向如此啊。"

"你是要闺密我，还是要你的根本没有血缘关系的父老乡亲。"王若晴显然有些生气。

"两者都要。你是我最好的闺密，我一辈子都不会忘记你。我

青春盛开如歌

也希望你常去广南走走，你还没去过广南呢。等你孩子生了，就带着孩子，带着老公，到广南来看我和李恩，好不好？我们说好了，我们俩是一辈子最好的姐妹，没有之一。"林知秋说着也哭了。

两个姐妹相拥而泣，林知秋哭的是自己最好的姐妹需要自己的时候，自己帮不到她。王若晴哭的是，自己这个倔姐妹，回到广南去，也许会吃更多的苦，她舍不得啊。

一会儿王若晴就说："李恩已经也决定跟你回广南了？"

"是的，已经决定了。"林知秋有些得意地说。

"那就好。我们都没有看错男人，当初李恩追你的时候，我就发现他是个真心诚意的好人。现在三年观察下来，可以打一百分。知秋，你选对了人。虽然以你的条件可以选更优秀的。"王若晴说。

"你又调侃我。"林知秋捶她大腿说。

"你打孕妇！实话跟你说，我丈夫的很多小兄弟，都是家产亿万的，他们从我口里听到有这么个北大才女，品学兼优的女孩子，都想通过我认识你，好女人谁不稀罕，谁不想娶。我多次一口回绝他们，林知秋是看不上你们的。"王若晴说的也是实话。

林知秋说："看在你是孕妇的身份上，我不打你了。又调侃我。哼！"

还有一个星期林知秋就要论文答辩了，李恩也准备得差不多了，只要一答辩完，他们就可以离开北京，到广南去了。但是这天夜里，李恩的舅舅打电话给李恩，说："李恩，告诉你一个不好的消息。"

"什么消息，舅舅，快说啊！快说啊！"李恩说。

"你妈妈检查身体，查出了乳腺癌。最近要做手术了，她让我别告诉你。我觉得这是大事，你是她唯一的儿子，你必须知道。我现在和你说了，就是希望你把手头的学习任务放一放，回来看望她一下。再过几天就要做手术了。"舅舅说。

"我马上就回来。"李恩哭着挂完了电话，随后抓着自己的头发说，"怎么会这样，怎么会这样的！"

李恩哭着打电话给林知秋，林知秋不知道出了什么事，心想一向坚强的李恩，一向是自己最坚强的后盾和依靠的李恩，怎么哭得像个孩子似的。林知秋问李恩怎么了。李恩在电话里说："我要回青岛几天，我母亲要做手术了。呜呜。"

"怎么了，妈妈在青岛怎么了？"林知秋也紧张了起来。

"乳腺癌。"李恩在电话那头泣不成声。

"怎么会这样，怎么会生那样的病啊！"林知秋瞬间心里感慨着命运不公。

"我要马上回去。我和你说一声，我在整理行李。回来我们再联系。"李恩说。

"好，我也跟你回去。我不放心你一个人。"林知秋说。

"那你论文答辩怎么办？"李恩说。

"我要先看到妈妈才行，答辩总来得及的。我担心她。我们在你宿舍楼下见，一起打车去火车站。"林知秋快速地收拾好行李，往宿舍外走去，提前来到了李恩的宿舍下面。她眼泪已经流了出来，她知道李恩的母亲对李恩意味着什么，而她也觉得李恩的母亲对自己也是真的很好，自己从小就没有母亲，她是多么希望李恩的母亲健健康康的啊。

　　李恩匆促地下楼来了，两人打了一辆车，直奔火车站。

第八章　长别离

　　在火车上的一路，李恩沉默不语，眉头紧锁，心情低落到了低谷，他的父亲牺牲时候也没有现在这么难过，因为他那时还小，觉得母亲还可以是自己的依靠。也正是这样，母亲的肩膀让他依靠了二十多年，让他从一个蹒跚的孩子，成了一名北大的硕士，母亲是他的后盾啊。可如今，却生了这样的病，李恩是多么难过。他甚至有些恨苍天，让他失去了父亲，又要折磨他的母亲。他伤心的时候，就在火车上低声抽泣着，林知秋也跟着落泪，但还是用手抚摸着男友的背，让他得到一丝安慰。

　　李恩像个孩子似的哭着，在母亲面前，在这个最疼爱他的母亲面前，他知道自己是永远长不大的孩子。

　　青岛站到了，李恩和林知秋上了舅舅的车，回到了家里。李恩的母亲没有料到自己的儿子和未来儿媳会赶回来。回到家，李恩跪在了母亲面前痛哭起来，说："妈妈，你怎么会得那种病啊。我不要你得那种病！呜呜……"

"你怎么回来了。我让舅舅瞒住不告诉你，没想到他还是告诉了你。知秋，你也来了。你们受累了。"妈妈要站起来招待他们。

林知秋赶紧丢了行李，赶紧上前扶住母亲，妈妈看到林知秋一脸的笑意，全然不像要开刀的人，李恩也就爬了起来，不再抽泣，而是搂着妈妈，舍不得放。

妈妈安慰着李恩说："孩子，上次给你擦眼泪还是小学二年级。你的同学欺负了你，说你是没有爸爸的野孩子，你和他们拼命，打伤了他们，他们的爸爸妈妈来告诉我，我狠狠地打你，你不肯认错。最后痛哭了三小时，我帮你擦眼泪，才止住的。呵呵，你还记得吗？"

"记得，我现在还有些恨他们。他们说我是野孩子。我的爸爸是警察，是英雄，我当然不承认自己是野孩子。"李恩最恨的就是有人侮辱他的爸爸。

"哭什么呢？孩子，遇到什么事都不要哭，生老病死，人之常情。你外婆外公去世的时候，我也难过，但我没有哭。相反你舅舅倒哭得跟你似的，你要知道外公外婆知道咱们这么伤心，那更难过，不哭，好好生活，才是外公外婆希望看到的。所以真是外甥不脱舅舅的遗传啊。哈哈。"妈妈居然笑了起来。

舅舅也摸着李恩的头，说："我外甥就是随我，善良老实。"

"你看你，你是夸小恩呢，还是夸自己呢。"母亲笑着说，大家都笑了。

母亲在医院住了三天，第四天终于要做手术了。李恩和林知秋推着母亲，他们俩的手，都握着母亲的手，推她进入手术室。进去之前，反而是母亲安慰两个孩子说："没事的，小手术。你们爸爸连持枪的歹徒都不怕，我还怕做个小手术。你们等着我噢。回去等我养好了，我给你们做海鲜吃。"

李恩见母亲这么乐观，也就压力小了些。林知秋拉着李恩的手，坐在外面等着医生出来。

等了一个多小时，这也许是李恩这辈子觉得最漫长的一小时，二十多年的时光，如放映机一样历历在目：母亲带着自己逛公园，带着自己推煤球车，带着自己把米拎到六楼，自己发烧母亲半夜抱着几十斤的自己，往医院冲去，摔跤了却把李恩搂在怀里，自己膝盖受伤了也不顾，只顾着让医生给李恩退烧。母亲真的是为了自己吃够了所有的苦。想到这眼泪也就情不自禁地流了出来。

好了，手术总算很顺利，乳腺被切去了很大一部分，医生说没什么问题了，但要在医院休养一个月，希望李恩做好陪同服侍的工作。

李恩得知母亲没事了，赶忙和林知秋一起冲进去，把母亲推了出来。麻药一过，母亲醒了，微笑着看着儿子和知秋。虽然胸口的痛越来越剧烈，但看到儿子儿媳在眼前，还是很开心。

第二天，林知秋听到室友的消息，说学校的论文答辩提前一天，让林知秋赶紧回来，不然就要错过答辩了。林知秋的电话，被李恩听到了，李恩说："知秋，你要答辩，三年研究生最关键的就是明天了。你快回去，这里有我和舅舅呢。"

林知秋把自己做好的饭菜，放到了床头柜前，一口口喂着李恩母亲吃完，才决定晚上回北京。

母亲吃知秋做的饭菜，并且又是知秋喂着自己，心里甭提多高兴了。她叮嘱知秋赶紧回北京答辩，不要因为自己而耽误了毕业。

舅舅开车把林知秋送到了火车站，买了票，又送上了车。林知秋依依不舍地对舅舅说："等毕业了，我就来青岛看妈妈。"

到北京时已经是凌晨时分，林知秋没有休息，把行李放到了宿舍，再复习了一下自己写的论文。食堂已经开始供应早饭了，还是在青岛时吃了点东西，饿了一夜的知秋疲惫不堪，于是去食堂点了碗稀饭就着黄瓜咸菜，早餐完毕。离八点半答辩，还有一段时间，她就在北大校园里走了一圈，边走边看着燕园美丽的风景，思绪久久不能平静，她知道自己即将离开这里，也不知道自己以后能不能回到这里看一看。任重道远，回到家乡，就要投入到建设家乡的队伍和行动中去，燕园再美好，似乎也只属于自己那过去的七年时间。也罢，人生有多少个七年，能有幸在自己最美好的年华岁月中与北大一起度过，也是人生之幸事啊。

在未名湖边坐了下，又在博雅塔下流连着，她仿佛看到了自己七年前从县一中初到北大时眼睛里好奇的眼神。

答辩相当顺利，就是那位副院长领衔的几位博士生导师。他们都耳闻林知秋的大名，在进行答辩之后，他们觉得林知秋是这群硕士中最优秀的一位，几位博导话语中多有挽留之意，让她读自己的博士。唯独副院长微笑着不语，他知道，眼前这个小妮子，人在北大，心早已有了归属，那就是她远在两千多公里外的故乡。

林知秋回到宿舍的第二天，选调生的手续就已经完全办好，接收林知秋的单位是广南省云州市政法委，专业对口，做法律工作，挺好。可是林知秋想回到的是自己的县，虽然自己的景云县属于云州管辖，但那是地级市，林知秋想去的是基层——越基层越好，她的想法就是快速地让基层的老百姓改变生活提高收入。无论如何，总算是可以回家乡工作了，先去云州再说，有机会有办法时，就再调回景云县，她这样想。

很快，云州市政法委的领导就打电话给林知秋，让她赶紧回云州报到，并有重要的工作要做。林知秋本来打算在答辩好之后，单位通知来之前，自己去青岛看望李恩母亲的，但是现在只能先回云州了。

林知秋犹豫再三，打电话给李恩，问李恩母亲的病情如何。李恩说已经稳定，正在恢复期，但不清楚细胞有无再扩散，需要观察一阵。

林知秋问李恩的论文答辩怎么办，李恩说自己已经和学院领导请假了，把母亲生病手术的事告诉了领导，社会学系的博导会抽一个星期天，等李恩回校了单独给他答辩。林知秋听男友这么说，也就放心了。

李恩问林知秋："你何时来青岛呢？妈妈想你，特别想你。"

林知秋在电话这头陷入了沉默，然后怀着歉意地说："嗯，我想对妈妈说声抱歉，也对你说声抱歉，我收到了广南云州家乡单位的通知，让我明天就去报到。我可能来不及去青岛了……"

"这样啊……"李恩情绪在瞬间低落起来。

"对不起啊，真的很抱歉，我也很想妈妈。希望她快点好起来。"林知秋说。

"是云州什么单位呢？"李恩说。

"云州市政法委。"林知秋说。

"很好的工作。等妈妈好了，我也来云州找你。我们说好的，要一生一世在一起。"李恩动情地说着。

林知秋在电话这头哭了，哭得厉害。既有伤心也有高兴。伤心的是自己和李恩似乎有着因为外界原因各奔东西的预兆，高兴的是李恩还是一如既往地想和自己在一起，爱着自己。

李恩劝林知秋别哭了，林知秋要和李恩妈妈通电话，李恩说妈妈已经睡着了。李恩让林知秋早些休息，到了云州，一定要告诉自己那边的情况。李恩说，最多半年，妈妈稳定了，他就去云州找她，到时把妈妈一起接到云州养病。

林知秋拎着行李，王若晴挺着大肚子，亲自开车，把林知秋送到了首都机场。两姐妹哭得稀里哗啦，林知秋安慰王若晴说："别哭了，对孩子不好。我们来日方长，说好要做一辈子的姐妹的，这点小别离就哭成这样？海内存知己，天涯若比邻！"王若晴才露出不舍的笑容。这是林知秋第一次坐飞机，在云山之间，在江河之上，林知秋第一次飞得那么高，她兴奋地看着机窗外的一切，一时感到了平静和安宁。这七年来，也许只有这一两个小时觉得自己是个闲人，是个轻松的人。生活和学习的压力实在太大了。林知秋睡着了。

出了广南机场，打的到了汽车站，又乘着公交车往云州赶去，到云州时已经是下午。林知秋推开了政法委书记的大门，自我介绍了一下，政法委书记兴奋地说："欢迎啊，小林，我们知道你是北大优秀的硕士生，甘愿放弃大城市的优厚待遇，到我们云州来，回到故乡来，建设故乡，我们热烈地欢迎你的到来。我姓杨，以后有什么事，直接和我说。"

林知秋说："谢谢您的关心，我会做好我的工作的。你要多布置工作给我。"

"有的人都害怕工作，你却问我要工作。好啊！不错，不错。"杨书记笑着说。

林知秋倒反而不好意思了。坐在简陋的办公桌前，林知秋很快就适应了政法委的繁忙，又因为自己专业对口，所办之工作，都是法律与有关的，可谓得心应手。同事们发现林知秋几乎可以一个顶俩，甚至一个顶三。一个月后林知秋就成了政法委的得力干将，上上下下对她接连称赞。

然而林知秋虽然把工作做得特别尽善尽美，但她还是希望回到景云县，景云是云州最穷的一个县，在云州的最西北——她知道，那里更需要自己。她有时觉得自己后悔学法律了，她应该学经济，学了经济就可以直接参与景云经济建设，就可以直接让部分贫困的乡亲脱贫了。

林知秋再打电话给李恩，问母亲情况，李恩说最近好些了，就是想你。林知秋让李恩把电话给母亲，母亲和林知秋聊了很久。母亲嘘寒问暖，让林知秋要照顾好自己，要多吃饭多休息，不能疲劳工作，也让林知秋别担心自己："妈妈体质好着呢。"

林知秋在电话这头，心里其实是非常想问李恩，何时能够来广南，来云州，但是她说不出口，她知道，李恩的母亲还在观察期，自己把李恩叫到云州来，岂不是让李恩成了不孝之子？岂不是让李恩左右为难？所以只能客套地让李恩注意身体，希望他早一点回北大答辩。李恩一一应承，也让林知秋照顾好自己身体。

林知秋在和李恩的说话里，似乎感觉到了一丝距离，这种距离就是空间距离带来的，如果他们近在咫尺，就不会产生这种距离。而高山和江河，阻隔了他们，难道要像无数的大学恋人，最后离开学校后就各奔东西，各奔前程嘛。想都不敢想，林知秋闭着眼睛，心里疼痛不已，但她不相信李恩会食言。

政法委书记看到林知秋难得皱眉的表情，以为林知秋生病了，劝林知秋多休息。

林知秋在政法委工作了一年半，他看到广南云州山区不少百姓还身居贫困之中，想起老家瓦泥村依旧贫穷落后。而此时全国各地在党中央的号召下，全面推进贫困地区的脱贫工作，广南是西部贫困省份，正是脱贫攻坚的主战场啊，林知秋觉得自己要打电话给马县长了。而此时的马县长，已经是景云县的县委书记，全面主抓景云的各项工作。

马书记接到林知秋电话兴奋不已，说："知秋，你现在在北京吗？硕士毕业了没？"

林知秋说："向马书记汇报，我已经回到云州一年多了，作为选调生现在在云州政法委工作。我看报纸得知您已经做了书记，一直想联系您，但怕打扰您了。我想这个周六回景云来，向您汇报一下工作和最近的想法。"

"好哇！你这个知秋，回来一年半了，也不告诉我一声，是不是把我这个没教过你书的老师给忘啦。好的，知秋你周六来县委，我全天都在，恭候北大高才生。"马书记豪爽地说。

到了周末，林知秋就乘车回了县里，故乡的山水，还是那么清秀迷人，林知秋的心情格外地好。进了县委马书记办公室，马书记让林知秋坐着，喝着茶，好好聊聊。

林知秋不想拐弯抹角，而是直接说了自己的想法："马书记，虽然北大和云州让我做了选调生，进入政法委工作。但是我的志向马书记您是了解的，我想到脱贫攻坚的第一线去，到最贫困的地方去。虽然在市政法委也是为人民服务，但是我觉得到基层去，到老百姓身边去，让老百姓生活一天天地好起来，会更有干劲，更有成就感。我的想法是，马书记能否和云州政法委杨书记说一下，让我回景云来，到景云最贫困的村去。"

"好一个林知秋，我没有看错人。但是你要知道，到最贫困的村去，压力可不是在政法委可以比拟的，工作繁重得会压得你喘不过气来，你一个女孩子家，能够承受吗？"马书记说。

"我从北京回来，就是准备承受压力的。只有看到父老乡亲的生活一天天改善，我才能真正缓解心里的压力。"林知秋坚定地说。

"好！那你真想好了？！"马书记问。

"想好了！马书记！"林知秋说。

"好，我今天晚上就去云州，和杨书记汇报你的想法，把你调到景云来。你打算去哪个村？"马书记说。

"贫困户数最多的村，我们村。"林知秋以为是自己的村。

"错了，知秋。你们村现在在西北乡已经不算最贫困的村了。现在西北乡的瓦泥村才是贫困人口最多的村。你们村的生活现在已经改善了，读书的人多，都学会了科学种地。瓦泥村是我们县最贫困的村，下起雨来，连瓦上都是泥。瓦泥村最大的问题是教育不行，所以贫困难以缓解，是个脱贫攻坚的大难题啊。"马书记说。

"那我就去瓦泥村工作。"林知秋说。

"你真不怕苦？"马书记说。

"共产党员，哪里困难就要到哪里去。共产党人的存在，就是为百姓谋幸福的，我不怕任何艰难困苦，一定响应脱贫攻坚的重要号召，改善乃至改变瓦泥村的状况。"林知秋坚定地说。

马书记说："好，正好，你难得回来，回去看看你父亲。我马上去云州见杨书记。"

两人就此作别，马书记到了云州，把想法告诉了政法委书记，书记十分感动，但也说人才难得，政法委也需要林知秋这样的高学历肯吃苦的得力干将。马书记说："她一直想回报家乡的养育之恩，杨书记你就成全她的一片赤子之心吧。"

杨书记忍痛割爱说："既然你马书记已经说出这样的话，我还有什么办法呢。那就这样办吧，但要说好了，等脱贫工作完成之后，我们还是要把知秋要回来。云州的政法建设，需要她的参与啊！"

马书记说一定一定。

就这样，林知秋被调到了景云县，成为瓦泥村的驻村第一书记，马书记为此还特意召开了县委常委扩大会议，把西北乡的乡长和书记都请来旁听，让他们好好支持林知秋的扶贫工作。马书记说："她是国家的人才，如今一心沉在百姓中间，一心想让父老乡亲脱贫。你们作为乡长和书记，要支持她在第一线的工作。"

乡书记和乡长连连答应，心里也非常高兴，基层有景云走出的北大才女在守着第一线，不怕脱不了贫。但是瓦泥村的状况也很严峻，全村有五百户人家，其中有二百户是贫困户，十个自然屯彼此都很分散，最远的有十公里远，摆在林知秋眼前和肩上的脱贫任务可想而知，十分艰巨。

　　林知秋调到瓦泥村的第一天，就高兴地打电话给李恩了，说自己已经顺利地调到了基层，办公室就在瓦泥村村里，林知秋说开门就能看到青山绿水，走路遇见的也多是父老乡亲，虽然这里条件不怎么好，但空气却十分新鲜。李恩却情绪低落，高兴不起来，林知秋问他怎么了，母亲还好吗？李恩说："母亲的病情反复了，还要动手术。"

　　林知秋也沉默了下来。林知秋最担心的话，李恩还是说了出来："知秋，我妈妈的身体很虚弱，比以前更虚弱了。知秋，我可能不能来广南工作了……请你不要生气，我也是没有办法，我要照顾好妈妈。这里医疗条件好些。"

　　林知秋听完就一言不发，隔了好久才说："那让妈妈多保重身体。你要照顾好妈妈。"说完，心里在滴血，她知道，李恩那句话意味着什么，意味着自己要和李恩分手了。三年多前，李恩信誓旦旦地说要和林知秋一起回到广南，建设林知秋的家乡，现如今真的要劳燕分飞了。林知秋的电话掉在了地上，这电话还是李恩给她买的。她的眼睛里的泪水像流水一样滴落在手机上，手机里是李恩"喂喂"的声响。

　　林知秋拾起手机，任凭李恩怎么呼喊也不说话。林知秋关上

青春盛开如歌

了它，随后伏在桌子上痛哭不已，从小到大，从没有任何事让她如此伤心过，她自认为自己是坚强的，并靠坚强战胜了一切生活学习上的困难，但此时，她才感受到自己的失败，在感情上的失败。是的，忠孝不两全，李恩也是没有办法，他也是生活在一个单亲家庭，母亲生重病，需要他照顾。人生也许就是这样，无法同时踏进两条河流，无法同时做出两种选择。云州的医疗条件是比不上青岛的，李恩为了母亲，和自己分手，也是不得已，林知秋对李恩没有一丝的怨恨，只是伤心。

很快，李恩的母亲完成了第二次手术，这次手术非常顺利，并做了几十次化疗，医生检查了一下她恢复的情况，惊叹不已，对李恩和他舅舅说："很多人挺不过这么长时间，但病人经过两次手术，再加上化疗，现在几乎已经痊愈了，只要休养好，就能恢复到以前的身体。真是奇迹，真是奇迹啊。"

李恩高兴地抱起舅舅，兴奋极了。妈妈恢复过来之后，还一直想着林知秋，嘴里左一个知秋，右一个知秋，一直念叨着她。她问："知秋怎么不来看我，你是不是又欺负她了。"

"她回家乡工作了。"李恩说。

"那你为什么不去，你不是和她约好，一起去广南的吗。"妈妈说。

"妈妈你身体不好，需要人照顾。我舍不得你。"李恩哭着说。

"你的意思是，你和知秋这么好的姑娘分手了？"妈妈躺在病床上生气得要坐起来。

"是的。"李恩说。

"混账！我从小不怎么打你，今天我真想打你一耳光。知秋那么懂事的女孩子，你到哪里去找。你遇到她，是你的福分。你还不珍惜。我一把老骨头，我自己不会照顾我自己吗。为了老娘，把老婆甩掉，你有没有脑子。妈妈现在已经快六十了，还能有多少年。你一辈子的路还长，知秋是要陪你走一辈子的人。你怎么可以说分手就分手，你快给我去广南，去找知秋。不然我不用病死，我会被你气死！"妈妈真的深明大义，说出这番话让李恩幡然醒悟。

"可是，我没有爸爸。妈妈你身边只有我才能照顾你啊。"李恩说。

"不有你舅舅吗？你舅舅已经告诉我，医生说我已经完全抗癌成功，我就是个正常健康的人了。我恢复后还打算一天跑十公里呢。我用不着你照顾，等彻底恢复之后，我还可以去广南找你们，帮你们带孩子。李恩，如果你有你爸爸的勇气，就赶紧去广南找知秋，一刻也不要磨蹭了。"妈妈说。

李恩看了看母亲，又看了看舅舅。

舅舅说："去找知秋吧。家里有我照顾你妈妈，没事。错过了知秋，就错过一辈子了。到时你妈妈心情不好，反而会影响身体呢。去吧。"

李恩跪在地上给妈妈和舅舅各磕了三个头，流着泪去了北京，答辩完之后，拿了毕业证，就买了飞机票，直接飞往广南。

李恩辗转几次公交，才到了既熟悉又陌生的景云县，他问了景云街头的警察，瓦泥村在哪，该怎么走，警察告诉他在西北乡的最西部。于是李恩直奔瓦泥村而去。

林知秋正在调解两户农民，一户占了另一户人家的田地种上了自己的庄稼，两户激烈争吵，刚被林知秋调解停当。当林知秋转过身时，才发现身后站着的是自己的爱人，拿着行李微笑着的李恩。两户村民见状便回去了。林知秋流着眼泪，李恩拉住了她的手，千言万语难以一时道尽，两人相拥而泣。

第二天，林知秋领着李恩去了趟县委，找了马书记。林知秋希望马书记给同样有北大文凭的李恩找一份工作。马书记喜出望外，得知又一位北大学子加入建设景云、脱贫攻坚的队伍，心里甭提多高兴了，问李恩有什么想法。

李恩说："我只想配合好知秋的工作。她做驻村第一书记，我能否做个副书记，做好知秋的协助工作。"

"好，我也觉得这样不错。脱贫第一线的工作很累，你们两个一起做。不愁瓦泥村不能脱贫。就这么定了，我马上和组织部还有西北乡书记说这事。"马书记拎起电话把李恩的工作就给落实了。

瓦泥村的百姓都得知来了两个北京大学的学生做村官，都好奇地来村委办公室看着，看看这两个大学生是不是多个鼻子多对耳朵，不然怎么那么厉害，年纪轻轻就做村书记了。

瓦泥村里的教育，还不如林知秋老家村里强，林知秋老家怎么说还有张校长这样热心的小学校长，瓦泥村也有小学，但只有代课老师做校长，一人管五十多人，还要教学，根本管不过来。于是乡党委书记让李恩做村副书记的同时还兼职做黄泥小学的校长，要让村民的孩子从小有书读，懂知识，有文化。

八岁的壮族孩子刘强是瓦泥村的孩子，父亲去世，母亲改嫁，刘强成了事实孤儿，别说读书了，就是吃饭都成问题，今天去你家讨一点，明天去他家要一点，勉强维持生存，衣服从年初一一直穿到年三十，一年从不换衣服，因为没有衣服换。人渐渐长大，那衣服还是八九岁时候的，穿在身上像紧身衣。林知秋得知这样的情况，就和李恩商量，把刘强带回了自己租住的平房里，并给刘强一间小屋，让他单独住着，并且在学校里给他报名，让他读上了小学。

　　上学之后，林知秋就到乡民政部门为刘强申请了临时救助。乡长问林知秋："听说你把那孩子带着一起住了，是不是真的？"说完，就把两千元临时救助金给了林知秋。

　　"是的，他成了事实孤儿，没人照顾。我们不收留他，他就成流浪儿了。在党的领导下，绝对不允许出现这样的状况。好在这个孩子也听话，学习不错——他已经在李恩的辅导下直接跳了一级，上二年级了。挺聪明的孩子，我们不收留照顾他，东家要饭西家乞讨，这样下去，他就废了，我们希望他将来有个好前途。"林知秋说。

　　乡长佩服得连连点头，还不忘说："知秋，一定要照顾好这个孩子，钱用完了，再告诉我们，我们乡里来想办法。你们千万不要用自己的薪水去贴噢。如果村里每个人都需要你们贴，那你们的工资就没得剩余了。你们也要吃饭穿衣的，还要准备结婚。"

　　知秋笑着说："我和李恩还年轻，钱可以慢慢赚。"

　　刘强很内向，人虽然聪明，却话不多，林知秋和李恩有办法让他打开话匣子。就是晚上的时候，说笑话讲故事给他听，微笑着与他谈学习和生活，让他好好念书，不用担心，有困难要及时告诉他们。刘强逐渐从沉默寡言，心有提防，变得和林知秋李恩无所不谈，完全当作了自己的亲人一样。

村民们都感慨说："刘强那小子，交了狗屎运，不来咱们家讨饭了，被林书记收养了。"

刘强居然从一个失学儿童成为二年级的第一名。这让村民们又感慨起来："刘强那小子真是土鸡变凤凰，有两个北大的高才生辅导他功课，从乞儿变成状元了。"

刘强每次听到这样的议论都默默不语，微笑着，感激着林知秋和李恩，心里无比甜蜜。

林知秋为了了解村民的生产状况，拿着记录本去乡间地头问百姓，可是百姓看着这个衣服整洁，戴着厚厚眼镜的大学生，心里就产生了很远的距离。你拿着本子，你戴着眼镜，穿着那么干净，不像也不是我们农民啊，农民都这样想。

有一个老者见林知秋走来，就上前说："听说你是城里刚毕业的大学生，我们这里几千年就这样子，你一个学生能改变这里的状况吗？"老者显然对年轻的林知秋表示怀疑。

林知秋耐心对老者解释说："党中央现在着力在抓脱贫工作，全国有无数像我这样的大学生村官奋战在一线，只要我们大家团结一心，一定能够改变贫困村落的面貌的。大伯，您要相信我们。"

老者还是表示怀疑，说："我看你一个人很难做到。"说完背着手走远了。

林知秋问一个拿着锄头耕地的老妇："阿姨，我要做个调查，你一年这半亩梯田，能产多少粮食啊？能换多少钱啊？"

"我也没算过。"

有的说："庄稼人不识数，都吃掉了。"

"你问这个干吗，问清楚了，地里也不会多长粮食。"有的这样冷冰冰地回绝。

林知秋感觉到了工作开展的阻力，于是和李恩探讨。李恩说："会不会是我们态度不好。你和他们说话时的语气是不是有些居高临下？"

"我想我应该没有啊，我也只是正常说话，和你说话一样，和刘强说话一样。没有什么语气居高临下啊。"林知秋也纳闷。

林知秋又拿着本子去田间地头，用更缓和的语气问这些农民，这下倒好，这些农民干脆只顾种地耕地，不理她了。最多说一句："小姑娘，你没看见我们正忙着嘛。嘴里一说话，一撒气，手里干活就没力气啦！"

林知秋这才感觉到做基层工作的难度，这种困难绝非像在北大学习一样，自己能够克服的，林知秋心里很难过，因为她满以为工作会顺利展开，乡亲们也会热情地支持她，但事实并非如此，她感受到了自己和乡亲们的距离。

林知秋没有办法，和李恩商量，要去请教已经八十岁的瓦泥村老支书，老支书做了三十年的支书，对乡间百姓的心理非常了解。林知秋请教道："老支书，我到了村里已经半年了，但是每次去了解乡亲们田里的收成情况时，他们都对我们的工作爱搭不理。老支书，这是为什么，问题出在哪里，我们应该怎么改进呢？"

老支书捋着胡子，喝了口茶，微笑着说："知秋啊，你就是穿着你身上这件城里的衣服去田间调查的？"

"是啊，我平时就穿这个衣服啊，李恩也是。"林知秋浑然不知。

"这就对了。你要穿老百姓平时穿的衣服，你的衣服是城里买的吧，城里的衣服和乡亲种地穿的衣服是不一样的。你要让乡亲们接受你，就要穿一样的衣服，穿一样的鞋。"老支书说。

"我听很多乡亲说，你还拿了本本子，在田间地头，记录他们说的话？"老支书说。

"是啊，老支书，我生怕回头把他们说的话忘掉了。于是他们说什么话，我都拿本子记录下来。我上学那会也这样，老师说的话，我都要做笔记的。"林知秋说。

"所以说，问题就出在这，这些乡亲不是读书人，他们也不是你的老师，他们的话虽然有关生产种地，但并不需要你拿本子记录下来。你拿着本子，他们看着就有距离，就有紧张感，谁愿意一边和你说话，一边还要等着看你把他说的话记录下来？虽然你的出发点是好的，但是事与愿违啊。以后你试着不要用本子记了，要用心记，和老百姓接触，一切都在用心。"老支书说。

"原来是这样，我真是茅塞顿开啊。我懂了。以后我一定改进方法。"林知秋和李恩恍然大悟，回去的路上，两人都觉得，百姓的想法和大学生的想法是完全不一样的，自己确实要好好改进。

第二天开始，林知秋换了一些高中时代穿的衣服，继续去田间地头了解民情。但是这次她不带笔不带本子了，而是穿着雨鞋，拿过锄头和农民在梯田里一起干起了活，一边干活，一边和农民们聊生产，聊计划，聊想法，每去一家调查，就都用这样的方法，果然，老百姓们都说："林书记和我们一起耕田了。"

几个月下来，村里几乎每家的农活，林知秋和李恩都参与了，这就与大家打下了很好的情感基础。

有的村民还有意见："她和她男朋友都说普通话，我们山里人怎么听得懂，听得习惯？她男人据说是山东人，我们不计较，但据说她也是西北乡的人，还不说家乡话？"

这话传到了林知秋的耳朵里，林知秋突然觉得自己是应该学习瓦泥村的方言了。方言是最亲切的交流语言，能一下子拉近和村民的距离。虽然自己出生的村也和瓦泥村属于西北乡，但是两村距离相差很远，一北一南，瓦泥村的口音和自己村里存在了很大的区别。广南就是这样，云州也是这样，十里不同音，百里不同调。

村里有一家贫困户老王不在家，出去到城里当泥瓦匠了，田里地里的庄稼要收采，乡亲们都忙着自己家的事，没有人愿意帮助老王家。林知秋得知老王家的砂糖橘都掉落在地上后，就和李恩一起带着箩筐，到老王家的田里采摘橘子，摘了一整天才把几亩地的橘子收集了起来，并且把这些橘子都卖给了来村里收货的果商，把卖得的钱，用手机微信发给了老王。老王高兴地咧着嘴在电话那头感谢林知秋。考虑到老王家无人收稻米，就不种稻米，而是征得他同意后，林知秋和李恩帮他种上了经济作物油茶。

就这样，林知秋一边和父老乡亲唠家常，一边干着活，大家都听不到林知秋说普通话了，彼此的关系一下子就亲近了起来。

第九章　寻路径

村民姚三是个好吃懒做的村民，平时不干活，却放出话来要申请低保。他觉得林知秋好说话，自己三天没吃东西之后，来到村委会找林知秋提要求来了。

姚三见林知秋正在办公室，李恩去了学校，姚三一屁股坐在了林知秋对面椅子上："我实在太穷啦。爸妈去得早，家里穷，没人嫁给我做老婆，我是村里有名的光棍。有名到什么程度，就是人家女孩子不听话，他们爹妈都说'不听我们话就去嫁给姚三'！书记，你说我委屈吧。现在我听说按照我的条件可以申请低保，你是城里来的大学生，吃过香的喝过辣的，见过世面，所以一定要帮我啊，帮我申请低保户啊。你看，我才三十岁不到，就苦成这样，你就当是做回菩萨，也要帮帮我。"

林知秋站起来给姚三倒了一杯水，姚三本来就口渴，咕咚一声就喝下了，说："我还想喝一杯。"喝完三杯，说，"你们这的水真甜。哪里取的水？"

"就是外面的河里啊,和你们喝的水一样的。"林知秋很诧异他会问这样的问题。

"胡说。你们做村支书的,喝的水肯定是乡里县里运过来的矿泉水,怎么会和我们喝一样的水呢?"姚三坚持认为林知秋搞特殊。

林知秋笑着说:"喏,去河里打水的桶还在那里,你去看看就知道了。"

姚三一看,桶里确实有半桶水,就不说话了。

林知秋说话了:"按照低保的条件,你好像是符合的,比如家庭贫困,父母早亡,但是有一点好像我报上去,上面领导未必肯同意啊。你有劳动力啊。"

"我哪有劳动力,别人家有三五口人呢,我家只有我一人,我哪有劳动力?"姚三说。

"你自己就是劳动力啊。自己动手丰衣足食,你只要像他们一样在田里劳动起来,就不愁会饿着。"林知秋劝说。

"你的意思是,不给我报低保户咯?那我不走了。我今天就坐在你办公室。你吃什么,我也分一半吃吃,你睡哪,我也在你旁边睡。"姚三说。

"姚大哥,你怎么可以这样呢?"小刘说。

林知秋也觉得自己到这里来之后,还真没遇到过这样的情况。

果然话还没说完,姚三就躺在了椅子上,还说:"嗯,到底是村委会的长椅子,睡着舒服,真舒服,我都不想走了。"

几个村民见状,都聚拢在门口看着,指指点点,笑出了声,都说:"混子姚三又撒泼了。"

"好了，我给你申请，你等几天再来听回音吧。"林知秋无奈，只能答应了姚三。

林知秋于是填写了表格，骑着电动车，往乡政府去了，把姚三的情况向乡党委书记汇报了下，领导初一听情况，觉得没父没母也没妻子，以为他是幼儿，或者是七八十岁的老人，一问才知道是三十岁左右的壮汉。书记一下子就否决了林知秋的申请，说："比我还年轻，我这把岁数还在上班干活养家，他三十正壮年，不知道做点什么，好吃懒做，饭来张口？这个低保，绝对不能批给他。"

林知秋回到了村里，继续做起了自己的工作，心里忐忑不安，不知道姚三会不会再来闹事。等了三天之后，姚三以为林知秋已经把事情办妥了，就又摇摇晃晃地来到了村委会，一进门就对林知秋说："我们城里来的大学生，我的低保，你给我办得怎么样了啊？我听说你和县委书记关系都不错，你肯定能办好。快，把低保的钱给我吧，我等着买饭吃呢。"

"对不起，姚三，我到乡里去汇报，乡里没有通过你的低保申请。"林知秋抱歉地说。

"为什么，我有没有听错。我，堂堂姚三，是瓦泥村最贫困的人，我现在没饭吃，你们不帮我申请低保？你只是去找了乡长，你为什么不去找县委书记，把这事告诉县委书记，他一定高抬贵手给我办低保的。"姚三觉得是乡长从中作梗，官职不大，没有县委书记说的有用，就逼林知秋去找马书记。

林知秋见姚三又要撒泼了，于是安慰姚三不要这样，大家看了会笑话的。

"我姚三，怕饿，怕冷，怕没老婆，就不怕别人笑话。我要让大家看看，你们是怎么欺负我的。我这么贫困，你们不给我办低保。你们是不是独吞了低保的钱？"姚三胡搅蛮缠。

　　"低保的钱不是说要拿就能拿的，我们怎么可能侵吞，低保是有一步步严格的审批手续的。"林知秋显然已经有些生气。

　　"既然有手续，你为什么不给我去办。我现在就要低保。我已经不能再低了，我要你们保护我。快帮我申请低保，不然今天晚上我就，我就……"说着姚三就爬到了村委会外的一棵大树上，在树上嚷嚷："都说树大了好乘凉，现在这个大学生当了村书记，根本就不为我姚三这样的光棍办事啊，我一不要老婆，二不要房子，我只要能给我办个低保。但是这个大学生还是不愿意啊，饱汉不知饿汉饥啊。我现在坐在这树上，我不下来啦！"

　　"姚三，你有本事一辈子不下来，哈哈。"村民起哄说。

　　"张老瓜，你别激将我。我就准备一辈子不下来。"姚三说。

　　"那你不就成了啄木鸟了？"张老瓜笑着说。

　　"你才是鸟呢。"姚三说。

　　"姚三，都说站得高看得远，你有本事爬得再高点，就能看清咱们全村啦。"玩伴刘铁蛋怂恿姚三。

　　"刘铁蛋，你别取笑我。你以为我不敢爬高？我这就爬。"一溜烟工夫，姚三又上爬了一米，树都有些晃动了，姚三双腿有些软，说话颤抖："怎么样，爬高了吧，我要准备在树上过夜。"

　　"那厉害。你不是啄木鸟了，你是夜晚蹲守的猫头鹰啦。"张老瓜他们笑着说。

青春盛开如歌

姚三很生气别人说自己是猫头鹰，正想骂张老瓜，这时林知秋又来劝了："姚三，你下来吧，一切都好商量，万一树倒了，你还得赔树，自己摔下来，还得贴医药费。"

"你答应明天再去乡里，和乡书记谈我低保的事。最好你去县里跟马书记说我低保的事，瓦泥村我不吃低保，谁吃低保。乡长办事不力，你要帮我找更大的官。你答应我，我才下来。"姚三无赖地说。

"好好，我答应你，你下来，你千万别摔着了。我帮你想办法。"林知秋只能先答应了下来。

姚三才快快爬下来，说："说话要算话，不然我还会来找你的。明天我等你的消息。"

第二天，林知秋把姚三爬树撒泼的事，告诉了乡党委书记，让党委书记能否再重新考虑一下，乡党委书记拍着桌子，说："简直就是个无赖，别人都有饭吃，都能勤劳致富，他三十岁的壮汉年纪，却恬不知耻地要低保，真是个懒汉泼皮。你告诉他，要低保，让他来乡里跟我要，我要好好骂骂这个懒汉。"

"那还是不能通过？"林知秋不忘再问一句。

"政府救急救困不救懒，懒的毛病要他姚三好好改改。绝对不能通过。"党委书记斩钉截铁地说。

"好的，那书记，那我回去了。"林知秋也是尽力了。

书记给知秋出主意说："他再闹，你也别怕他，就说有能耐找我来撒泼。"

第二天姚三起得比谁都早，早早地就来到村委会，发现林知秋已经去田间调查劳作了，姚三饿着肚子，在村委会门口等了半天，接近中午，才见满头大汗的林知秋回到村委会。

这时姚三开门见山就问："城里来的大学生书记，我的低保申请办得怎么样了？党委书记批准了吧。"

"书记没有批。你的条件还是不符合啊。假如三十多岁的壮劳力都去申请低保，有手有脚就要劳动，不然我们村，那么多壮劳力，不都有资格申请低保了？好兄弟，你要有自力更生的能力啊。只有自己努力了，付出了，才有收获啊。"林知秋说。

"他们虽然和我差不多大，但是他们有爸有妈，我呢？我一个人，谁养我，还不得国家养我？你怎么办事这么不行，一个低保都批不下来。我今天，我，我去跳河去了。"姚三撒泼，冲到外面的河边，回头看了一眼林知秋，真的就跳进了没到脖子的河里。这下林知秋可吓坏了，赶紧冲到河边，大喊，说："姚三，有事好好说，不要这样不珍惜自己的生命。"

"哈哈，哈哈，姚三自杀啦。快来看啊，姚三要自杀啦。"村民纷纷来看热闹。

没来得及看到的人，问传播消息的人说："姚三怎么自杀？"

"跳河。"

"没劲，姚三什么都差，就是水性好，小时候就能游泳，跳河自杀，死不了。"虽然这样说，但是他们都围拢到河边，看着姚三在河里骂骂咧咧，觉得这比看电视要有意思，看电视还费电，这里是现场直播。

"你林知秋，不给我办低保，我就淹死在这河里了。我不活啦。"姚三哭着说。

"真没出息，为了争低保，身强力壮的居然要自杀。"村民笑着议论。

"你小时候不是号称自己是村里第一游泳健将吗？怎么用自杀来吓唬林书记啊。哈哈。"一妇女吃着瓜子说。

"你们别逼我。我我我！"姚三发急了，把头缩进水里，装作自己呛着自己，自己闷死自己的样子。

坚持了一会儿，姚三坚持不住了，还是把头探出来，探出来的那一刻，大家都笑了，知道姚三什么都不怕，其实就怕死。姚三哭着说："你答应我，给我办低保，不然我今天就不上岸了。我就淹死在河里，成为为低保牺牲的烈士。"

"你别侮辱烈士这个词。哪个烈士像你这样窝囊，身强力壮，不去打工。你就是去乡里县里的建筑工地打打工，也不至于三十岁就吃低保。你又不是残疾人。"一妇女看不惯讽刺道。

"我不要你教训我，我要和林书记谈话。"姚三狠狠地骂了几句这个妇女。

林知秋拿着一根竹竿，伸到了姚三手边，要拉姚三上来，这时姚三偏要林知秋答应自己办到低保才肯抓住竹竿。林知秋只能用缓兵之计，让他上来了再说："好，你上来，你上来，我们一起去乡里，我们一起和党委书记说。"

姚三犹豫了会，其实内心还是有些怕党委书记，因为他听说党委书记是个严肃的狠角色，还是个男人，不像林知秋这个城里来的女学生好欺负，但还是决定去党委书记面前提要求去。

这时姚三想上来，都困难了。他哇哇直叫，说："不好，水太冷，我抽筋啦。我抽筋啦。"

"装吧，姚三你就装吧，从小到大你都没抽过筋，现在说抽筋，又在演戏呢。"村民笑着说。

"我真抽筋啦！快救我啊！"姚三真的淹没在水下。这时李恩正好午间放学回来吃饭，看到围观的人群，又看到姚三在河里呼救。林知秋急忙喊："姚三，我来救你！"

林知秋想跳下去救姚三，但被男友李恩一把拉住，李恩是青岛人，水性好，跳下去，一把扣住姚三的脖子，游着把姚三往回拉，好不容易才上了岸。姚三上了岸，一边咳嗽一边还摸着腿："他妈的，一个月没吃肉啦。我缺钙才抽筋的！"

"他倒懂缺钙。"小张说。

姚三这时见林知秋就在身边，连忙站起来，拉住知秋的手，说："快，我要吃饭，吃完饭，然后带我去乡里见书记。"

李恩和林知秋把自己煮的够两个人吃的饭，给姚三一个人吃了，姚三抹抹嘴，一粒米都没留给李恩和林知秋，说："我实在太饿啦，这顿饭，才终于把我身体的电充满啦！还有饭吗？"

接着，下午姚三的衣服也干得差不多了，就和林知秋一起去乡政府。见到了党委书记之后，党委书记说："你就是姚三啊！"

然后只听到党委书记一阵臭骂，把姚三骂得狗血喷头。姚三得知自己完全被党委书记否定，低保估计已经没戏了，气愤地独自往瓦泥村走去，嘴里骂骂咧咧。

到了瓦泥村的家里，他就不消停了，爬上了自己的家的房子，准备坐一个晚上。围观的人又来了，他得意得很，这回他要乡党委书记来见他，让他特批低保。

林知秋看到情况后，心急如焚，向党委书记汇报说，姚三又要从他家平房上跳下来寻死。党委书记带着派出所的民警，开着警车来到村里，姚三一看警察来了，心里慌张了起来，但还不忘记提要求："我要低保，我要低保。"

"来来，你下来，我们可以以寻衅滋事罪，让你到拘留所享受十天的'低保'。你年纪轻轻的，比我们这些警察都年轻，不思进取，却想着不劳而获，钻国家的空子，真是个无赖啊。我们派出所见你这样的人见得多了。来，下来，跟我们去喝喝茶。开导开导你。"警察说。

党委书记说："如果像你这样年轻力壮，三十岁不到，就吃低保。那么你们村的壮年，不都可以吃低保了。不要以寻死觅活来吓唬人。我们不怕吓。你还是下来，跌伤了，是你自己疼。想通了，以后就好好干活做事。我们作为乡政府，是不会丢下你不管的，只要你勤劳，只要你肯干，就有一口饭吃。不但有饭吃，还有富裕的生活等着你呢！"

"哎哟。"还没说完姚三就从屋子上摔了下来。

姚三趴在地上哎哟哎哟地喊着疼，连民警都笑了，说："这回倒不算寻衅滋事了，真是不小心掉下来的。呵呵。"

姚三疼得直哭，求饶："别拘留我，别拘留我。"

"不拘留你。你回去好好养伤，作为村民，多支持林书记和李书记的工作。你这样寻死觅活，丑态都让村里的人看到了，女孩子还有谁肯嫁给你。你好好反思吧。"党委书记说。

"欸，对，这我倒没想到。"姚三拍着脑袋捂着屁股说。

姚三躺在自己家里休养屁股，院子门紧锁，三天没出门。林知秋每天都来敲门，拿着饭菜，来看望姚三，姚三虽然饿，但还是生气，大门不开。

任凭林知秋在门外喊着："姚三，我给你送饭来了，你开开门吧。昨天你也没吃饭。饿坏了身体是自己的啊。你不出来，回答一句话也好啊。"

姚三这回倒有了气相，就是不答应林知秋。宁愿啃着地里偷来的地瓜，就是要急死林知秋。

连续三天没动静。林知秋担心姚三会不会出什么事，万一上吊自杀了怎么办。村民都说："从没听说懒汉会上吊自杀。懒汉做什么都懒，所以也懒得自杀。"

林知秋还是不放心，于是让李恩借了梯子，从院子里爬进去，推开门一看，姚三正在啃地瓜呢。大家都笑了出来。

"别笑我了，我也想通了。我打算出去打工。反正像党委书记说的，村里的姑娘都看到我寻死觅活出丑了，肯定不会嫁给我。出去打工，说不定还能找个媳妇回来。"姚三说。

"也好。如果你打算待在家里种地搞生产搞养殖，我们也支持你。你这么聪明，一定能够勤劳致富的。聪明劲要用在恰当的地方。现在国家的政策好了，国家不但要搞西部大开发，还要在三年内完成脱贫工作，我们瓦泥村的好日子，就在后面等着我们呢。姚三，只要你努力，就能富起来，我们看好你，姚三。"林知秋说。

"嗯，我也想通了。致富还要靠自己，自己是自己的发动机。自己不劳动，不勤劳，国家再怎么扶植也扶植不起来。我再不努力再不勤劳，我不成那个什么斗啦。"姚三说。

"阿斗！"旁边一老汉笑着说。

"对，我不做阿斗。我要做回真正的姚三。明天就进城打工去。"姚三说。

姚三就这样去了云州，到了一个建筑工队，因为经历了这次风波之后，姚三觉得只有自己奋斗出来的钱，才花得舒坦舒服。每一个月近两千的收入，足够姚三一个人开销的了，他在城里因为长相不差，得到了一个女工友的青睐，真的一下子就找到了女朋友。姚三心里对林知秋感激啊，他知道，要是没有林知秋热心帮助自己，党委书记开导自己，改变了自己的思路，自个哪能那么快找到老婆呢。

村民吴网根是个贫困户，年纪也已经四十多岁了，他和姚三不一样，姚三是个滑头，而这个吴网根是个老实巴交的农民，吴网根一直过着贫困的生活。林知秋三番几次到吴网根家走访，想办法找出路，想让吴网根脱贫。林知秋和李恩，看着吴网根家，除了几张简单的桌椅之外，其他地方都是砖头且漏风，夏天热冬天冷，锅子里只有地瓜和锅巴混合煮成的粥，常年喝这个，这倒让林知秋想起了自己的童年。林知秋和李恩调查后，回去分析原因，认为吴网根有种树致富的想法，但没有启动资金。林知秋经过十二次调查之后，递交了申请报告，向政府申请扶贫贴息贷款。由于调查充分，情况属实，很快那贷款就批了下来。吴网根拿着这沉甸甸的贷款，知道自己已经走在致富路上了。

李恩和林知秋觉得工作忙不过来，电动车已经满足不了自己的工作需求了，于是两人凑了一些以前的积蓄，买了一辆很便宜的几万块钱的小汽车，打算把车用在从村里到乡里再到县里的奔波路途上。

吴网根的贷款下来了，要去县里采购油茶树苗，李恩和林知秋就带着吴网根前去，树苗有二十亩之多，林知秋雇了一辆卡车，满载着树苗。自己的小汽车，后备厢打开着，也装了很多树苗，沿着山路，从县里回到村里。

小孩子们没见过这么多油茶树苗，个个跟着卡车吃灰，嘴里嚷着儿歌："要得富，先修路。要得富，先种树。"

吴网根满怀激情地和林知秋李恩一起把树苗种到了早已耕作翻新好的泥土里。很快，那树苗就蹭蹭地直拔高。到了2017年，油茶丰收了，吴网根就顺利脱贫了。吴网根真的看到了希望，他心里感谢党，感谢国家啊，尤其感谢的是党的代表——基层的第一书记林知秋，是林知秋和她爱人经过十几次调查，才帮着自己想到的出路。现在油茶每年都会丰收，也就是说自己年年都会有固定的收入，吴网根怎能不高兴呢？

村民见吴网根日子过好了，都说："网根，你富裕啦。再也不是以前的那个穷网根啦！"

吴网根逢人便说："这都要感谢林书记呢，她一心一意帮我，不图任何回报，就像我女儿一样啊。"

林知秋确实不图回报，但吴网根这些传到她耳朵里的话，就是对她和李恩最好的回报。没有什么能比看到贫困的父老乡亲脱贫后，给自己带来的喜悦大。看着村民们手头都有钱了，日子过好了，餐盘里有肉有鱼了，孩子们有书读了，心里的成就感，是大城市的任何百万年薪、所谓个人前途比不了的。

然而扶贫之路也是艰辛的，林知秋白天走村串户遍访贫困户，分析致贫原因，晚上与村两委研究脱贫政策，制定工作方案，然后全力地推进这些方案。

开会时，林知秋对小刘和小张说："习总书记指出，共同富裕是我们中国特色社会主义的根本原则，实现共同富裕是我们党的重要使命。总书记还强调，我们追求的发展是造福人民的发展，我们追求的富裕是全体人民的共同富裕。现在是脱贫攻坚的关键时期，我们一定要再接再厉，打开更大的局面，早日富裕起来，让咱们瓦泥村的父老乡亲生活过得更好，收入更多。早日脱贫，是我们的理想，我们要尽快把这理想变为现实。我们一定要竭尽全力、全力以赴！"

夜深人静，她和李恩守着自己的办公室，工作到凌晨，才休息睡去。而第二天一早，又要投入到紧张的工作中去。

要完成党中央布置的精准脱贫任务，基础设施是最关键的因素。瓦泥村十个屯里有六七个屯交通困难，虽然多年前通了砂石路，但是这些砂石经不起南方雨水的冲刷洗涤，路面要么坑坑洼洼，要么破损不堪。雨季陡峭的地方不用说摩托车，就是连自行车都难以通过，这种路况，不仅影响了瓦泥村村民的出行，肯定也制约着瓦泥村各种产业的发展。说这种砂石旧路是影响瓦泥村脱贫的拦路虎，那一点都没错。

林知秋和李恩心急如焚，她带着村两委的班子熬夜做方案，想对策，然后到乡里到县里，找党委书记找县委书记，希望得到项目的审批。县里很重视，就拨款给了林知秋，当林知秋拿到拨款修路的批文之后，激动得一夜没有睡好觉，她知道，只要瓦泥村的路修好，就一切都好办了。

资金到位，修路的事交给施工队就可以了。没想到，这热火朝天修路的施工队里，出现了姚三的身影，姚三知道自己的公司要给自己村修路，甭提多高兴了，就是不要工资，也愿意来修这路。因为他体味太深了，连他也知道，这路就是阻挡我们瓦泥村变富裕的最大敌人。

尘土飞扬不见了，改之以柏油黑亮，村民们从小到大走习惯了的砂石路泥土路，一下子变成这么平整黑亮的柏油路，一时兴奋得都手舞足蹈，都在路上跳着当地的舞蹈放炮仗庆祝呢。姚三也加入了庆祝的队伍，姚三的老婆也来了，大家都说："姚三都找到老婆啦。真的是要感谢咱们国家现在的政策好啊。"

"对，光棍找到老婆，就是最大的脱贫。"姚三乐呵呵地说道，老婆则显得有些不好意思。

林知秋明白，除了肯干，除了基础设施以外，没有稳定的脱贫产业，就不可能实现可持续的发展。

党中央习总书记号召大家扶贫要先扶智。很多村民之前都是被动地看天种地，对许多农业知识并不了解，林知秋就独自开车去广南大学，请来农学教授给村民们上课，让他们快速掌握一些实用的知识。

村民们看到省城来的教授为自己上课，个个精神百倍，会写字的就用本子记录；不会写字的，带着录音机，把专家的话录下来，回家慢慢听，慢慢学习。

村干部的学习也非常重要，思路决定出路，博采众长才能独树一帜。林知秋带着村委会的五六个干部，到云州的其他几个相对发达的村里学习经验。每个村有每个村不同的优势和劣势，扬长避短是领导们所要考虑的问题。瓦泥村在地理位置上比不上这些靠近云州市区的村落，但林知秋相信，瓦泥村有瓦泥村的优势，正所谓尺有所短寸有所长。林知秋在和同事们学习完其他村的经验之后，回到村里扎扎实实地开了一整天的讨论会。

会上，林知秋说："有些村离云州市近，交通发达，村里可以办企业，搞经营，这一点，我们瓦泥村比不上，我们离得远，不要说离云州远，就是离景云县城也远。我们在先天优势上比不过他们。"

"是啊，是啊，我们瓦泥村怎么能比他们啊。"小刘说。

"但是，我们要放开思路，我们靠山可以吃山，靠水可以吃水，我们的劣势，反过来想，未尝不是我们的优势。我们没有最便利的交通，但是有青山绿水，有宜人的环境，有适合农业大发展的环境。只要在这一点上做强，做大，何愁不能改善村里的经济，何愁瓦泥村的父老乡亲不能脱贫？"

"那我们该怎么发挥优势？"小张问。

"我们先立足我们瓦泥村本地的资源，进行调查研究，然后确定发展路子。吴网根的油茶种植，就是明显的化劣势为优势。经验可以推广，经验需要实践。我们村委班子，要尽快投入到调查中去，去确定瓦泥村除了油茶之外，还适合种植哪些经济作物，这一点，我们把握不准的，可以再让省农科院的专家来现场指导。群策群力，一定会有所突破。"林知秋说。

林知秋为了调查研究，光日记本，到目前为止就写了五十多本，密密麻麻的字眼里，都是她到田间地头调查的记录和感悟。

李恩看了这些厚厚的笔记本说："知秋，你还是有股写论文的劲，不做第一手调查，不下结论，我们这样坚持，一定能找到新的路子。"

"不记不行啊，没有调查就没有发言权。要是我们不调查清楚土质、局部气候、环境、水文等等，匆忙地下项目，搞投资，到时候不但计划会失败，百姓也难以有收入，更遑论脱贫了。这必须谨慎再谨慎。"林知秋说。

"明天我去省里，把农科院于专家请来一起指导商量吧。"李恩说。

"好，今晚我把报告写好，你让于专家明天在车上先看一下这份报告，让他对咱们瓦泥村的情况有些了解，这样便于现场的勘查指导。你先早点睡，我赶会儿报告，一会儿打印了放你包里。你先睡吧。"林知秋说。

李恩躺在床上，盖了被子，眼睛却依旧停留在林知秋的身上，林知秋伏在案上写报告的神态太投入，太美了。李恩觉得，现在的林知秋，比起北大时，已经完全不一样，在大学时无论学习多艰苦，总是轻松的。而此时，李恩分明看到未婚妻肩头挑着的重担，是千斤万斤的重担，关乎一个村村民的收入问题，关乎村里脱贫目标是否能够达成的问题。李恩看着渐渐瘦弱的未婚妻，心里不是滋味，是心疼，是怜惜。此时李恩很庆幸能陪伴未婚妻一起工作，自己至少可以成为知秋的左膀右臂，一只手抬千斤抬得累，两只手一起就能轻松些了。李恩想着想着，就睡着了。

林知秋听到了李恩的鼾声，转过头笑了笑，见李恩踢被子，生怕他着凉，就过来帮李恩盖好，继续坐到桌子前写报告。

第二天，李恩一早就起来了，林知秋也已经起床，在准备今天开会的内容。李恩说："你睡那么晚，又起那么早，吃得消吗？要注意身体啊。"

"牛拴着树桩不耕田，也同样会老。辛苦些没什么，我们不能忘了肩头的责任啊。一会儿你开车去省里，路上要当心些，我们等着你把于专家接来。"林知秋给李恩褶皱的衣服熨烫了下，然后送李恩上了车。

当李恩把专家接到村里之后，很多村民就来围观了，都说这位专家是致富能手，只要他一出点子，老百姓的口袋就能鼓起来。

百姓对专家的期待没有错。于教授在林知秋和李恩的带领下，下到田间地头和山坡上谷底间，连悬崖边都考察过了。专家又看了土质和分析了瓦泥村的气候，给林知秋和李恩一个可行性建议：经过考察，按照此地的水土气候环境，适合大力种植杉木、砂糖橘、八角、枇杷、油茶等特色经济作物，以形成产业。

林知秋在于教授的指导下，信心百倍地说："我就相信，咱们瓦泥村不是一毛不生之地，一定有适合自己的经济作物，这些作物，我们会一一引进栽种，落实于教授的这份建议。"

于教授还亲自把哪块地适合发展杉木，哪块地适合发展砂糖橘、八角等在瓦泥村实地用小旗标了出来，这样就更直观，更精确。村民们看着地里竖着的小旗，有的写适合种砂糖橘，有的写适合种八角，有的写适合种杉木，等等，他们明白，经过科学指导、耐心等待之后，这些地就是银行，就能生钱啦。

林知秋生怕村民们不同意村里按照于教授建议的规划，于是和李恩还有小刘、小张等同事一起挨家挨户地宣传发动，鼓励村里的党员要起示范带头作用，把田里产量低的庄稼换成于教授提出的经济作物。

由于种植成本不小，林知秋就鼓励村民们进行贷款，然后到种子站买橘树苗种植，也向橘树种植户吴网根购买。才一年时间，单说瓦泥村的砂糖橘，就从五百多亩发展到了两千多亩，漫山遍野的橙色橘子，让百姓们笑得合不拢嘴。可是收成归收成，销路还是成了最大的问题。

以吴网根为首的橘农们有些犯愁了。

很多砂糖橘因为名气没有打开，销路只能停留在云州市以内。林知秋想了很多办法，去省城开发布会推荐瓦泥村的砂糖橘，把省里结交的客商，把外省喜欢广南橘子的朋友，都请到村里来，这是大的动作。小的办法她也想，林知秋不但让自己的微信好友转发瓦泥村的砂糖橘，连北京的王若晴也帮着买了一千箱。李恩也在朋友圈推介砂糖橘，青岛的同学，北大的同学，都纷纷购买。村民自己也用起了微信，推介自己的产品。不多久，景云瓦泥村的砂糖橘就名扬四方，云南、贵州、广东、福建甚至黑龙江、河北和天津的客商都慕名来到村里，一次就收购几万斤的橘子。临走前都说："你们这里的橘子品质好，我们喜欢吃，不愁销路。过几天我们还来收购。"

"好山好水出好橘，我们这里的水土气候好啊。"村民骄傲地数着钱，对这些客商说。

当然零散的销售还是难以达到更大的规模。林知秋和李恩是北大学生，当然知道网络的厉害，于是他们自己钻研，在网络上开了一个名为"瓦泥村电商服务站"的网店，当年就销售砂糖橘四万多斤，销售额达到了二十二万元，种植砂糖橘的贫困户每户就增收了两千五百多元，他们数着钱说："日子比这橘子还甜咯。"

村民张老伯为了感谢林知秋和李恩，就买了白酒和烟，送给林知秋，但都被林知秋拒绝了。村民还有些生气，说："你带我们致富，什么也不拿，我们过意不去。以前我们生活条件不行，也没什么送你。现在每年种砂糖橘都会有固定收入，我们手头上也有了，现在给你两瓶酒喝喝，这是我的心意，书记你们不要拒绝啊。"

林知秋和李恩还是婉言谢绝："我们是共产党员，共产党员是为百姓办实事的，这是我们的本职工作。你们脱贫了，我们就开心，你们日子过好了，我们就是做好了工作。带领你们富裕，是我们的目标和责任，我们不会收您的礼物的。张伯伯，我们谢谢您。您的心意我们领了。"

张老伯不情愿地拎着酒回到了家里，边喝着边和老婆孩子夸林知秋和李恩真是无私，感慨自己遇到好时代了。

第十章　心系民

　　党的十八大以来，党中央把脱贫攻坚摆到了更加突出的位置，打响脱贫攻坚战，全党全国上下同心协力，顽强奋战，取得了重大的进展。困扰我们民族几千年的贫困问题，将得到历史性的解决，这不仅对中国来说是前无古人的事业，对整个人类的减贫事业来说都是巨大的杰出的贡献。

　　当然，脱贫工作的任务是重的、艰巨的，乡里也常要开会。林知秋就用自己的车接送同事，林知秋压根没有把自己花钱买的车当作私家车，而是当作了公务车来用。小刘这样说："林书记，你的车，被我们坐了，都有些陈旧了。这可是你的私家车啊。你不心疼吗？还费油啊。"

　　"不心疼，要是能让瓦泥村的乡亲们脱贫致富，这一辆车算什么。再说了，去乡里县里开会，你们自行车电瓶车，不但路上不好走，万一耽误了会议时间，延误了会议精神的知晓和传达，那就问题大了，会影响脱贫攻坚工作的展开的。"林知秋说。

这一日，林知秋发现自己的车的里程数已经二万五千公里了。她拍了下来，发在了微信朋友圈，题目是"我心中的长征"。在她心里，脱贫攻坚，让百姓致富就是新时代的二万五千里长征。

县里通知要开会，林知秋却遇到村民借钱不还引起的纠纷。老者对年轻人说："你上次借了我五百元钱，现在为什么还不还？"

"我没借啊。你有什么证据。"年轻人抵赖说。

"你当时还写了张纸条的。"老者说。

"那借条呢？"年轻人说。

"借条，借条一时找不到了，但你也不能抵赖。"老者很急地说。

"借条找不到了，就问我要钱，我凭什么给你？"年轻人说。

"你不还就是耍无赖。"老者气愤极了。

"你们评评理，说我借钱，又拿不出证据，凭什么问我要钱。照这样说，我随便找个人，就说他欠我钱，那人就必须还给我咯？"年轻人继续无赖地说。

"你，你，我要到派出所告你去。"老者说。

林知秋远远看到了这样的情况，走过去。老者拉住林知秋，像拉住了依靠，一定要林知秋评理，并还以公道。年轻人见了林知秋虽不再嚣张，但还是想抵赖那五百元钱。

眼看着县里开会，自己是去不了了，于是林知秋让李恩开车代自己到县里参加会议。李恩开着车，就出了村，直奔县城。林知秋在村里开始了调解。

然而，调解并不是那么顺利的，年轻人就是咬住老者没有证据，老者对知秋说："林书记啊，那天他向我借钱，是写了欠条的。欠条上还说一个月还。我要不是看在他老子和我一起长大的分上，我真不会借钱给他。他现在就抵赖了。"

"你和我老子熟悉，那你为什么不问他要去。"年轻人刁蛮地说。

"你老头不是已经死了吗。你要是有你老头一半懂规矩就好了。"老者气愤地说。

"反正我没借你五百元，谁借的谁烂手，谁用的谁烂嘴。"年轻人说。

"好了，老伯是个实诚人，瓦泥村谁不知道，你借他钱就还给他，老伯赚钱也不容易。谁借钱给你，是因为相信你，你怎么能把借你钱的人当作仇人一样，这样不好。"林知秋劝说。

"对，就是恩将仇报。"老者说。

"我们要知恩图报。"林知秋说。

"证据呢？纸条呢？"年轻人哈哈笑着。

林知秋让老伯回家找找。

"可能洗衣服时洗掉了。我确实找不到了。"老者无奈地说。

"那我就不承认。"年轻人还是咬定不放。

林知秋然后问老者，是否有目击证人。老者想了半天，脑子里还原了当初的场景，想起来了，村东头王老头是目击证人，老者说："那天他在问我借钱时，王老头就在旁边采茴香，正好王老头口袋里有支破圆珠笔，他就去问他借了。没有纸头，王老头把一盒烟的烟纸拿出来，三支烟，一人一支，抽完之后，在烟纸上写下了欠条。不信，林书记，你可以去问王老头。"

到了王老头家一问，果然像老者说的一样，年轻人不再抵赖，只能把五百元还给老者。林知秋把年轻人训斥了一番，说："一个人的诚信很重要，大家投入在生产中，你整天不做事，借了钱还不还，这一点非常不好。你家的八角也要收了，多去地里帮帮你母亲，有了收入，就不要再借钱了！"

年轻人自知理亏，也不再申辩，答应林知秋要好好干农活。

才调解完这对村民，林知秋就接到了电话，乡里也要开会，是让李恩去开的会议，林知秋说李恩代替自己去县里了，只有自己过来。林知秋骑上了一辆电瓶车，往乡里赶去。可是这电瓶车昨天小刘用了一天，没有充电，走到山路的一半，林知秋想冲上山坡就发觉车没电了。知秋只能下车推着这电瓶车，车是小刘的，总不能半路丢了不管。电瓶车不如自行车，一路走得气喘吁吁，十分艰难，林知秋感觉自己所有力气都快用在推车上了。山里的天气像娃娃的脸，说变就变，骑着电瓶车出来的时候，还是阳光普照，但是这会，居然下起雨来，雨滴起初不大，林知秋还庆幸着，自言自语说一会儿就到乡里了。可是一眨眼工夫，那雨水像是瀑布一样从天幕中洒了下来，洒在了山里，洒在了林知秋的身上，林知秋很快就成了落汤鸡，头发湿了，衣服湿了，鞋子湿了，连眉毛里都是雨水，好在乡政府到了。

进了乡政府，林知秋赶紧把电瓶车停好，然后问门卫借了充电器，给车充上了电。门卫心疼林知秋说："林书记啊，这么大的雨，你怎么不开车来啊。骑电瓶车，被大雨淋透了吧。赶紧喝口热水吧。"

"车被李恩开去县里开会了。没事，淋点雨没事，我体质好着呢。"林知秋还是露出了笑容。

林知秋赶紧冲到了楼里，来到洗手间，抽出了很多如厕用的纸头，在脸色头上和身上擦了起来，纸头用掉了很多，林知秋的身上依旧还是湿漉漉的。比如头发，一旦湿透以后，若不是用吹风机的热风来吹，短时间内是不会干的。

林知秋从厕所的镜子里看到自己的身上已经不是太湿了，就转身往会议室走去。此时乡党委书记和乡长已经在会议室等着林知秋了。

乡党委书记说："知秋你怎么了，浑身湿漉漉的。"

"淋了点雨。没事。书记，我们开会吧。"林知秋说。

"要注意噢。你应该开车来的。"乡长说。

"车被李恩开去了。今天县里也有个会议。"林知秋说。

"那这么大雨。你打个电话请假也可以啊。"乡长说。

"没事。工作要紧，学习会议精神要紧。我没事的，年轻人不怕雨。书记乡长，我们开会吧。"林知秋说。

会议是乡长汇报近期的脱贫攻坚进展状况，乡党委书记听着报告，然后发表自己的想法和对后期工作的规划，会议中，表扬了林知秋所带领的瓦泥村的脱贫工作，百姓都得到了实惠，钱袋子比以前鼓得多了。大家都夸林知秋带领得好，为西北乡的贫困村树立了楷模和榜样。林知秋听着书记乡长这样表扬自己村，心里自然也是美滋滋的，这是对自己和同事，还有五百户村民奋斗成果的肯定。

回来的路上，雨是不下了，电瓶车的电也已经充得很满，一路上骑得飞快，山风呼呼，山气凉爽，林知秋很快就赶到了瓦泥村的办公室。才坐下不久，小刘和小张就来听自己传达乡里会议精神了。林知秋还没说话，就喷嚏连连，连打了十个喷嚏，林知秋知道，自己一定是淋雨着了凉——感冒了。小刘赶紧给她倒了一杯热水，水里放进一块姜片，林知秋咕咚咕咚喝下，这下林知秋不怕了，这姜片肯定能帮自己驱赶掉身上的寒气。于是她传达起党委书记的会议讲话，并结合自己村，布置了下一步的工作计划。村里小会开完，林知秋发现自己看东西已经有些模糊，这时小刘用手摸了摸林知秋的额头，滚烫。林知秋知道自己发烧了。这下怎么办，小刘小张等同事急得像热锅上的蚂蚁。林知秋还说："再给我喝碗姜茶，应该没事的。"

　　姜茶倒来，喝完之后，那高烧根本就不退。小刘急了，连忙打电话给李恩。李恩说自己已经在回来的路上，会尽最快速度赶回来。李恩风驰电掣开到了乡医院，把医生带上了车，向瓦泥村开去。

　　高烧40度，医生问他们，林知秋怎么会发烧到这种程度，小刘说："骑电瓶车从瓦泥村去乡里开会，淋到了大雨。回来又吹了风才这样的。林书记应该没事吧。"

　　"开会，开会连命都不要了啊。怎么可以这样不顾性命。发烧到40度，40度蛋白质都快凝固了。何况是人，你们要不是及时送我过来，就麻烦大了。要工作不要命了。"医生边说边帮林知秋挂上了水。

挂了一瓶水，高烧退了，这时医生才敢说回乡里去，不然若高烧不退，医生只能在村里守着，万一出什么事，好及时应对。

医生问林知秋："林书记，你最好随我到乡里去，挂个几天。我只带了一天的量。"

"我这里太忙了。医生，你也知道瓦泥村的情况，脱贫的工作还有许多地方需要我去做。我去医院，一住就几天，会耽误工作的。"林知秋说。

"随你吧。我还是那句话，身体第一，工作是做不完的。身体是革命的本钱啊。"医生还吩咐，"这三瓶，今天一定要挂完。明天我再过来给你挂。到时候李书记你要来接下我。"

李恩说："感谢您，医生，那我现在送您回去。"

医生上了车，回到了乡里。这一天，林知秋就躺在办公室的椅子上，挂着水，乡亲们听说林知秋为了工作病倒了，并且边挂水边工作，这种精神真的太感动人了。他们口口相传，纷纷带着鸡蛋和打到的鱼来看望林知秋，林知秋一一谢过，最后让李恩把这些鸡蛋和鱼肉都又还了回去。林知秋知道自己是一名共产党员，是不能拿百姓的一针一线的，虽然这些百姓是对林书记带领自己脱贫致富的感谢，但绝不能收。

第三瓶药水还有六分之一左右就要挂完了。这时小张从外面冲到了办公室说："不好了，不好了，村东头王老六肚子痛，有经验的老人去看后说准是阑尾炎。现在疼得快不行了。"

林知秋看了看自己的盐水，已经顾不到自己打点滴了，连忙拔了针头，针口滴着血，自己高烧还未完全退去，就和小张冲向王老六家。李恩正好在电商服务站和一帮村民交谈着，听说王老六腹痛得在地上打滚，也从电商服务站往他家冲去。

林知秋一见王老六，果然如形容的那样，在地上滚啊，他叫着："好疼啊，好疼啊。哎哟，哎哟……"一个三十多的男人，疼成了这样的状况，不是阑尾炎还是什么。

林知秋连忙去扶地上的王老六，然后边吩咐小张打电话给李恩，让他把车开到这里来。小张电话过去，李恩已经出现在现场，林知秋说："快去把咱们的车开过来，以最快的速度送王老六去乡医院。"

李恩一个箭步，不亚于上大学时的百米冲刺，车很快就开到了王老六家门口。李恩把王老六抱进了车，林知秋扶着王老六，坐在后面一排，让李恩赶紧开车去医院。

这回李恩又是风驰电掣，那位医生才从瓦泥村回来不久，见李恩的车又来了，问李恩："怎么了？是不是林书记又高烧了？"

"不是不是，医生，快，村民王老六可能是阑尾炎，疼得非常厉害。我们把他送来了。"李恩连忙下车打开后车门，扶出疼痛得已经咬牙切齿脸部变形的王老六。

医生一看林知秋也坐在里面，边走边说："林书记，你怎么也来了？你的水挂完了？"

小张说："没挂完，还有六分之一左右就拔了。"

"没挂完你怎么就拔了？你不要命啦！"医生很生气。

"王老六比我严重，我要先救他。"林知秋说着还帮着护士把王老六推进手术室。

医生凭着经验一看一摸，就知道王老六正是阑尾炎，他们的判断是对的。王老六没多少钱，种水果和八角的钱也没带来，手术需要亲人签字，还要先付医药费保证金。怎么办？林知秋马上用自己身边的工资给垫上了，然后以村书记的身份签下了字。

手术顺利地完成了。

王老六看着那消炎的盐水一滴滴地流进自己的身体，知道自己已经完成了手术，见到林知秋，一肚子感谢的话要说又说不出来，眼睛里流着泪水。他握着林知秋和李恩的手，说："你们真的是好人啊。你们救了我啊。"

林知秋看着王老六好了，心里也开心起来了，但是她忘了自己药物没有用到量，高烧又反复了。医生正好抓住她，一测体温说："既然来了，就在这里挂一天的盐水再回村里去。身体不好，拿什么做革命工作？不许走噢。"

林知秋这才安安稳稳地挂了一天盐水，她让李恩先回村里处理日常工作了，一会儿再来乡里接她。

刚回到村里的林知秋，就投入到紧张的工作中去。可是第三天，林知秋接到了老家村里张校长的电话，张校长说："知秋啊，你有没有空啊？回村看看你的爸爸吧。今天我去学校，经过你家的时候，去看望了下你的爸爸。他说他吃饭咽不下饭，不知道是为什么，你有空就回来看一下他吧。"

"咽不下饭？怎么会这样？我最近工作比较忙，可能要过几天才能回去啊。"林知秋说。

"不要拖了。赶紧带你爸爸去看看吧。他告诉我，其实已经三天没吃东西了。"张校长焦急地说。

林知秋这才知道问题的严重性，于是连忙交代了下工作，让李恩留在村里处理日常事情，自己驾车往老家赶去。林根生果然已经卧病在床了，见到女儿回来，眼泪流了下来，但还是说："知秋，你工作忙，不用管我的。我过几天就好了。"

林知秋含着眼泪，看了看家里冷清的角角落落，看着床铺上瘦了很多的父亲，知道父亲肯定生了什么病。在知秋的强烈要求和说服下，林根生上了她的汽车，直奔西北乡的医院。

还是那位医生，医生一见到林知秋，就笑着说："这回是哪位瓦泥村村民生病啦？"

"是我的父亲。他三天没吃饭了，咽不下饭，不知道咽喉处怎么了。您帮他检查检查吧。"林知秋说。

"好的。我来看看，我以为是你村民呢，原来是你父亲。父亲也要照顾啊，不能为了瓦泥村的事，耽误了自己父亲。"医生拿着工具支开了林根生的咽喉，看到了一个肿块。医生大惊失色，拉着林知秋走到外面说："林书记啊，不好啊。你父亲得的可能是咽喉癌。我们乡医院不能治疗这个病，你要带他去县里看看，最好到云州市里看这个病。我们这医疗条件太有限了。"

林知秋耳朵只听到医生说出了那个病名，然后大脑嗡嗡一声响，她眼泪就流下了了，她说："怎么会这样？怎么会这样？医生，你是不是诊断错了。"

"但愿我诊断错了。不过凭借我以往的经验，一定是那个毛病。"医生坚定地说，但又怕林知秋受不了。

"呜呜。"林知秋蹲在地上哭了起来。

医生把她扶起，说："你别哭，你哭了老人家更难过，不利于病情，你还是马上带他去县里或者云州去看吧。"

林知秋瞬间觉得好像从幸福的云里跌落到了地面，父亲是她内心的后盾和支柱，从小到大，有父亲在，瘦小的她就有一座大山一样的肩膀依靠，无论什么风雨，她都能咬咬牙承受，无论什么难关自己都能克服。可是现在，天似乎要塌了，父亲居然有可能生了那种病。她甚至这样认为——这个医生肯定是诊断错了，肯定是诊断错了。于是立即带上父亲去了县城医院，县里的医院派最好的专家看了之后，给出的结论和乡医院的一模一样。林知秋还是不相信，让医生切片检查，医生说，不用切片，就是那种毛病，得赶快动手术，越快越好。

林知秋赶紧打电话给李恩，李恩骑着电瓶车就赶到了县里，林知秋伏在李恩肩头大哭一场，李恩安慰说："没事的，没事的。吉人自有天相，像我妈妈一样，没事的。"手术还是要做，林知秋赶紧签了字，县医院以最快的速度切除了林根生咽喉部的肿块。

可是恢复期需要很久，食物却点滴难进，医院用鼻饲管通过他的咽喉部，给他喂食流质的食物，总算营养得到了保证，慢慢地恢复了体质。

这期间，李恩作为未来女婿，天天看守在岳父身边，服侍着林根生——因为林知秋是瓦泥村的第一书记，很多工作必须亲力亲为，只能让李恩代自己尽孝了。

慢慢地鼻饲管也拔掉了，医生要林根生自己吞咽，但是吞咽起来还是十分疼痛。医生问他情况，鼓励他自己吞咽食物，林根生对医生说："我现在每天都努力吃东西，虽然很难吃下去，为了让知秋放心，我也要拼命咽下去……"

李恩看着岳父的痛苦心里难过不已，但是为了他身体的恢复，他也鼓励岳父一定要自己吞咽食物，并对岳父说："身体一定会好起来的，要相信这里的医生。"

林根生好转一些后，和李恩说起话来："孩子啊，我知道你对知秋好，我看着也欣慰。只是父亲我有个遗憾，我还没有去北京看过天安门。"

"等爸爸你身体恢复了，我们就带你去北京看天安门。很快的，你马上就会好起来的。"李恩说。

"希望吧。我觉得我能行。"林根生说。

"喏，爸爸，这就是天安门。"李恩打开手机，把在北京时到天安门前拍的照片给岳父看，林根生看着照片里女儿和女婿的合照和背后雄伟的天安门，眼睛里满是慈祥和幸福。

"等我好了，一定去北京看看。"林根生说。

"对了，孩子，你去过湖南吗？"林根生接着问，生病了让他反而像个小孩一样，话比以前也多了，因为他觉得好不容易才能和儿女们在一起，这么多年了，一直有些心里话要说出来。

"怎么了，爸爸？"李恩说。

"我还想去湖南韶山瞻仰毛主席的故居。一直想去，可是没有机会。"林根生说。

"我和知秋也还没有去过，很方便的，湖南离我们不远，等您好了，我们先经过湖南，看了毛主席故居，再去北京看天安门。"
李恩拉着岳父的手承诺说。

有了女婿的许诺，林根生似乎已经看到了天安门和韶山村，露出了淡淡的憧憬的笑容。

林知秋一有空就来医院看望父亲，父亲拉着知秋的手，用他干涩不清的嗓音艰难地说："知秋啊，现在你做了村书记，我还是要叮嘱你啊。我一直和你说的，没有共产党，我们家也不可能脱贫，你也不可能上小学、中学、大学。我们不能忘了党的恩情，现在党把扶贫脱贫的重任交给了你，你要在村里好好干啊，不要被爹爹我耽误了工作。让李恩这孩子也和你一起回村吧，我自己在医院能够照顾自己，过几天，我就可以回家了。我能咽食物了，就不用担心我了。你们回去吧，过几天我出院，你们来接我回去就成。"

林知秋舍不得父亲，就让李恩作陪，但李恩还是被父亲赶走了。李恩走之前，嘱托护士，让护士好好照顾岳父，自己骑车回到了瓦泥村。

林知秋忙着到村里去处理各种问题，她每两个月都要挨家挨户访问那一百多个贫困户，看他们的生活是否有改善，收入是否有提高，可想而知工作有多繁重。但她从不言累，而且总是笑脸相待，进了村民的院子，就脱下衣服帮这些乡亲扫地，干家务活，村民们都说林知秋就是自己的女儿。李恩回来，就能帮她的忙了。问起父亲的情况，李恩说已经好多了，过几天出院咱们再去接他。林知秋点点头。

村民刘华家里的房子失火了，不知道是灶屋间的火星失的火，还是由于抽烟，一下子把家里的物件都被烧了个干净，从刚要脱贫又回到了贫困，刘华欲哭无泪。房子是他最重要的家产，这下子全成了木炭灰，房梁也一碰就断裂开了。第二天，房子就塌了。刘华无处可住，坐在屋外大哭起来，林知秋把刘华接到村里和自己收养的孩子一起住。刘华感激涕零地说："林书记，你真是好人啊。我现在真的是无家可归了。谢谢村里收留我啊。可是以后我该怎么办，我不能一直住在这里啊。呜呜。"一个汉子，就这样蹲在地上哭了起来。

林知秋和李恩安慰他说："房子属于意外失火，我们村委会和乡里肯定不会坐视不管的。你放心，我林知秋向你打个包票，一定帮助你把新房盖上。"

林知秋说完这话，就去了乡里的保险公司和民政部门，说清楚了刘华家遇到的情况。很快，现场调查之后，政府给予一部分补贴，刘华自己出一部分钱，用了大约一个月的时间，房子又在原来的地基上盖了起来。这个过程中，林知秋和李恩，帮着联系建材、寻找瓦匠等等，全是义务劳动。

刘华住上新房的时候，可高兴坏了，一脸的喜气洋洋，握着林知秋和李恩的手说："真的很感谢党，很感谢你们。没有你们，我真不知道什么时候能住上这新房。我算是因祸得福了呢。"

"呵呵。"林知秋和同事们都笑得很灿烂很开心。

林知秋的父亲已经回到了家里一个月了，吞咽功能已经渐渐恢复，身体渐渐地好了起来。他是一个一旦身体好，就不愿意给女儿添麻烦的人，所以每次女儿女婿回来看望他，他都表现得精神百倍。当然他还是不忘记催促女儿和未来女婿："知秋啊，李恩啊，你们也认识这么多年了，从毕业后选择到我们县来也几年了。你们的婚姻大事也要考虑了。我盼望着吃你们的喜酒呢，希望你们早点给我生个大胖外孙呢。呵呵。"

林知秋看父亲身体好了起来，心里也高兴，说："爸爸，你放心，等党交给我们的脱贫工作完成之后，我就和李恩结婚。我们一定给您生个大胖小子。现在村里的事还很多，我们还没有时间考虑自己的私事，反正我们还年轻，爸爸您不用担心。我们会给您生个大胖小子的。"

林根生拉着女儿和李恩的手，心里无比幸福，他憧憬着女儿结婚那天的情形，相信就在不远处。

顾老三最近愁眉苦脸的，身体也不好，去医院检查了下，居然是尿毒症。顾老三不知道尿毒症是什么毛病，还自言自语说："没事。尿毒症，尿毒症，肯定是我吃了有毒的东西，所以尿出来的尿有毒了。以后我不吃有毒的东西，这病不就好了？"

顾老三的隔壁邻居看过一些电视，说："顾老三，尿毒症可是很严重的病啊。"

"有多严重，还能要人命不成，又不是癌症艾滋病。"顾老三若无其事地说。

"不比癌症差多少。"邻居说。

"胡说八道。你还想吓唬我顾老三不成，我顾老三什么不知道，还要吓唬我。"顾老三抽着烟说。

"你不信，我用手机搜给你看，你就信啦。"邻居拿出手机，用搜索引擎，搜出了尿毒症的介绍，递给顾老三看。

顾老三看了半天，说："我忘了。我不识字。"

"那我读给你听。尿毒症，是一种非常严重的肾脏疾病，严重的会引起脏器衰竭，主要是因为……"邻居读着。

当顾老三听完，已经蹲在地上抓着自己的头，哭着说："那怎么办，那可怎么办，怎么会得尿毒症，怎么会得这个鸟病！"

邻居告诉顾老三，治疗这个尿毒症也很费钱，不治疗的话，很快身体就会垮下来。顾老三更害怕了，哭得更厉害。这时林知秋正好从其他人家调查走访回来，路过这里。看顾老三蹲在地上哭着，知道一定是遇到什么麻烦事了，就问顾老三："老顾啊。你怎么了？遇到什么事了。和我讲讲，我帮你出出主意。"

"出不了主意咯，我完蛋咯。呜呜。"顾老三哭得更厉害了。

林知秋问旁边的邻居，邻居说："他得尿毒症了，医院检查出来的，千真万确。"

林知秋也没料到眼前的顾老三，身强力壮的怎么会得那样的病。林知秋知道这尿毒症是烧钱的病，感觉到顾老三确实是遇到麻烦了。林知秋先安慰顾老三："老顾，我来给你想办法，你别哭。一定有办法的，请你相信我。"

邻居说："林书记都答应给你想办法了，你还哭啥！"

顾老三像是看到了希望，赶紧进去把医院的检查报告拿给了林知秋。林知秋回去看完了报告，还是不太相信，于是又让李恩开车一起带着顾老三去县里检查，检查的结果和乡医院的一样，尿毒症无疑。林知秋拿着县里医院的检查单和乡里的检查单，然后按照顾老三的经济状况，写了三千多字的书面报告，第二天就交给县里的民政部门，很快，顾老三就被纳入了低保范畴。

顾老三拿着政府的低保补贴，吃了一些药，虽然不能痊愈，但尿毒症的症状却得到了缓解，他心里对林知秋真是感激不尽。林知秋说："老顾啊，不用感谢我，要感谢党和政府，是他们在你最需要的时候帮助了你。希望你能快些恢复，到时我们还要和乡亲们一起致富呢。"

尿毒症是顽疾，但是有林知秋这个话顾老三也信心百倍，相信自己会好起来——精神好了，一切都会好起来。

林知秋好像是村里的压舱石，自从她的到来，五百户父老乡亲好像有了自己的主心骨，有了自己的带头人。林知秋不愧是北大毕业的高才生，眼光见识和能力都是胜人一筹的，瓦泥村的父老乡亲们都感受到了村里这几年的变化。最明显的变化，就是村里最穷的人都有钱了，口袋都鼓出来了。

这不，姚三看到瓦泥村里的变化如此之大，也不愿意在城里做建筑工了，主动和外面娶的老婆，一起回到了村里，把自己的旧屋子打扫打扫，准备回到村里发展了。

姚三看到种杉木的用杉木卖了钱，种砂糖橘的更是有赚头，种八角的不愁销路，全国各地收货的人络绎不绝向这边聚来。枇杷树也是硕果累累，香甜可口，远近闻名。姚三问老婆种什么好，老婆喜欢吃，怀着孩子，就说："种枇杷吧。等明年我把孩子生下来，就可以和他一起吃枇杷啦。"

姚三就找到林知秋，问林知秋哪里有上好的枇杷树苗采购。林

青春盛开如歌

知秋见姚三都回来创业了，怎能不高兴，本打算写个地址给姚三，让姚三自己去取树苗。但是这回，林知秋打算和姚三一起去买树苗。林知秋雇了熟悉的卡车，把树苗运回了村里，因为林书记是租车常客，还给姚三便宜了几百元车钱。

李恩和林知秋帮着姚三把枇杷树苗种到了姚三家的地里，从中午一直种到日落时分，总算把树苗种好了，然后林知秋和李恩还帮着浇水灌溉。姚三感激不尽，要留林知秋和李恩一起吃晚饭，说老婆已经把饭菜准备好了，回去吃就行。

林知秋说："不了，姚三，我们回村里还有事，你自己吃吧。谢谢你了。"

"林书记，你这是看不起我姚三，对不对？我知道，以前我让你和李书记难堪了。我爬树，我跳河，我爬屋，什么都做过。那时确实很不要脸，丢尽了自己的脸，所以那时我离开了村里。到了外面，我反思了自己，我做瓦匠赚了一部分钱，所以才能买得起枇杷树苗。我是打心眼里感谢林书记你们的，如果当初你们不激将我，让我断了申请低保户的念头，如果真的申请下了低保户，我肯定拿着低保吃低保，不肯出去做事了，哪还有女人肯嫁给我。现在我老婆有了，事业也有了。我真的很感谢你们啊。你们一定要跟我回家吃顿饭。"姚三诚恳地说。

"姚三，你成熟了！"林知秋竖起大拇指夸着姚三，但还是拒绝了姚三请吃饭的好意，"姚三，我们真的不能去吃饭，晚上还要准备一些资料，明天要去县里开会，这个会议非常重要。来日方长，我们总有机会吃顿饭的。"林知秋说。

"那好，来日方长。对了，林书记，你和李书记什么时候结婚？我记得李书记和您来我们村也已经好几年了，你们什么时候结婚啊？办喜酒的时候，一定要看得起我姚三，要请我啊。我要抱着孩子带着老婆好好地谢谢你们呢。"姚三说。

"嗯，你是要谢谢我呢，我对你还有救命之恩呢。呵呵。"李恩开玩笑，还做出在河里淹水的样子。

姚三也哈哈大笑，说自己跳河，那回差点淹死。

林知秋则说："姚三，乡里县里交给我们的脱贫工作很重，我们不能在关键的时候想着自己的私事啊。我们瓦泥村的脱贫工作取得胜利之时，就是我们结婚之时，到时候一定不会落下你，请你喝我们喜酒的。"

姚三说："一言为定！"

李恩和林知秋在回去的路上谈论着工作。李恩问林知秋："明天的会议，县里准备有什么大动作吗？"

"县里领导说是有大动作，明天西北乡的所有干部都要参加。"林知秋说。

"那一会儿你早点休息，别工作得太晚了，明天还要开车的！"李恩说。

第十一章　建水坝

　　脱贫事业艰辛，路漫漫而修远。拼命干工作的林知秋怎会早休息呢，照例是回到办公室，把一天处理过的事情和调查的内容写成日记。在桌子的旁边，有一个塑料箱子，里面放着的日记本越来越多，每一页都是当天工作的记录，一年三百六十五天一天不差，一年又一年，日记本也见证着林知秋做脱贫工作的那些日子。

　　渐渐有困意，已经是午夜十二点左右了，林知秋才上床睡去。第二天一早，匆匆吃了口李恩做的早饭，就带着小李小张一起往县城赶去。

　　景云县委的大会议室，在九点的时候已经座无虚席，足有五百人，都是每个乡镇的领导和脱贫工作的骨干。而让林知秋不解的是，自己西北乡的与会者被安排在了第一排，这是从没有的事情，西北乡是偏远乡镇，以前开会都坐在后面，林知秋隐约地感觉，这会议可能就是直接和自己西北乡甚至瓦泥村有关系。

　　随着县委马书记坐定，会议开始了，会议是由杜县长主持的，杜县长很有激情，问候了五百位与会干部之后，请马书记做重要讲话。

马书记拿过话筒，生怕话筒声音不响，试了一下音量，才开始那中气十足的讲话：

"今天，在这个特殊的日子，我们景云县委县政府，组织全县各乡镇、村委的干部来参加这个全市动员大会，是有一件极为重要的任务要交给大家。完成这个任务，会让我们景云脱胎换骨，会让我们景云走上一个新的发展台阶。我们都知道，长江黄河有三峡工程、葛洲坝、小浪底工程，这些水利枢纽，国家经过数十年的建设，最终都成为功在千秋、利在当代的工程。就说我们熟悉的三峡工程，它的建成，会为我们国家每年提供巨大的电力资源供应，缓解了大半个中国的用电压力。因为有了三峡工程的存在，我们老式的煤炭发电可以减少了，对环境的污染排放也减少了，合理利用了水的势能，合理利用了清洁能源，这是有百利而无一害的工程，是利在千秋万代的工程。我今天怀着非常振奋和高兴的心情，想通过这个会议来告诉大家，广南省委省政府和云州市委的决定，鉴于广南的专家在我们县的西北乡考察之后，最后决定要在西北乡的瓦泥村的最南端的两座山之间，流过的清河之上，建一座水坝，我们也要完成这样一个利在千秋的水利工程。"

林知秋这才明白，原来县委马书记让西北乡的干部坐在第一排，是因为要搞这么大一个工程，林知秋顿时感到无比振奋。

马书记接着说："在这样一个脱贫攻坚的关键时期，我们要上这样一个工程，是经过深思熟虑的。发展就要科学地发展，脱贫就要不返贫。就说这个水利工程建成之后，所提供的电力，就可以让西北乡的老百姓免费使用，不但西北乡的百姓受益，我们全县的百姓也受益。所以，今天的会议，是发动的会议，今天的会议是鼓舞咱们斗志的会议。我们党员干部要全力以赴，尤其西北乡的干部，从书记到村委会下的办事员，都要行动起来，动员好乡亲们，让他们配合工程的进展。"

其他乡的一位老干部举手发言，马书记看到了，中断讲话，让那位干部起来说话。他问："马书记，要是他们西北乡的老百姓不愿意配合他们怎么办？"

"你这个问题问得好。我们县委今天召开这个会议，就是为了解决这个问题。造水利工程的难度，不在造工程本身，造工程是建筑工程队的工作。我们工作的难度，就是要让老百姓了解清楚水利工程会给我们带来的实惠，我们要用耐心去说服他们。就像三峡工程启动的时候，很多库区老百姓不愿意移民搬迁，但是随着政府工作的展开，无数工作人员，常年地感化、解释、说服，库区的百姓都很配合搬迁到了指定地点。我去过咱们西北乡的瓦泥村，情况比三峡工程还要好些，为什么这么说呢？在那南山和北山之上，我们的乡亲没有在那里建造房屋，这就好办。老百姓有恋家恋旧情结，我们不涉及拆迁住房，工作就很容易展开。这里我要再次动员西北乡的干部，上下要团结一心，回去就把县委的意思告诉他们，传达到他们每个人的心里，让他们理解政府搞这个工程的良苦用心。我想应该会顺利推进的，我们有这个信心。万一有困难，我们其他乡的干部，也可以去西北乡支持他们的工作，群策群力，发挥我们基层干部了解老百姓所思所想的优势。我想，水电站造成之时，就是我们西北乡乃至我们县的腾飞之时。"

会议在热烈的掌声中闭幕，西北乡的领导很是激动，林知秋感到肩头的任务更重了。她如何去把省委的精神传达到这些父老乡亲的耳朵里呢，传到耳朵里还是其次，关键要传播到他们的心里，让他们真心诚意说一不二地支持这个工程建设。她隐约地感觉到，没这么简单，隐约地感觉到前方的困难。回来时，小张开的车，林知秋坐在副驾驶座，打开瓦泥村的地图，陷入了沉思。

回到村里，林知秋来到广播室，用喇叭召集全村的所有父老乡亲聚集到村委会前的广场上开全村会议。开这么大规模的会议，林知秋来瓦泥村到现在也没超过三次，老百姓都知道，每次都会有重大议题和他们商量，这次又为了什么呢。

口袋里有钱了之后的姜老顺，叼着烟说，因为他想去西北乡和一群哥们打牌，被林知秋喊来集合，显然心里不是太痛快。他坐在最靠近林知秋的地方，说："林书记，有啥好事，要把我们五百户村民全聚集起来啊。是不是银行要发钱给我们啦？"

一个妇女讽刺他说："你就知道钱，天下哪有那么好的事。就是天上掉钱，也要你去捡呢，你那么懒，成天只知道打牌花钱，捡了再多的钱也不够你败噢！"

姜老顺说："你这个毒嘴女人，我惹你了？"

林知秋这时看着人数差不多都齐了，就拿着扩音喇叭开始讲话："乡亲们，你们好，我们已经很久没有开这样的全村大会了，我们村五百户人家，刚才我看了下签到本，正好五百户都到了，一家也不落。我们的会议就可以开始了。今天把在辛勤劳作的大家召集到一起，为的就是要向大家说一件我们瓦泥村有史以来最重要的一件事。这件事，是我们广南省委省政府让专家研讨之后最终拍板决定的。"

姜老顺不耐烦地说："啥事，快说啊。"

林知秋看了看他，微笑了下，继续说："这件最重要的事，就是，要在我们瓦泥村南面的清河之上，南山和北山之间，造一条大坝。利用清河水的水量，来发电。三峡工程，大家都知道吧。就是在长江上造一个水坝，也是利用长江水的能量，来发电。这种发电模式，是环保的，是清洁的，无污染的，我们这的水坝在造成之后，也会像三峡大坝一样，造福我们瓦泥村，造福我们西北乡和景云县，我们的电费就可以大大省却了，环境也会更加秀美……"

"好啊，造啊，我们不反对。"有人说。

"谁说不反对？我反对！南山和北山上，有我们何家的祖坟。你们造大坝，岂不是要把祖坟刨去？我反对，坚决反对。"姜老顺显然很生气。

"对啊，要不要刨祖坟？林书记，你快说。我们村民的祖坟都在那两座山上。你要给我们一个明确的答复。"那个讽刺姜老顺的妇女也说话了，她和姜老顺这会儿站到了一起。

林知秋连忙说："这就是我们今天召集大家来的原因。这个水利工程要在南山和北山上建大坝，肯定要移走山上的祖坟的，所以今天要和大家商量。祖坟会有一个集中的安置地，现在这个地点已经选好了，在村北面有一块平地，可以重新安置。"

"放屁！我原本以为你是个通情达理的好村官，带领我们让我们生活改善了。但是今天，我就想骂你，你小小年纪，懂不懂什么祖坟。祖坟怎么能动？我们南山和北山上的祖坟，从六百年前就在那了，一代又一代，一直没有变，也不能变，所以这些祖先才能保佑我们健康和发财。你倒好，简单的一句话，就要我们刨祖坟，我们坚决不同意。你们说是不是？"姜老顺这么说，大家就沸腾了。

"不许刨祖坟，不能刨祖坟。"群情激动。

"我们不管你们政府要搞什么工程，要刨祖坟，没门！"一个妇女说。

"各位父老乡亲，不是刨祖坟，是迁祖坟，我们重新选了一块安置地的。请大家支持政府的工作，大坝造成之后，是绝对有利于我们村的发展的，大坝可以发电，可以控制河流汛期的流量，可以带来旅游观光的发展……"

"别说得那么好。我们不稀罕。我们现在日子过得不错。不要你什么水电火电的。你说不是刨祖坟，迁坟是什么？还不是把祖坟给挖出来，挖是什么？挖不就是刨嘛。你是大学生，换个迁字就想把矛盾转移了，没门，我们坚决不同意。林知秋，你还是早日死了这条说服我们的心吧！"张伯说。

"可是要建大坝，就必须要迁坟啊。政府的工程是利在千秋的，等工程造好了，慢慢地就会改变我们的生活。这是好事啊，是惠民工程啊。"林知秋显然也有些急了。

"什么好事，我看世界上最坏的事，就是刨人家祖坟。我记得听说书时，说书人说，民国时候的那些军阀，互相打仗打得不可开交不分胜负，最后急得就派手下的人去刨对方军阀的祖坟，只要一刨掉祖坟，风水一破坏，祥瑞之气一漏，那个被刨祖坟的军阀战场上肯定输得一败涂地。"姜老顺说。

"有理，姜老顺说的有理，就是这样的。祖坟一刨，风水就坏掉。五六百年的风水，就这样要被你们破坏掉，我们怎么能答应？"那妇女说。

下面已经群情激愤，个个咬牙切齿，要准备去揍林知秋。林知秋看到父老乡亲越来越不配合，眼睛里急得满是眼泪，她满以为自己以三峡工程为榜样，很容易就能说服他们，但是父老乡亲们的抵触情绪像铜墙铁壁一样。个个摩拳擦掌，准备揍林知秋，姜老顺第一个上去想打林知秋，李恩挡上前去，那人见李恩人高，就不敢动手，直接抢过林知秋的扩音喇叭，一下子摔在了地上，粉碎，说："让你吵吵，让你去吵吵。"李恩让他别走，姜老顺边跑边说："让你自己开这个破会去，我回家了。刨祖坟，没门，大家不要受她林知秋的蛊惑。什么都可以答应，刨祖坟的事，不能答应！"。几个妇女上去把签到簿给撕了个粉碎，说："早知道为了这个事，我们就不来开会，不来签字了。我们回去了，下次别再和我们提刨祖坟的事。看在你是女人，你要是男书记，我们早打得你住医院去了！哼！"

林知秋看着村民纷纷散去，心里不是个滋味，看着被摔坏的扩音喇叭，她从没遇到这样的工作阻力，几乎是全村的人反对自己，而且是坚决反对，摩拳擦掌地反对。林知秋蹲在地上哭了起来。

乡党委书记极度关心迁坟的事情，打电话来问林知秋，林知秋把情况告诉了党委书记。党委书记说："开会遇到他们反对，这是正常的，证明工作还没做到位。县委省委的计划抓得紧，给我们的时间是有限的，不多了。你要和李恩一起挨家挨户地去说服，晓之以理，动之以情，一定要说服他们，要相信自己的能力。如果再遇到困难，你再告诉我，抓紧。"

林知秋才感觉到肩头此时的重任是来西北乡工作之后最沉重的时候，林知秋赶忙写了一份动员书，打印了五百份，动员书里把大坝工程造成之后会对村里带来的好处详细地罗列出来，打算一份份送给他们，让他们从书面上了解，最后支持。

可是林知秋拿着这些动员书，走到每家每户的时候，那些村民简直把她和李恩看作麻风病人，还没走到自己家门口，就把门严严实实地关着了。林知秋想从窗子里和他们交流，他们赶紧把窗子关好，就是不愿意搭理林知秋和李恩。林知秋和李恩突然感觉自己被孤立了，站在田埂之间，站在父老乡亲的门前，林知秋第一次感到了投递无门，被拒之以千里之外。

林知秋还是把动员书从一家一家的门缝里塞了进去，有趣的是，塞进去，当时就被塞了回来，显然老百姓都躲在门缝后面，就是不愿意接收这些传单，接受刨祖坟的建议。

连续两天，老百姓都只顾自己干活。林知秋主动去和他们说话，他们都不说话，林知秋要拿扫帚帮他们扫地，他们夺过扫帚，自己扫完地，不说一句话地回到屋里。可以这么说，林知秋出现在哪个地方，哪个地方的乡亲们就躲着她。

乡亲们说："要不是看在她之前一心一意带着我们脱贫致富的

分上，我们真想把她从瓦泥村赶走。"

林知秋怎能不委屈，怎能不难过，但是责任在肩，难过是不顶任何用处的，总要想办法才行。

这天，省政府的专家，已经又一次驱车到南山北山上测绘地形，再次考察，老百姓知道后就围困住专家们的车，说："你们要建大坝，我们就不让你们走。你们要刨大家的祖坟，我们就去省里刨你们家的祖坟。"专家们吓得不敢说话，直向身边陪同的林知秋求助。

任凭专家怎么解释，村民们还是不放他们走，几个妇女上去就把专家手里的地图，还有测绘仪器全部摔得粉碎。

这下事情闹大了，乡党委书记在接到林知秋电话后，立即赶来。村民们见乡党委书记和乡长都来了，还带着几名派出所的警察，吓得不敢再咆哮，但就是不愿意放走专家们。

党委书记晓之以理，动之以情，说："你们的想法，我们理解，祖坟是不能随便迁的。但是我们乡党委已经给大家的祖先安排了一个更好地方，就是村北面。只要你们迁走祖坟，国家还会给予一定的补贴，不让大家花钱。你们说会破坏风水，风水这事，是信其有则有，信其无则无，我们是唯物主义者，怎么能信这些呢？南山北山，现在是祖坟的聚集处，但是你们脚下，哪一块哪一片土地，敢保证古时候没埋过人？哪一处青山不埋人啊，有什么好坏之分。只要我们思想改变了，觉悟改变了。理解水利工程是为了造福我们瓦泥村的子孙后代，就要支持省委的决定，我们的工作。"

"不迁，不迁，就是不迁，要迁你乡党委书记先迁。"村民说。

乡党委书记说："我虽然在西北乡工作，但不是西北乡的人，我的祖先不在瓦泥村啊，希望你们不要胡搅蛮缠。"几个警察，也在呵斥着这些激动的村民。

最后，警察说："你们再不让开，我们就把带头闹事的人，以寻衅滋事罪带回派出所了。"

村民见警察拿出了手铐，吓得让专家的车开走了。

姜老顺知道迁祖坟的事不会那么快办成，于是就去乡里赌博了，在赌博时，他把瓦泥村的情况告诉了赌友，赌友都说姜老顺的观点是对的，祖坟怎么能迁，祖坟刨了赌博都风水不好。

另外一桌的一个姓杜的混混，因为脚臭，熏得人辣眼，人称杜臭脚，此人从小品行不端，但喜欢看闲书，知识面比起一般人要广些。杜臭脚和姜老顺并不认识，在赌室里也是各坐一桌。姜老顺到这个赌室也只来过两次。杜臭脚耳朵尖，他听说瓦泥村老百姓都反对刨祖坟，就觉得自己的商机来了。他住在乡里，家旁边有个小剧团，剧团里有各式各样的戏服，他就半夜十二点猫着要，翻墙去剧团里偷了一件江湖术士的大褂子，还去云州市里专门买了个罗盘。准备妥当，他满怀信心地往瓦泥村走去。

他路过林知秋的村委会，林知秋看了她一眼，觉得并不熟悉，还以为只是路过的外村人。他来到北山之上，拿罗盘装模作样地测来测去，装作是风水行家，一代大师。几个妇女上来围观，说："你是不是省里的专家？"

"这位姐姐，你是眼神不好，还是怎么的。专家怎么会穿我这种大师的衣服。你们难道看不出我是做什么的吗？"杜臭脚说。

"你是不是和林知秋一起的，想测试之后，说服我们刨祖坟？"妇女甲说。

"谁是林知秋？"杜臭脚说。

"就是我们村书记啊。你是不是她派来的？"妇女乙说。

"我是夜观天象，看出瓦泥村百姓有难，所以特意赶来相助你们。我不是你们所说的什么林知秋的人，我是一代风水宗师道一真人。"杜臭脚开始行骗了。

"你是看风水的？"妇女甲说。

"不是林知秋和乡党委书记派来的就好。你会看风水，你帮我们看看，我们村的祖坟可不可以刨？他们要在这建大坝。"妇女乙说。

"这个嘛……我不是免费看风水的。我云游天下，就是靠本事吃饭，靠化缘为生。你们要表示表示，我才能告诉你们风水的真相。"杜臭脚说。

"你要多少，你给我们看看。"妇女甲说着拿出一百元，塞到了杜臭脚的手里，杜臭脚装作算卦高手，拿着罗盘在这测了测，到那测了测，说："根据乾卦和坤卦的显示，这里的风水原本很好，但是要修水坝，就破坏了南山和北山原本的风水，风水风水，就是防风防水，水坝聚水之后，水就多了。水多了，就破坏了阴阳五行的平衡。这么说吧，就算你们的祖坟不被他们移走，还在原处，只要水坝修成了，对祖坟的影响也存在了。你们明白了吧。"

妇女们很高兴，因为他们花了钱听到了这个一代宗师道一真人的观点，居然也是不赞成刨祖坟。

于是两个妇女就喊杜臭脚到自己家吃饭，两家分别招待，吃得杜臭脚肚子发胀。村民们都听说村里来了一个懂风水的大师，据说能看南山和北山的风水，还能看住房的风水，纷纷请杜臭脚给他们看这看那，当然，最主要的，还是请他去看南山北山上的祖坟能否迁移。

有的村民还把杜臭脚领到祖坟边，让他用罗盘仔细查看，杜臭脚真觉得自己是个大师，装模作样地胡说一遍，每家每户几乎是同样的话，并建议他们坚决不能迁祖坟。有的生小毛小病的人家，还让杜臭脚在家里作法，自然，一笔一笔的钱流入了杜臭脚的口袋，他足足收了三百多笔钱，共计有三万多元。这下杜臭脚尝到了甜头，晚上在村民家轮流住着，包吃包喝，真的像是过上了神仙的日子。

林知秋和李恩在办公室这几天，可谓一筹莫展，李恩说："我们不能再这么等下去了。我们必须想出好的办法。"

"我看也只能这样了。"林知秋说，"小张，小刘，你们是瓦泥村人，你们能否身先士卒，先把祖坟给搬了？搬给所有村民看，让他们明白，我们是真心诚意的。"

小刘和小张很坚定，说："我们也想到这个办法了，我们回去就办。"

李恩说："万一你们爸妈不同意怎么办？"

"那我们就威胁说，不同意，我们就从村委会辞职。他们培育我们成为大学生也不容易，不会就此让我们放弃工作的，一定会同意。"小刘说。

"好，那就这么办！"林知秋说。

小刘小李回到家，把要身先士卒迁坟的事告诉了父母，父母气得怒火中烧，说："你这个欺师灭祖的不肖子孙。现在道一真人给我们每家每户的祖坟都看了风水，都说不能搬，你却说要先搬。有本事你搬了别回来住，我不认你这个子孙！"

小刘也不甘示弱说："好，你不让我迁，我就辞职，我不干了。上面下达给我的工作任务，我完不成，我还干什么？我还有脸待在村委会吗？喏，这是我写好的辞职信，明天我就去交给林书记。"小刘连道具辞职信也写好了，父亲一看果然三张纸，看来小刘真的要辞职了，父亲气得一屁股坐在凳子上，说："不肖子孙，不肖子孙！"

小张也是如法炮制，父亲很快也妥协了。迁移祖坟的那天，小刘小张故意让大家都看见，村民们都惊呆了，居然会有人带头迁移祖坟，一听是村委会工作的小刘和小张，就议论纷纷："装模作样，想引我们也搬迁？哼，做梦去吧！"

道一真人杜臭脚在远处装模作样地说："善哉善哉，风水被自己破坏了，这两个人肯定要吃大亏了。"

"你到底是和尚还是道士？"妇女问。

"道士，道士，如假包换的道一真人。"杜臭脚掩饰说。

"宗师，那他们会吃什么亏？"妇女甲追问说。

"明亏暗亏都要吃，官场排挤他们，财禄远离他们，连对象也难找。为什么？就是因为他们破坏了风水。"杜臭脚说。

杜臭脚这话被路过的小刘听到,小刘大骂杜臭脚:"哪里来的骗子。你胡说八道什么,回头我非向公安举报你,招摇撞骗!你懂什么是风水,人民幸福就是最大的风水。百姓过上好日子就是最大风水。你快收拾你的罗盘,从哪来回到哪里去吧!"

杜臭脚装作很大度的样子,说:"骂我骗子,口出狂言,我宽恕了你。"说完心虚得很,小刘小张的队伍刚走过,杜臭脚就躲进了那个妇女甲家,不再出来。杜臭脚不愿意离开瓦泥村,就是因为还想行骗,他觉得万一要是百姓扭不过林知秋,全部要迁坟之后,还可以给他们看风水,赚一笔。他打算赚足六万元再走。

小张小刘迁祖坟的事,全村都知道了,林知秋在广播里对村民说:"现在本村人小张小刘都迁坟了,也没看到小张小刘遭什么报应。请大家不要相信迷信,要相信科学,造大坝是科学的工程,是造福我们瓦泥村的工程。我们要理解,要支持,希望大家来村委会签字,希望迁坟工作马上展开……"

村民们义愤填膺,林知秋居然要大家签字同意,他们怎能同意,于是聚集在村委会前,大骂林知秋:"让小刘小张这两个乳臭未干的家伙,刨坟给我们看,就想引诱我们迁移了?做梦!"

"是啊。林知秋,你的美梦,你的计划失败啦!我们不会听你的话的。"

"你有本事把自己的祖坟也迁来,我们就同意你的要求。你自己不迁,喊两个手下迁,真是坏透了。你先把自己家的祖坟迁来,我们就同意你。对不对?"

"对,对。自己不迁,叫我们迁。"他们知道林知秋不是瓦

青春盛开如歌

泥村人，祖坟在西北乡的另一个村里，林知秋和瓦泥村有关系，是村支书。林知秋的祖坟和瓦泥村可没关系，怎么会迁过来，既不合情，也不合理，所以只是百姓对林知秋的刁难。但是林知秋记下了，说："那好，今天我承诺，我把祖坟从我们老家迁来瓦泥村。你们就答应我的条件。"

"好，光说不练假把式！有本事真迁来。哈哈，看你也就敢说说。"姜老顺说。

"好，你们给我三天时间。"林知秋说着就让大家散去听消息。

林知秋立即开车回到了西北乡最北面的老家村里，林知秋把自己遇到的工作困难和父亲说了下，说作为村支书，要带头把祖坟迁到瓦泥村新的坟地，这样才能服众，他们才会配合迁坟。

林根生说："三峡大坝，造福百姓，这是大家都看到的。省里在你们瓦泥村造水利工程，是大好事。知秋，你决定了的事，你就办吧。我们的祖先一定是支持理解你的。瓦泥村的村民一时不能理解，总有一天会理解政府的良苦用心的。"

林知秋二话没说，就把林家的祖坟都搬迁到了瓦泥村新圈定的墓地。这下百姓们可看傻了眼，林知秋果然说到做到。村民们都紧张了，变得无话可说，但已经有一部分人想通了，觉得既然林知秋把那么远的祖坟也搬迁到了自己村里，说明那个新墓地的风水一定没问题，也就签字同意搬迁。

还有一些顽固派，守着道一真人，整天供给道一真人吃喝，以迁移之后风水必被破坏的理由，不愿意签字。林知秋知道是道一真人在怂恿这些人，就亲自去和道一真人辩论。

林知秋把《周易》上的知识，讲出来和道一真人探讨，并说："能易者不卦，你应该知道吧。"

"什么，你说的什么？"杜臭脚才初中文化，哪听得懂。

林知秋说："真正懂周易的人，是不会用易经来算卦的。算卦是迷信的手法，目的就是为了一个骗钱。周易认为，万事万物都是有盈亏消长规律的，这个高峰之下必定有低谷，而低谷之后又会有高峰。周而复始，所以不用算。盛极而衰，衰极而盛，循环往复，这是天道所在。"

杜臭脚听不懂，村民还以为杜大师要和林知秋辩论一番，论道一番，哪知他只会说："对对对。你说得对。"

村民们一下子感到自己又没了底气，这个风水大师居然不是林知秋的辩论对手。

"你就不要借周易之名，借风水之名来招摇撞骗了。"林知秋说。

"口说不算，且容我回去，写成一份风水分析书，我会把所有南山北山的地形、风水的长处和新墓地的短处罗列出来，到时候给你们看，我让你们心服口服。"杜臭脚其实是想溜了。

"好啊，我们等着你明天拿来风水分析书。"李恩说。

杜臭脚觉得这里一分钟也不能待了，自己骗钱的路也只能到此为止了，赶忙像一只绝尘而去的老鼠一样溜到乡里。但他赌性难改，又和人家赌博起来，六万元一下子就输得个精光，此时警察冲进了赌博的密室，正好是扫黄打非的行动，杜臭脚被押回了西北乡派出所。进派出所的时候，正好被来乡里办事的两个瓦泥村妇女看到，说："你不是杜大师吗？怎么被抓了？"

"聚众赌博！"警察回了两个妇女话。

"杜大师，你不是说今天要和林书记辩论风水的吗？怎么被抓了？"妇女甲说。

"他还看风水？"警察说。

"他是风水大师啊。我们村里每家每户都让他看了啊。他让我们不要迁坟啊。"妇女乙说。

"好啊，那你还涉嫌诈骗！"警察推了低着头的杜臭脚，杜臭脚情绪低落，头发散乱，手被银色的手铐铐着。

这下妇女把杜大师被抓的消息告诉村民，村民就炸锅了，觉得自己真遇到了骗子。警察还特意来村里，每家每户地调查，问他们被杜臭脚骗了多少钱。村民们义愤填膺，一个个气得直骂杜臭脚是超级大骗子。

"他看上去好像很有文化的样子，算卦风水很精通啊，不像骗子啊。"姜老顺说。

警察说："文化？他初中都没上完，初一的时候因为猥亵妇女，被拘留过一阵子，是有前科的人。"

"咳，地道的骗子！"姜老顺说。

自从部分村民的精神支柱杜臭脚被抓之后，乡亲们也清醒了。林知秋一路带大家走来，并没有害他们，反而让他们瘪瘪的口袋，慢慢鼓了起来。再说，造水利工程，他们也承认是对自己村有益处的，之前大家不肯搬迁，完全是因为风水的说法，再加上杜臭脚在其中搅乱浑水，所以一直拖着，现在他们主动去搬迁祖坟了。三天时间，南山和北山上的祖坟全部迁移到了规定的墓区，大家看着这新的墓区也挺好，一改以前山坡的凌乱，变得整齐划一了。也许按照他们的说法，凌乱反而是破坏风水的，现在整齐划一的墓地规划，反倒让乡亲们觉得满意了。

南山北山上还有村民种着一些杉木，这些都是名贵的木材，长势很好，林知秋就让杉木的所有者把杉木移到了另外一片集中的地里，损坏的，还给予补贴。这样南山和北山的山坡就空了出来，省委省政府的领导，在得到马书记的汇报后，立即派遣水坝建设工程队，开赴瓦泥村。热火朝天的工程，就这样开工了，百姓们看着施工队指挥部里的建成蓝图，觉得确实美极了，施工总指挥向参观的村民介绍说："你们看，建成之后的大坝，是不是很好看？不但好看，而且功能很强大，单说电费，你们一年就能省掉不少钱呢！大坝还有一个景观的作用，到时候，来你们村参观大坝的人就多了，全省各地，全国各地，还怕你们的产品卖不出去吗？到时候，你们这个地方就是名村了，就不再是西北乡最落后的地方了。云州市里的人都羡慕你们呢。"

老百姓心里乐开了花，干事更有劲了。

凿山的初期，施工队忙不过来，总指挥找到了林知秋，问林知秋能否在村里招募一些年轻力壮的村民，进行安全培训之后，帮助施工队做一些运送凿下的废弃山石的工作。村民觉得这个外来的施工人员为自己的村建设忙活得白天黑夜不休息，自己哪可以退缩着袖手旁观？一有空闲，就加入运送山石废料的队伍，汗水滴落在热土之上，人民的眼里都充满着对幸福明天的期望。

水坝还没有建成，许多外地的游客得到消息之后，慕名而来到瓦泥村参观。瓦泥村的旅游业已经有了兴起的苗头，林知秋觉得这真是大好时机，对于那些住宿者，林知秋让愿意的乡亲们把家里收拾干净，开成了民宿。有人住，就有饮食的需要，民宿又配套着餐饮，游客们吃着瓦泥村的特产，欣赏着青山绿水的美景，真是流连忘返，都说："我们是来吸负氧离子来的，都舍不得回去啦！"

村民们逐渐明白了林知秋当初让他们迁移祖坟的良苦用心，实实在在的好处都体会到，都看到了。村民们见到林知秋就纷纷说："姑娘，祖坟迁得好。看来祖坟的风水是越迁越好了。我们以前误会你了，希望你不要放在心上。"

"我没有放在心上，你们都是我的亲人，自己怎么会生亲人的气呢。以后等水利大坝建成，瓦泥村面貌会变得更好呢！"林知秋满怀信心地对父老乡亲们说。

第十二章　无巨细

这是一个秋风沉醉的晚上，瓦泥村在暮色中显得无比宁静。林知秋打开电视，看到正在推广一个养鸡场。那些鸡饲养起来容易，成本不大，成熟后卖到大城市的饭店去，资金很容易回收。现在城市里的人都喜欢吃乡村养殖的肉鸡，因为乡村更接近于野生环境，一只鸡从孵化、成长到出栏，最少要一年时间。而城市养殖场的鸡，基本上都是喂激素饲料，不到两个月，就出栏了。这样的鸡，鸡肉松弛，没有油水，口感极柴，煮汤也不鲜。城里人的嘴巴很挑剔，那种激素鸡，他们一口就能尝出来。出自乡村里的草鸡，就不一样了，鸡价要比激素鸡高两到三倍，但即使这样，还是供不应求。为什么呢？城里的那些食客，不怕价高，就怕品质不好。

林知秋看到这则广告，突然想起一个主意来，瓦泥村青山绿水，广袤丰饶，不正是养鸡的好地方吗？哪里还有比瓦泥村更天然、更环保、更宁静的自然环境？林知秋立即用笔记下了这个广告的地址，又用手机录下了视频。第二天早上，就和同事商量，是

青春盛开如歌

否可以在瓦泥村进行草鸡养殖。同事们看着林知秋的视频，啧啧称奇，说："没见过长得这么健壮的鸡，都快赶上鹅了。如果我们瓦泥村养殖，一定没有问题。乡亲们也一定会支持的。"

林知秋很快就在广播里播出信息，告知大家，凡是有养殖草鸡想法的村民，可以到村委会来做个登记。广播出去没有十分钟，三十多户人家的主人匆匆走过来，都说愿意养殖。

一个村民说："我要养十只。"

另一个说："我要养三十只。"

林知秋说："乡亲们，不急，慢慢来，我们一一登记，到时候，我去养殖场进鸡苗，回来按照登记的分给你们。"

乡亲们看着电脑里林知秋链接的养殖场视频，觉得是条赚钱的好路子，没带钱来的，纷纷又回家取钱去了；带钱的不由分说，立即交给了林知秋。林知秋帮他们一一登记着，还有不识字的乡亲，林知秋帮他们写好名字后，按上了他们的手印。

乡亲们交完钱，看着电脑视频里的草鸡，说："这鸡大得快像孔雀了。这么肥，好品种！"

"这品种好，买了苗子，我们一定能赚钱。"

拿到了款项之后，林知秋算了下，一共可以买五百只鸡苗。这万把块钱，是多么沉甸甸啊，是乡亲们致富的希望，也是瓦泥村产业拓展的一项试验。林知秋打通了对方养殖场的电话。对方一听是看了广告之后联系上他们的，也非常热情，希望林知秋尽快到对方养殖场进货。

这天，李恩在家里处理村务，林知秋开着自己的汽车，就去往临县的养殖场。对方每天要接待无数的采购者，一时竟想不起林知秋是什么时候预约的，竟然毁了口头之约，说鸡苗暂时不够。

林知秋好说歹说，说自己是受了村民的重托，村班子也分析了这的鸡品质相当好，绝对不会让乡亲们亏本，希望对方能够考虑到自己开了两百公里弯弯曲曲的山路，才赶到这里，今天一定要把鸡苗卖给她。

对方也感受到了林知秋的诚意，只是说："最早也要等到明天下午，有一批鸡苗孵化出来。你能否等得了？"

"能，就是再等一天也可以。我能等。"林知秋说，"不过，我只开了一辆车，这些鸡苗如何运输？我的车肯定装不下的。你们是否能够提供车辆送苗？"

"这个嘛，我先告诉你噢，运输可以，只是运输费得另外计算，不在鸡苗钱里的。"对方老板说。

"没事，这运费我来付。我自己也带钱了。要多少，你现在告诉我，我先把运费付了。"林知秋这样说，是为了让老板把鸡苗确定下来，不再卖给别人，而这钱真的是自掏腰包，从工资里拿的。因为别的进货商，要是明天出比自己高的价格，那预定的鸡苗数，就得减少了。瓦泥村村民得到手的鸡苗也就相应会减少。老板拿了五百元钱，之后说："你这个书记，是个实诚人。我知道你的意思。你放心，明天这五百只鸡苗一定给你。明天你就等着带路回村去吧，运输车会跟着你。"

老板说完就进门去了，进门之前还不忘回头问了句林知秋："那你晚上住哪？"

青春盛开如歌

林知秋洒脱地说："我晚上住镇上的招待所去，你别担心了。"

老板点点头，就进了养殖场。林知秋其实哪里舍得住招待所，她的车，停在养殖场门口动也不动，整整一个晚上，林知秋没有出去吃一点东西。她出门早，也没有带吃的，以为晚上就能回到瓦泥村，但是今天这样的情况，林知秋知道自己只能睡在车里了。

好在还有一瓶矿泉水，并且在车里发现了一颗不知道谁掉下的糖果，林知秋把糖果剥开来，放进了矿泉水瓶子里，这样有糖分的水，就能提供一点热量。喝下去之后，就能抵御车窗外的寒冷夜气了。

林知秋给李恩打了个电话之后，打算一夜就睡在车里。养殖场的老板看到外面林知秋的车，知道她没有移动半步，就拿了条毛毯出来，敲了敲林知秋的车窗。林知秋不好意思拿，老板丢下就走，说："我是男的，喊你进去住，恐怕你也不愿意。这毛巾总无妨，你晚上盖盖身子，别着凉了。明天还要开长途呢。放心，你的鸡，明天我一定全数给你。"

林知秋摸着这温暖人心的毛毯，心里无比满足，盖着这条毯子，林知秋一夜无梦，睡得奇香。

第二天，林知秋实在饿得不行了，但还是不敢走，因为很多采购商的车停了下来，他们都是自己的潜在竞争对手，虽然老板说一定把鸡苗给自己，可万一要有变数呢？

老板走出来了，几个采购商围上去。老板喊着："让开，让开，先让一下。"老板走到林知秋的车门前，把一碗用开水泡好的方便面送到林知秋面前。这让林知秋感到十分的意外，林知秋惊呆在原地。老板说："我看你昨天晚饭也没吃，一会儿要赶路。你先垫垫吧。别客气了。面已经泡开了，香着呢。"

林知秋心里无比温暖，连忙接过方便面，转过身去，大口大口地吃了起来。老板对着那些采购商说："人家在原地等了一天一夜了。今天的八百只鸡苗，你们只能拿三百只，其余的，我都给她了。"

采购商气愤不已，想要评理，意思大老远赶来，怎么只能拿几十只。

老板说："想要多拿鸡苗，也可以，你们也等一个晚上。明天下午就有。"

林知秋吃完了面，这面对于饥寒的自己来说，无疑是雪中送炭，这个老板是个好人。这样到下午，就不饿了。采购商们，看着那五百只鸡苗被装到了运输车里，羡慕不已。

林知秋对鸡场老板感谢不已，挥手之后，开车领着运输车，往瓦泥村赶去。

村民们都等了一天了，有个尖刻的村民调侃林知秋说："我看知秋书记是拿着我们的买鸡钱，携款潜逃了吧。一天都没回来。"

一个村民说："你胡说八道什么东西，别污蔑我们林书记。林书记是有工资的人，在乎你那点破钱。她是要帮你赚钱的，你不愿意投资，到时把钱收回，我来买入。"

"哎，我就是等着心焦，随口开开玩笑。我知道知秋书记是不会携款潜逃的。我就是嘴臭，不数落数落调侃调侃显得难受。"那个村民说。

"我就是嘴巴臭，别见怪啊。"他又申明说。

山远路深，林知秋的车子，在山路上隐约出现了，村民们纷纷看去，还见知秋的车后跟着一辆运输车，他们兴奋不已，知道鸡苗是毫无悬念地运回来了。

分到了鸡苗之后，百姓把这些金黄色的小鸡当作了黄金一样看待，说："这哪里是大黄鸡，分明是大黄金嘛，我们好好养，我们一定能致富的。"

林知秋早已把喂食的要点写在了纸张上，复印了很多份，他们每人领一份，高高兴兴地回家去了。

回到家里，这些鸡啊，受到了不同的待遇，有的说："品种是比我们瓦泥村的好，但是也别太宠这鸡。那喂养说明书上的也未必都对，我们还是该怎么养，就怎么养吧。"

有的倒认为要好好饲养，不能不按照说明书来。

很快，放任乱养的村民的那些鸡苗出问题了，在一周内大半都死掉了。这时他们才想起要按照说明书来，但是已经晚了。

林知秋统计了下，十天时间内，鸡苗死掉了一百五十只。这让林知秋心急如焚，那些损失鸡苗的村民也心急如焚。林知秋赶紧打电话给那位鸡场老板，老板说："一定要按照喂养说明来，只要如实照做，损失就能降到最低。"

果然，按照说明书来饲养，那些鸡最终停留在三百只左右的数量，苗壮成长。

林知秋按时请来了县里的兽医，挨家挨户地给这些鸡苗打防疫针，很快鸡苗就长成了大鸡。但是进入冬天之后，意外还是发生了，一夜之间，无数只鸡病倒了。

村民们紧张不已，说防疫针打都打了，怎么会出现这种情况。

林知秋知道一定是遇到了鸡流感了，立即打电话给养殖场老板。老板说："没错，这个季节，就是鸡流感，我这里也出现了这样的状况。我养殖场里倒是有药可以治疗，你最好来取下。"

林知秋知道时间就是金钱，晚上顾不得睡觉，就亲自开车去养殖场，买下了治疗药物，又连夜赶回，给这些鸡注射了。得药之后的鸡苗都恢复了体力，最终又减少到两百只。

不到三个月时间，鸡从五百只降到了两百只。林知秋觉得这样分散饲养下去，肯定不好管理和控制，于是征求这些村民的意见，能否把鸡集中起来饲养。

村民们开始不同意，觉得这是私人财产，并且各家已经损失这么多钱了，还要充公，怎么可以。林知秋说："你们可以以入股的方式来接受分红。当初投的多少钱，现在就以此入股，到分红的时候，按照股份来。"

村民们想想这条件还是很诱人的，因为他们相信林知秋的能力，林知秋是说到做到，说一不二的人，跟着她，一定不会吃什么大亏。何况，眼前只有两百只鸡，要是单独饲养，那各家各户的成本肯定就回不来了。

村民们晚上回家一合计，第二天就答应了林知秋，愿意入股。

村民们一入股，责任就在林知秋的肩膀上了。她选了三个能力强的村民，作为饲养员，日夜轮班看护草鸡。由于晚上有黄鼠狼、老鼠等动物出没，林知秋晚上也要亲自提着手电来回巡查无数遍。确保黄鼠狼和老鼠无法从新盖的简易鸡场进入，她才放心地回去写第二天的工作计划。

就这样，经过三个月的饲养，这些鸡苗，俨然成为成熟的草鸡了。而此时，母鸡也已经下蛋多时，很多小鸡也诞生了。很快两百只鸡变成了五百只，又变成了八百只，现在变成一千三百只了。

林知秋利用云州政法委领导的关系，找到了云州电视台，电视台来人拍了瓦泥村草鸡的录像广告，放到了云州电视台播出。很快反响强烈，无数爱吃这种鸡的客户、商贩都云集到了瓦泥村，向林知秋采购草鸡。

采购者说："以前要吃这鸡，得跑到一百公里外的临县，现在瓦泥村也有了，方便了我们这帮馋嘴。"

林知秋让李恩收着这些钱，瓦泥村投资了鸡苗的这些村民个个笑逐颜开，等着月底分红。林知秋第一次就把每家每户投资的鸡苗钱给了他们，另外又按股份比例，每家进行分红。

村民拿了几个月，有点不耐烦了，不是不耐烦拿钱，是觉得拿钱太麻烦，他们一致认为："林书记，我们相信您。这分红，就到年底一起结算吧。我们也不等着用钱。"

林知秋说："既然你们相信我，那也好。我们正好可以用这笔钱进行周转，扩大规模。到时候年底分红一定更多。"

"我们相信你。你尽管大胆地做吧，如果没有你，我们还在单独饲养的话，不知道早已亏到哪里了。"村民说。

林知秋觉得做这些事最大的欣慰，就是村民百姓们的信任，他们信任的目光，比自己喝多甜的糖水都甜蜜。

可是也有麻烦事的时候，这不，黄老五和李九斤两个老头，就在田间地头发生了争执。怎么回事呢，起因是这样的。那天，黄老五家的牛，吃了李九斤家田里的庄稼。这可把天生火气大的李九斤给得罪了，他敲着烟杆骂道："黄老五，你这个挨千刀的。你家的牛和你一样，也是要挨千刀的。你家的牛，啃了我家的庄稼了。你今天赔我钱，不然我就叫杀牛的来杀了你的牛，给大家当菜吃。"

黄老五说："就吃这么点庄稼，算啥，我明天保证我家的牛不再吃你家的庄稼，再吃，你就杀了它吃肉。"

黄老五说完，就护住了牛，不让李九斤来碰，匆匆离开了。李九斤冲着黄老五说："庄稼汉说话，字字为铁，不能当放屁一样，说了就算。明天要是再吃我庄稼，我一定找杀牛屠夫来杀了你家的牛。"

第二天黄老五果然识相："这孙子肯定是在田里等着我们了，牛啊，今天咱们哪也不去，待在家里，我喂你吃两个鸡蛋，养养身子。"说着就打碎两个鸡蛋给牛吃，牛虽然是食草动物，但是却对鸡蛋也不拒绝，它似乎也知道鸡蛋能够补充体力。

李九斤冒着炎热的天气，在田里守株待兔了一天，都没有见到黄老五的牛。李九斤虽然累，但也还算高兴，说："今天倒是识相，没来破坏我的庄稼。"

李九斤抽着烟回去的时候，还遇到了林知秋，李九斤口渴，还问林知秋的茶壶里要了点开水喝，总之心情还算不错。

第三天，那就不得了了。黄老五带着牛早早地就出来，到路边吃草了，一天没吃东西的牛，可饿坏了，把路边的草都啃了个精光。这时黄老五突然肚子痛，想要大解，但又在路边，觉得丢人寒碜，就把牛绳子拴在木棍上，木棍插入了泥土里，意思是要固定牛的活动范围——自己可以放心地大便去了。

边大便边抽烟，这是黄老五的习惯，一袋烟抽完，才穿起裤子，出来看牛。而那牛，早已不知去向，黄老五觉得大事不好，漫山遍野地呼喊着牛，他生怕被陌生人牵走了去卖掉，那自己就亏大了。

当他发现自己的牛，在李九斤家的庄稼地里吃庄稼的时候，才长长舒了一口气。李九斤在家觉得眼皮跳，他预感到黄老五的牛肯定在自己庄稼地里糟蹋粮食。李九斤一个箭步，奔向自己田里，他真的看到了黄老五的牛。这牛气定神闲地当作什么事也没发生一样，继续啃着。

李九斤说："黄老五，你这个王八蛋。你明明看着你家的牛在糟蹋我家的庄稼，你却不拉回去。你今天要赔我庄稼钱，不然我就放夹子，夹断你家牛的腿。"

黄老五说："吃点庄稼怎么了？田是做什么用的，就是长庄稼的。你怕什么，吃掉了庄稼，立马就长出来了。你生气个屁。你要是敢放夹子夹断我家的牛腿，我黄老五就用刀砍了你的腿！"

"你这个老不死的敢砍我，我先捅了你的牛！"李九斤愤怒地说，四处寻刀，可是田里哪来的刀。

"你也是半入土了，还说我老不死。你敢捅我，我现在就拿石头砸死你。"黄老五倒是拿起了一块石头，吓唬起李九斤来。

"你还敢砸我，我今天跟你拼命！"李九斤说着就用头去顶黄老五。

黄老五一让，李九斤顶到了牛的肚子，牛很生气，转身过来顶李九斤。李九斤被牛顶飞了。李九斤看着那么多人笑着自己，又气又恼又疼，立即转身往家里跑去，说："你等着，黄老五，你等着。"

"等着就等着，我不走。"黄老五说。乡民都劝黄老五赶紧溜，因为你家的牛吃人家的庄稼本身就理亏。但黄老五却说："已经吃了，那就再吃点，吃个够。反正已经吃了。牛，你继续吃，看那老不死的怎么回来。"

不出五分钟，李九斤拿着刀冲了过来，这时林知秋在远处路过，见这里聚集了那么多村民，知道一定是出事了。林知秋赶紧冲过来，一把抓住李九斤拿刀的手，说："怎么了，你们俩都是村里德高望重的老人了，怎么还发展到要拿刀斗殴的程度啊。快说说，怎么回事。"

"前天，他家的牛吃了我家的庄稼。我警告他第二天不要来吃，否则我要杀牛。他黄老五第二天倒真的没来，可今天来了，把我家地里的庄稼全吃了个光。我地里今年的收成都泡汤了。刚才他还让牛顶我，我摔了一跤，我估计都骨折啦！我要这个老不死的赔我庄稼钱，赔我骨折钱。"李九斤哭诉着。

黄老五说："不就吃点庄稼，是是是，吃庄稼是我家的牛不对。那他也不能说要拿夹子夹断我家的牛腿。林书记，你也知道的，牛耕田干活，全靠牛腿的力气，夹子夹断了牛腿，我们的牛还怎么干活。你说这李九斤缺德不缺德！"

"你才缺德，赔我庄稼钱，六百块！"李九斤说。

"我明白了，这样说来，黄老伯啊，这次还真的是你的不对。吃人家的庄稼，就是对人家私有财产的破坏，这就是报告到派出所里，也是你的不对。这样，你们也不要夹牛腿和杀牛了。你们互相消消气，我做你们的中间调解人，你们说个互相能接受的条件，好好谈一谈，不就把事情解决了。"林知秋说。

"我今天看在林书记的面子。我黄老五先认个错。但我只认错，不给钱。我没那么多钱。"黄老五还是趾高气扬地说。

"没钱你就留只牛腿给我。我正好可以吃一个月。"李九斤继续挥舞着刀。

林知秋再次上前夺过了刀，说："李老伯，你不能这么冲动。你杀了他的牛，你也侵犯了他的财产。到时候你什么也得不到，还输了理。听我的，折中一下，三百块钱，你黄老伯要弥补给李老伯的。"林知秋又说："黄老伯，你看，这么一大片庄稼地，连吃的带踩的，全毁了，庄稼到时候收成了三百块钱还是值的，现在你只能赔给他了。"

"你赔不赔。你不赔我走了。我去派出所。到时候你还得赔得多点。我走了。"李九斤转身要走。

黄老五服软了，上前一把抓住李九斤的手，说："行，行，三百就三百。"

李九斤从黄老五手里拿过三百元钱，依旧很生气地说："我是看在林书记的面子，不然至少你也得给五百。"

黄老五牵着自己调皮的牛，快快地离开庄稼地，走到山路上，回家去了。李九斤拿了三百元钱，心里也算平衡了点。

第二天，李九斤突发奇想，在地里竖了块木牌子，上面写着："黄老五和牛不得入内！"

林知秋路过的时候，扑哧笑出了声，觉得这两个老伯也真是有趣。

可是没多久，黄老五又出事了，他的女儿进城卖鸡蛋，被车撞死了。而祸不单行，他的老伴也得了癌症，在短短的半年之内，病忧交加，也去世了。大儿子喜欢赌博，把黄老五的牛拉出去卖了，后来因为偷窃商场里的东西，被抓去坐牢了。而儿子欠下的外债，落在了无依无靠的黄老五身上。连宿敌李九斤知道黄老五这状况时，也忍不住说："这黄老五到底是做了什么孽，怎么这么苦。要真不行，我那三百元钱还是还给他吧。"

黄老五整日面对着上门来讨债的亲戚，毫无办法，只能借酒消愁，买的还是那种最劣质的酒，他觉得只有酒能麻木自己，让自己不用面对人世间的痛苦。他觉得自己实在太苦了。真的，太苦了，所以有时喝着喝着就自己哭出声来。

林知秋是关心黄老五的，她得知黄老五的情况后，每天都会在晚上6点钟的时候来看黄老五，或者给他带点菜，或者给他带点米。真是祸不单行，黄老五一次在喝酒之后的夜晚，径直走到了山道上，由于酒醉深了，竟然跌落到山谷里。好在林知秋来看他，路过山道时，听到黄老五支支吾吾呼救的声音，林知秋奋力把黄老五给救起，然而回到家里，黄老五已经满身是血，从此成了瘸子。

真是雪上加霜啊。林知秋赶紧回到村里，把黄老五的状况写成了报告，向乡镇府进行了反映，很快，黄老五作为特困户，领到了低保。有了低保，黄老五也就不至于没饭吃了。

瓦泥村有几个老年人还有一个青年得了慢性病，老年人是腰椎间盘突出，无法走路下床，青年人得了严重的肺病，长年上气不接下气。林知秋也非常关心他们，不但自己用车给他们买药送药，接送他们到县里医院看病，还帮他们向乡里和县里申请了慢性病证——这样他们就可以接受政府对农村经济困难、失去自理能力的慢性病患者的补助了。还有几个残疾村民，也拿到了残疾证。他们在承受命运给他们的煎熬病痛的时候，感受到了林知秋带来的春风般的温暖，感受到了瓦泥村委会、乡县各级政府单位对他们的热切关注。

他们每次都要握住来家里看望他们的林知秋的手，说感激不尽的话。

林知秋总是温和而微笑地告诉他们："党是不会放弃对弱势群体的关爱的。你们放心，有我林知秋在瓦泥村一天，你们有困难，我都会帮你们解决。即使将来我不在瓦泥村工作了，接下去的书记也会照顾到你们的。你们放心，党和国家会像太阳一样，照到我们每个角落。党会永远给我们温暖的！"

病人和残疾村民热泪盈眶，激动地握着林知秋的手，舍不得她回去。

瓦泥村的鸡场规模越来越大，草鸡也是名声大噪，供不应求。现在林知秋看到了鸡延伸出来的产业，这个产业有四个：一是麻辣鸡熟食的制作；二是绿色生态草鸡蛋的售卖；三是卤鸡蛋、卤鸡胗、卤鸡腿的生产制作；四是鸡脆骨的成批制作、鸡翅的制作。

这每一个项目，都是赚钱的好途径。林知秋在经过全面的分析和研判之后，把开鸡肉食品加工厂的想法告诉了大家，村民们举双手赞成，项目提案很快就全票通过。

没多久，林知秋向远在北京的同学王若晴求助，王若晴找到了一个销售食品加工设备的厂商。厂商以八折的扶贫价格，把一整套加工鸡肉的设备卖给了林知秋的瓦泥村。加工厂很快就成立了，剪彩那天，林知秋叫来了乡党委书记，而让林知秋没料到的是，县委书记也来了。林知秋让县委书记亲自为瓦泥村鸡肉食品加工厂剪彩，那天好热闹，鞭炮轰鸣，响天震地。县委书记对林知秋说："古人常说闷声大发财，我们的志向、目标、愿望要像鞭炮炮仗一样响亮，我们不怕闹，我们静习惯了，瓦泥村都已经静了几千年了。今天就要让这炮仗激发起我们的斗志，昂扬的斗志，带领我们瓦泥村全部脱贫！"

村民们都激动地鼓着掌，林知秋竟然流出了眼泪，她不知道自己是高兴还是感动，还是看到了瓦泥村的希望，或许这三者都有。

所谓水到渠成，可能说的就是现在这个鸡肉加工厂的状态，设备投入之后，产量很快就出来了。让林知秋感到高兴的是，这些鸡肉产品也是供不应求，作为休闲食品，竟然引起了广南省会的那些销售商的注意。很快，这些卤制鸡肉食品如麻辣鸡等，就在广南全境得到了热销。

最近王若晴也爱上了瓦泥村的鸡肉美食，每天晚上看电视时，就津津有味地吃着林知秋寄给她的鸡肉零食。一次打电话给林知秋时，林知秋还在村委会加夜班，若晴说："都怪你，知秋。"

"若晴，怎么了。怎么就怪我啦，是不是想我了。"林知秋接到若晴的电话心里自然高兴，但也是不解，以为自己做错了什么事。

若晴说："都怪你，生产的卤鸡腿太好吃啦。我每天晚上看电视都要吃一个鸡腿，两个鸡胗，还有两个鸡翅。一个月下来，我长胖了六斤。我现在要成为一个人人讨厌的大胖子啦。要是我老公嫌弃我不要我的话，我就要来找你算账。哼！"

"哈哈。若晴，你太爱开玩笑了。你喜欢吃我们鸡腿，是对我们瓦泥村产品的信任，证明我们产品做得还不错。你在北京，一定要尽全力帮我们宣传鸡肉产品啊。瓦泥村的全部脱贫，到时一定记上若晴你的一份功劳。"

"你要我继续害我的朋友们，让他们也成为胖子？哈！"若晴说。

"这个可以有。"林知秋笑着说。

"好的，反正我也是胖子了，也要把他们变成胖子！改天我就极力推销你们瓦泥村的鸡肉零食！你放心，他们嘴也馋着呢。到时候一传十十传百，在北京城轰动的话，你加工厂的产量一定会有质的飞跃。另外，你可以考虑到北京来开个发布会，到时候，名气打响了，就不愁销路了。正好我们也可以见个面，叙叙旧。"工若晴又真诚地说，"开发布会的钱，我来出。"

林知秋觉得若晴的话提醒了他，为什么不去北京推介自己村里的鸡肉零食呢，她在和若晴聊完天，放下电话之后，陷入了深深的思考。她把想法告诉了也还在加班的李恩，李恩也赞同，可以搞个发布会，对加工厂食品的推广定有好处。

林知秋在一个月之后，让王若晴联系好了北京的媒体，如新浪、搜狐、京东等平台，在北京一家饭店的会议室召开了发布会，乡党委书记也跟着林知秋第一次来到北京。那一天，王若晴把在北京的同学都叫来了，北大法学院的几个昔日老师和副院长都来到现场，为林知秋和她的瓦泥村打气助威。

发布会顺利而热闹，很快"瓦泥牌"鸡肉食品就在北京的纸媒和互联网媒体上铺天盖地地推广出去，林知秋和老同学们聚会完，还没有来得及回到广南。留守在村里的李恩，就收到了无数订单，瓦泥村的鸡肉产品在北京发布会之后，成了脱销产品。资金能迅速回笼，也就进入了良性循环。瓦泥村的百姓个个笑开了颜，劳动力也迅速转入这个赚钱快的行业。

瓦泥村有这么个老人，已经八十九岁了，是个老党员，叫李长贵，以前是在乡政府工作的，退休后一直在瓦泥村生活着，他的老伴已经去世多年，他和唯一的儿子住在一起。只是这个老党员有间歇性老年痴呆的病，而那唯一的儿子还是小儿麻痹，也已经五十六岁了。儿媳二十五年前被人家拐跑了，孙子和儿子那年吵了一架，独自一人去了外省打工去了。家里只剩下老党员和小儿麻痹的中年儿子。有一天，老党员大脑清醒的时候，走出了家门，他出走前，对儿子说："儿子，我到外面走走，一会儿就回来。"儿子也没有在意，正忙着煮早饭。

老党员走到了山野之间，呼吸着大好的空气，顿时觉得脑子无比清醒清晰，说："看来我的病是因为我长时间待在家里，我出来走走呼吸呼吸山里的空气不就好了？我其实没什么病！"

老爷子走累了，来到了荒山之中，他突然发现自己迷路了——实际不是迷路，是因为自己没吃早饭、走得又远，间歇性老年痴呆又发作了，他喊着自己儿子的名字："大虎，大虎，你在哪里呀？快来带我回家呀！我是你爹呀。我这是在哪里呀？"

大虎在家里左等父亲不回，右等父亲不回。从早饭时分一直等到太阳落山，都没见父亲回来，大虎都急哭了，他小儿麻痹走不远，只能倚靠在门柱边，哭着求助乡亲。乡亲们也纷纷加入寻找的队伍，李九斤把李长贵走丢的情况告诉了林知秋，林知秋焦急万分，也拿着手电，漫山遍野地寻找着李长贵的踪迹。

可是任凭大家怎么找，都没有李长贵的身影。乡亲们说："年纪这么大了，肯定不是摔死就是淹死了。又有老年痴呆，怎么还能找到。肯定找不到了。"

"天也黑了，手机的电也用完了。我们不找了，明天再找吧。"

乡亲们大多散去，唯独林知秋和李恩还在漫山遍野地寻找。林知秋往南搜寻山野，李恩则往北搜寻。一个小时之后，当林知秋已经走得快绝望的时候，他听到山坡下有人打呼噜的声音，林知秋赶紧冲下去探看，一看正是已经睡着的老党员李长贵。

林知秋眼泪流了出来，心疼地看着蜷缩成一团，稀里糊涂睡着打着呼噜的老大爷，说："李爷爷，你怎么一个人睡在这里啊？快和我回家吧！”

　　任凭林知秋怎么拉李长贵，李长贵都一动不动，看来估计也是饥寒相交，虚脱了。林知秋用尽浑身力气，想抱起李长贵，但他毕竟是个中等个头的男人，弱小的林知秋怎么抱得起来呢。林知秋快绝望了，但是她知道此时李恩一定是在往北走，自己又不可能再回村里叫人，万一回来找不到这里，或者老大爷自己醒来又走开了，那就麻烦大了。

第十三章　竭心力

林知秋倒吸了一口气，她的能量爆发了，她几乎用尽了浑身的力道，把李大爷背到了自己背上。她气喘吁吁地爬坡——她还爬坡，她的力气是哪里来的？这连她自己也不知道。

山坡太高太陡了，林知秋有两次腿一软，跪在了一块石头棱角上，她感觉到膝盖处有热流涌动，她知道是出血了，但她已经顾不到这些。她现在唯一支撑自己的意志，就是要让李长贵活下来，把他活着背到瓦泥村里。

林知秋几乎像是用光了一辈子的力气，才把李长贵背上山坡，上了山道。此时竟然天公不作美，天上下起雨来。林知秋知道麻烦了，要是雨水太大，地上湿滑起来，走夜路就更危险了。她蹲在地上，李长贵还是趴在她背上，蹲着，腰部的压力会小一些，林知秋把蹲下当作休息，随后，她长吸了一口气，猛地发力，把李长贵再次背了起来。她摇摇晃晃地走在已经开始泥泞的山路上。山路和远方漆黑一片，手机里的电已经用完，天上下雨，没有星月，林知秋只能凭借着记忆，往村里的方向走去。因为好在村里是有电灯的，远处星星点点的电灯，就是瓦泥村。林知秋背着李长贵，越来越靠近了。

但是山路坎坷，不是那么容易走的。林知秋突然一个趔趄，差点把李长贵摔出去，在那千钧一发的时刻，林知秋让李长贵压在了自己身上，自己当作垫子。她知道，老人是经不起摔跤的，而自己还年轻。她为什么会一个趔趄呢，夜色漆黑中，她的左脚不小心踩到了老鼠洞。这该死的老鼠洞，林知秋感觉到左腿无比疼痛，她担心自己骨折了，要是骨折了，就无法背动李大爷了。林知秋把李长贵放下，自己站起来，试着挪动腿脚，所幸，只是外在的疼痛，林知秋感觉到骨头没有受伤，可是膝盖上热乎乎地流淌着什么液体，她知道，这是自己的鲜血，路边的草也染上了鲜血，她咬咬牙，已经顾不得这些。林知秋再次竭尽体力把已经逐渐苏醒的李长贵背到背上。她奋力地望着一公里外瓦泥村的灯火，鼓足力气告诉自己，马上就要到了。

李长贵苏醒过来后，还是有些迷迷糊糊："儿子，你怎么把我背这里来了？"

林知秋见李长贵醒来，心里非常高兴，一边用力背着一边和李大爷说话："大爷，我是林知秋。我们回家去，马上就到家了。"

"林知秋，林知秋是谁？我儿子呢？我要我儿子来背我。噢，我儿子是小儿麻痹，他背不动我。你放下我，我要吃点东西，我饿了。"李长贵说。

"李大爷，这里没有东西吃，这里是山上，现在下雨了，我要把你背回去。你身上也受伤了，我们要尽快赶到村里。"林知秋吃力地说。

"那好吧，我要见我儿子。"李长贵说着又在林知秋肩头沉睡过去。

这一公里路啊，漫长得像是要穿越辽阔银河一样。林知秋在山风天雨、漆黑一片里坚持着，她知道，只要她放弃，李大爷就会受罪，甚至有生命危险。她像一个男子汉一样，硬是把李大爷背回了村里。

这时李恩也刚失落地回到村里，他显然没有在北面寻见李大爷。但眼前的知秋，让他心疼不已。小小的身躯已经被李大爷压得像一支羸弱的麦穗了，李恩赶紧上前从林知秋背上抱过李长贵大爷，把他背到身上，直接往李家走去。

很多村民得知后冒雨出来看，他们都夸林知秋真是一个"钢铁姑娘"。有人说："李大爷这么魁梧，少说也有一百三十斤。知秋一百斤都不到，怎么背得动的呢？哪来的力气。真是不可思议。"

林知秋和李恩把李大爷送回他家，林知秋才长长松了口气，随后立即叫村里的村医，过来给李大爷看伤口——他摔跌滚落山谷时，腿上、腰部和脸上都有伤口。

医生在给李长贵出诊之后，说："没什么大问题，都是一些皮外伤，只是年纪大了，身体素质差了，休养一个礼拜就好了。只是可能淋了雨，受了惊，有点发烧，给他喝点这个驱寒的中药就可以了。"

林知秋这才长舒一口气，一屁股瘫坐在门槛上。林知秋实在太累了，真的太累了，她几乎要用尽了她所有的力气和潜力。林知秋竟然忘记了膝盖上的伤口，李恩心疼极了，立即叫村医给林知秋上了一些消毒药，亲自给林知秋包了一层纱布。

李长贵的儿子蹒跚地走过来，握住了林知秋的手感激不已，竟然又跪下了。林知秋扶也扶不起，因为自己实在没力气了。李长贵儿子说："谢谢你啊，林书记。没有你，我爹这么一大把年纪，今天肯定回不来啦！谢谢你啊。我给你磕头！"

林知秋赶忙吃力地蹲下身去，一把拉住李长贵儿子，说："保护每个村民，是我们村委会应该做的事啊。你别这样，快起来。"

"谢谢林书记啊。呜呜。"李长贵儿子说。

"听说你的儿子在外面打工，有没有想让他回来的想法。现在李大爷时而清醒时而糊涂，已经八十多岁高龄，您身体也不太好，需要一个亲人长期能够照顾你们啊。"林知秋关切地说。

"呜呜。别提了，林书记，我也想让我儿子从城里回来啊。可是，我和他三年前闹了矛盾。他一直生我的气，一直不愿意回来见我啊。他是负气出走的啊。"李长贵儿子说。

"当年为了什么事，闹出矛盾的呢？"林知秋说。

"当年他在乡里上初中，不好好读书，整天打桌球，看录像，最后迷上了打牌赌博，整学期地旷课，我骂了他，他不听。最后竟然被初中劝退了，我就扇了他三耳光。他就生我的气，出走了，这几年就没有回来过。"说着老泪纵横。

"原来是这样。那你有他电话吗？我改天去找他。他在景云县吧。具体在外面做什么，你知道吗？"林知秋说。

"听村里回来的，见过他的人说，在县里一家工厂当保安。"李长贵儿子大虎说。

"好，那就好找。改天我去县里找他。"林知秋说。

"知秋书记，你要是能把我儿子找回来。我就是做牛做狗，服侍你林书记我也愿意啊。"李长贵儿子说。

"呵呵，不要这么说。做什么牛和狗，好日子还在后头呢，我们先把你儿子从城里找回来，到时村委会把他安排在鸡肉加工厂。这样有一份工作，有一份固定的收入，又能在家照顾你们俩。这样多好，是不是？"林知秋说。

"好啊，我盼星星盼月亮，就是要盼这一天啊。"说着涕泪横流。

林知秋要了他儿子的电话，回到村里。第二天一早，林知秋就拨打起李长贵孙子李小强的电话。

李小强以为是野电话，就是不接，几次都挂断了，还坐在门卫上说："什么骚扰电话，又是推销东西吧。"

林知秋见电话打不通，就发了个短信，介绍自己是瓦泥村的第一书记，现在因为村里的发展需要，村鸡肉加工厂要招收技术工人，希望李小强能够回到村里。薪水一定会比在外面做保安高。

李小强随即拨打回林知秋的电话，说："林书记，我早就听说过你，没想到你亲自给我打电话啊。您说的条件是不错，可是我不想回瓦泥村。"

林知秋说："孩子，是不是还生你父亲的气呢？天下父母都是最疼爱孩子的，当初他打你，也是一时气头上，而且说实在的，也确实是你不对。现在都过去好些年了，你的父亲又身患小儿麻痹，行动不便，你爷爷又患有间歇性的思维障碍，生活已经不能自理，现在你们家，就是依靠你的时候了。你还是回来吧。"

"我爷爷怎么样了？我爷爷还好吧？"李小强最想念的是自己的爷爷，因为是爷爷一把屎一把尿把他带大的。

"孩子，想你爷爷了吧？总的来说你爷爷还好，就是上次意识糊涂，走到了山野里，忘记回家，滚落到了山谷，差点丢了性命。你想想看，家里是不是缺少一个顶梁柱！你快回来吧！"林知秋说。

"我爷爷现在没事了吗？你真的是林书记吗？"李小强心疼爷爷。

"你还怀疑我不是林书记吗，孩子，我马上开车来接你。你和你们领导写个辞呈，我们村里的鸡肉加工厂是我们自己的厂，你也知道的，现在效益非常好，你回来的待遇绝对不会差。"林知秋说。

"好好，我马上辞职。林书记你要来接我噢。"李小强说。

林知秋挂了电话，发动汽车，直接往县城赶去，按照导航定位，找到了李小强所在的厂址，李小强见到了传说中的林知秋，激动不已，林知秋说："你们队长答应你辞职要求了吗？"

"答应了，林书记。我们回去吧。我现在想通了，不再生我爹的气了，我想马上回去看望我爷爷，我想爷爷了，也想我爹了。"李小强紧紧地握着林知秋的手。

林知秋微笑地把李小强带上车，李小强激动地打听着村里的变

青春盛开如歌

化，林知秋——介绍，让李小强感慨瓦泥村真的是今非昔比了。自己回村里加工厂工作，一定也是前途无量。

到了村里，李小强直奔久违的家，当他父亲和爷爷看到李小强时，眼泪都哗啦啦流了出来。李长贵说："这不是我孙子小强吗？小强，你终于回来了，我还以为你被坏人拐走了呢。"

"儿子啊，都是爹不好，爹当初不该打你。爹错了。"长贵儿子大虎说。

"爹，爷爷，是我错了，我当年不该不听你们的话，更不该离家出走。现在林书记把我接回来了，还给我在村里的加工厂安排了工作。我一定好好干，好好孝顺爷爷和爹您，现在是我做顶梁柱撑起这个家的时候了。"李小强说。

"我儿子真的懂事了，真的懂事了。"他爹说。

"我孙子真的懂事了，真的懂事了。孙子，你还有件事要答应我。"他爷爷说。

"爷爷，什么事，您说。"小强说。

"赶紧给我找个孙媳妇，我要抱曾孙啊。"李长贵激动地说。

"嗯。我一定努力。还希望知秋书记给我做介绍呢。"小强说。

"加工厂里女娃多得很，只要你做得好，喜欢你的女娃成群结队呢。"一个围观的妇女说。

林知秋和李恩还有同事们都笑了，都说："看来李大爷根本就不糊涂，脑子比谁都清醒啊！"

李长贵摸了摸脑袋说："这个事我不能糊涂，其他事我糊涂糊涂也就算了。"

进入加工厂之后，李小强吃苦肯干，谦虚好学，看来那几年做保安也确实磨炼了他的性格和人生观，变得踏实努力了。鸡肉加工厂的技术活，他很快就适应和掌握了，几个月后，就升为食品包装部的副主任。随着产品的热销，李小强的工资自然是比做保安要高很多，李小强用第一个月的工资买了一盒牛奶和香蕉苹果，送给林知秋，林知秋说："小强，我不需要你的礼物。我帮你是我的工作职责所在。现在你的工作和生活也安稳了，我就开心就高兴。这牛奶水果，你拿给你爷爷喝吧。他需要补身体。你要是不拿回去，我们以后就不做朋友了。"

小强一片感激之情，但无奈于林知秋不接受，只能怏怏而回，但心里对林知秋更是充满了敬意。没过多久，加工厂里一个小姑娘就看上了小强的踏实努力，很快两人就订婚了。

这速度让林知秋也感觉惊讶，结婚喜宴上，李小强让林知秋做证婚人，婚事办得热热闹闹，轰动瓦泥村。人家都说："林书记就是有本事，曾经被中学开除的混混小强，也能被调教成加工厂的中层领导，还娶了这么漂亮的老婆！真是神了！"

最近村里又发生了一件比较离奇的事，一个叫何六柱的低保户村民，在林知秋给他办完低保之后，竟然连续几个月没有收到低保费。这个村民年纪大了，进加工厂也不方便，无儿无女，从没有结过婚，也无老伴，孤苦伶仃。到了晚年，只有政府来帮他了。可是，林知秋记得自己给他办低保手续时，每一个环节都是符合要求的啊，低保费怎么会到不了这个何六柱手里呢。

林知秋反复查了自己的申请记录，又去了乡里，去了县民政局，他们给的答复："已经汇出了，每月都汇出的。何六柱一定是收到低保费的。"

可是林知秋可以确定的是，村里的何六柱从来没收到低保费。

对方的工作人员也觉得诧异，最后在林知秋的要求下，看了他们的汇款记录，还真的汇向了何六柱。林知秋纳闷了，这是怎么回事，但细心的她随后就发现，这个何六柱的地址竟然不是自己乡里的，是另外一个乡里的。

林知秋连忙告知他们，说："明白了，弄错了。你们汇给的那个何六柱，不是我们乡里的，和我们村里的何六柱，是同名同姓的两个人！"

工作人员一看，果然发现了错漏，居然会有这样的怪事。林知秋连忙和工作人员一起驱车到隔壁乡里找到了这个何六柱。这个何六柱开始还不承认，他说："我就是何六柱。我没有领别人的钱。"

"我们工作疏忽，确实把你和瓦泥村的何六柱搞混了。"

"什么瓦泥村的何六柱。天底下只有我一个何六柱。我怀疑你们是骗子。你们快走吧！"何六柱说。

"大爷，你们是两个同名同姓的人，你拿了他的低保费，他的生活就没保障了。他无儿无女，孤苦一人，现在政府给他补助，你不能占用了啊。我觉得您还是要还出来。是你的钱，就是你的，不是你的，也还是要还出来的。如果你也需要低保，我可以和你们乡的领导汇报，让他们给你办低保。你看如何？"林知秋说。

"光你们说，我怎么相信。那个何六柱呢，我倒要看看。"何六柱说。

林知秋带着瓦泥村何六柱的身份证，给到这个何六柱看，何六柱虽然不识几个字，但名字还是认得的，他一看，说："嘿，还真叫何六柱！好吧，钱我还给你们，你们也要给我办低保。"

林知秋看到这个何六柱虽然年纪要轻些，才六十岁左右，但也是家徒四壁，立即就和民政局的工作人员商定，走从上到下的程序，近期给这个何六柱办低保。

瓦泥村的何六柱拿到低保费的时候，眼眶都湿润了，感激得要下跪，林知秋一把拉住何六柱说："何大爷，现在都是什么年代了，不作兴这个。何大爷，以后有什么困难你直接和我说，我和村委会的同事一定竭尽全力！"

何大爷目送着林知秋回村里，眼泪哗啦啦地流淌在脸上："这个姑娘真是个好干部，好书记啊！"

瓦泥村丰饶的梯田经过林知秋的考察和听取了省茶叶协会专家的意见，认为可以种植茶叶。先搞茶叶育苗基地，为了提高育苗基地的茶树成活率，林知秋和省里来的技术人员一起发明了"茶苗泥土覆盖无性扦插法"。为了指导茶农建设优质高产的茶园，林知秋无数次地奔波在瓦泥村到州里，州里到省里的高速路上，她还请来广南大学茶叶学院的教授，到瓦泥村的现场授课，为茶农吃下发展茶叶的定心丸。经过多方讨论，林知秋准备到时动用鸡肉加工厂的流动资金，建设一个设备一流的茶叶加工厂。茶苗吸收了瓦泥村的空气、阳光和雨露，苗壮成长，才半年多时间，竟然可以采第一批茶叶了。林知秋带领着村民，穿行在茶树之间，享受着丰收的美好。很快，茶叶加工厂建立了，炒茶、制茶、售茶，形成了一条龙的产业体系。也是在极短的时间内，茶叶通过了国家绿色食品认证和有机食品认证。

最后林知秋和村民把茶叶品牌定名为"一品景云"。这茶叶名字起得高大上，在广南推出后，大受欢迎，很快第一批货就脱销了。林知秋觉得二百亩茶园太小了，赶紧扩展茶园的面积，又多了六百亩地，加上以前的，一共八百亩地。待到绿茶茶树和红茶茶树全部成熟，销售和广告跟上，到时这一品景云就可以真正名扬广南，销遍华南了。

瓦泥村茶农的丰收，指日可待。瓦泥村茶农的钱包，也必定鼓起来。这也是林知秋跋山涉水，定思路，找专家，付行动之后最希望看到的。

瓦泥村虽然宁静，但每天都在发生着不同的事情。最近村里还出了这样一件事，脱贫户尤忠以前一家三口人住在老房子里，老婆去世得早。现在手头有了钱之后，经过批准，他在村里又盖了一间房子，老房子也将拆除。可是当新房子盖好之后，老房子没有搬出之前，他儿子找了个儿媳，儿媳又给他生了个孙女，女儿也招了个女婿，一下子房子不够住了。尤忠到新房子里住了几天，感觉挤得不自在，就自说自话又回到了老房子里。

林知秋询问同事，尤忠的老房子已经是危房，什么时候能拆除，但同事告诉她说："尤老汉又住进去了，他可能又不想搬了。"

"这怎么可以呢？那是危房，而且那里临近山坡，万一下雨可能发生泥石流，住在那里危险啊。现在给尤大爷新地址盖了新房，他为什么不去住呢？是不是有什么特别的原因？"林知秋说。

"他儿子娶媳妇了，女儿也招了个女婿。新房里住不下了。"李恩说。

"原来是这样，我去做做尤老汉的工作。"林知秋说着，起身喝了口水，带着同事，往尤老汉的老房子走去。

尤老汉正在家门口坐着，面前放了一张小椅子，椅子上放了一碟花生米，身前置着一只破了边沿的大碗，里面盛着白酒，在自斟自饮。

林知秋热情地上前打招呼说："尤大爷，您自个喝酒呢？"

"是啊，自个住，还不自个喝酒？"尤大爷嚼着花生米说。

"尤大爷，为什么要自个住啊？你和你儿子和女儿住一起，这样他们还可以照顾你啊。"林知秋说。

"我不去住。那地方我住不习惯，这里我住了几十年了。另外那地方太小。儿子女儿都结婚了，我去像什么？"尤老汉说。

"可是大爷，您要知道，当初村里批准你换地基，让您盖房子，前提就是等新房子建成了，你可以住到新房子里去啊。旧房子已经是危房，您也知道，瓦泥村的雨水多，这老房子又在山坡之下，要是遇上泥石流，那就会有生命危险啊。"林知秋极其耐心地说。

"我不怕死，我住那房子，倒要憋屈死。我住老房子住惯了。你们就别逼我了。"尤老汉说。

青春盛开如歌

"尤大爷，我们没有逼您，我们希望您的日子过得安稳安全，希望您安享晚年生活，新的房子已经建好了，你就尽快住进去吧，好吗？到时候这里好多家具要搬过去，我们都来帮忙，不用您亲自搬，好吗？"林知秋说。

"你别套我的话，我是不会同意搬走的。这是我的老房子，这里是我的根，我不会走的，谁来拉我走，谁来抬我走，我也不会走的。"尤老汉显然有些生气，举起大碗，一口喝完，又给自己倒了个满，说，"你们走吧！"

林知秋蹲下身子，还想说服尤老汉："尤大爷，您听我说……"

"不听，你快给我走开，我尤老汉，死也要死在这老房子里！"尤老汉狠狠地往椅子上一拍，碟子里的花生震了一地。

这怎么办，林知秋一下子有些蒙了，还从没有过谁冲着她发这么大的火，同事们也束手无策。林知秋觉得可能一时说不清道理，尤老汉也不会听，于是先回到村里，再重新商议对策吧。

三天过去了，尤老汉还是天天饮酒度日，醉生梦死，悠闲自得，仪态仿佛走了样的魏晋名士。老汉毫无搬出的想法。可是第四天，问题来了，景云下起了大雨，雨水连续下了三天，林知秋担心尤老汉在山坡下的危房，林知秋亲自冒着大雨去到尤老汉家，让他从危房里搬走，不然泥石流来了，就晚了。尤老汉还是那个态度："你别和我说了，我是不会搬走的，我住这几十年了，见到无数次泥石流，什么时候泥石流能把我家房子冲掉的，真是可笑。你回去吧！"

林知秋见尤老汉如此执意顽固，也确实毫无办法，这时尤老汉准备回屋去，突然林知秋一把拉住尤老汉，说："大爷，快跑！"

　　林知秋拼命地拉着尤大爷往山路上跑去，当跑到安全的地方时，尤老汉被眼前的状况惊呆了，那在山坡下的危房真的被泥石流给冲走了。

　　尤老汉吓得浑身发抖，尤老汉握着林知秋的手说："林书记，是我错了，是我错了，我错了！这泥石流还真的冲走了我的老房子。刚才要是你没来看我，我一定还在屋子里，那现在我肯定就已经被泥石流冲走了。林书记，你救了我一命啊！呜呜！"

　　尤老汉竟然哭了起来。乡民们过来探看，说："你呀，尤老汉啊，你是老糊涂了。林书记要你搬家，那是为你好，今天要不是林书记，你以后还能喝酒吗？你就入土咯！"

　　尤老汉知道自己错了，哭得就更厉害了。

　　还有一个村民挖苦他："林书记本来叫人来帮你免费搬东西，现在省了林书记了，你家的东西都送给泥石流去了！"

　　"我错了，以后我一定要听林书记的话！我再也不胡来了！"尤老汉惊魂未定，哭泣不已。

　　林知秋把被雨淋得像落汤鸡、惊魂未定瑟瑟发抖的尤老汉送到了他家的新房子里。儿子女儿得知林知秋救了父亲一命，感谢不已，要留林知秋吃饭。

　　林知秋谢过了对方的热情，但也不忘直奔主题，说："尤大哥啊，现在你爸爸没有房子住了，也只能住你这了。你要给他一个房间啊。再苦不能苦老年人，再小的房子，也要有老年人的一张床啊。"

"爸爸是自己非要住到老房子里去的。爸爸，现在你后悔了吧，没有林书记，我们今天就见不到你啦！"尤老汉的儿子又说，"林书记，我马上给我爸倒腾一间房间，爸爸就永远住这间房。林书记，您放心。我们会照顾好我爸爸的。"

儿子领着林书记进房间看了下，比较凌乱，二话不说，林知秋就帮着尤大哥一起收拾房间。林知秋帮着搬床，帮着铺垫被和床单，直到房间收拾好时，已经累得满头大汗。尤老汉受了惊吓，竟然还是瑟瑟发抖不止，一摸额头，原来是发了高烧。

林知秋赶忙去医务室拿了些退烧药给尤家儿女，嘱咐他们要给老汉服用，若再有问题，无论什么时间段都可以打电话给自己，到时能够把尤老汉送往医院。

好在服药之后，尤老汉的体温下降了。林知秋不放心，在深夜的时候还是给老汉的儿子发了个消息——她怕万一惊醒了熟睡的他们。若老汉儿子没有睡，一定是能看到并回复短信的；若没回复短信，一来是都睡了，二来证明老汉也无大碍。

消息发出去后，尤老汉的儿子马上回复了。显然他还没有睡，这倒让林知秋有些担心，但随后发来的消息，让林知秋露出了笑意——林书记，我爸爸体温恢复正常了，现在正在呼呼大睡呢。您放心吧，我会照顾好他的。不对，我们和我妹妹，以后会一直照顾好他的。

林知秋回复：血浓于水一家人，一定要照顾好尤大爷，让他安享晚年，有什么困难，你们直接和我说就可以了。

尤老汉说起了梦话："林书记啊，要不是你救了我，小店里那么多酒，我就没机会喝啦！儿子，给我买酒！"

儿子听这话之后，也就安心地睡去了。而林知秋此时却还在笔记本上做着记录，列着计划，脱贫工作任重道远，还有很长的路要走啊。

这天风和日丽，瓦泥村美丽安静，能看到窗外一些来村里参观的游客。林知秋正在办公室仔细地学习着习总书记的讲话读本，只见她把这个段落抄写在自己的工作笔记本上，然后读给李恩听：

"要多做雪中送炭的工作。知屋漏者在宇下。为群众办好事、办实事，要从实际出发，尊重群众意愿，量力而行，尽力而为。群众生产生活遇到了什么困难，要千方百计加以解决，能解决的要抓紧解决，暂时不能解决的要创造条件加以解决。"

李恩说："是啊，知屋漏者在宇下。我们做得还不够，还需要更加努力，多听群众意愿。"

林知秋说李恩听："习总书记还引用了郑板桥的这首最有名的诗歌——衙斋卧听萧萧竹，疑是民间疾苦声。些小吾曹州县吏，一枝一叶总关情。让我们共产党人对人民群众的疾苦也要有这样的情怀。总书记说，我国大部分群众生活水平有了很大提高，同时由于我们国家大、各地发展条件不同，我国还有为数不少的困难群众。对各类困难群众，要格外关注、格外关爱、格外关心，时刻把他们的安危冷暖放在心上，关心他们的疾苦，千方百计帮助他们排忧解难。要深入推进扶贫开发，帮助困难群众特别是革命老区、贫困山区困难群众早日脱贫致富，稳定实现扶贫对象不愁吃、不愁穿，保

青春盛开如歌

障其义务教育、基本医疗、住房，努力推动贫困地区经济社会加快发展……"

"三个格外，格外关注，格外关爱，格外关心，正是党中央习主席对咱们提出的要求啊。我们要好好领悟，在工作中及时贯彻，把老百姓的冷暖时时放在心上，我想，我们村脱贫攻坚的胜利就在不远处了。咱们一起加油。"李恩紧紧握着林知秋的双手说。

中午时分，林知秋开了一个会，会议上也向小刘和小张介绍了总书记的这段话，鼓励他们，在脱贫攻坚的关键时候，作为第一线的基层干部，应再接再厉，不畏困难。

下午的时候，有一个村民抱着孩子过来，说是孩子发高烧，要去乡医院，没有车送，林知秋赶忙让李恩开车把这个村民和发高烧的孩子送到医院。这些小事，虽然可以不用林知秋去做，但有着一颗火热之心的她，怎能不记挂着村民百姓的冷暖呢？

这会儿一个村民来询问林知秋，村里是否可以种植蘑菇。林知秋打了电话给省城的于教授，于教授说可以试试，但景云雨季太长可能会影响蘑菇收成。林知秋还是帮助这个村民在网上联系了蘑菇养殖户，说是过几天就来村里指导养殖。

三天后，蘑菇种植专家来了，带来了技术，林知秋帮这个想种植蘑菇的村民，在他家旁边盖了一个侧屋，这个屋子用作蘑菇种植。蘑菇专家同时带来了蘑菇种子，种在了这间房子里。村民每天看着蘑菇贪婪地吮吸着养分，使劲生长的样子，心里高兴极了。

但是雨水来了，连夜的雨让田野里的庄稼作物都垂下了头，果穗也落了一地。蘑菇房里的问题更大了，由于在盖房子的时候，瓦片没有放好，雨水居然在一夜间透过瓦片，淋透了整个蘑菇房。那些蘑菇，被水淹死了。村民欲哭无泪，向林知秋诉说着，想寻求林知秋帮助。

林知秋看着这些被淹的蘑菇，难过极了，不由分说，就和李恩爬上了蘑菇房，检查漏水处，怎知道，李恩踩的地方太薄弱，李恩体重比林知秋大，一脚踩破了屋顶，整个人也摔了下去，摔到了蘑菇架子上。李恩腰背部被架子硌得非常疼，但是他还是忍着。林知秋吓坏了，问有无大碍。李恩咬咬牙，说没事，又亲自花钱去乡里买来水泥和砖瓦，甚至防漏的柏油也买了，再次到屋子顶上修补起来——李恩不让林知秋爬上去修，他觉得这些事是男人们做的。林知秋当即就重新帮助这位村民买了蘑菇种子——这回屋子不再漏雨，蘑菇终于可以舒适地生长了。

然而回到村委会的李恩，却腰都直不起来了，疼得不行。林知秋掀开李恩的衣服，一看，才知道肿得厉害，于是带着李恩就去乡医院看，上了一些药，李恩在床上躺了两天，才算恢复过来。养蘑菇的村民知道后，心头觉得歉疚，带着鸡蛋来看望李恩，被李恩和林知秋谢绝了。李恩说："为乡亲们办事，是我们的本分，用不着谢我们的。你拿回去吧。"

这天，村民姜老顺跑到了村委会，在外面嚷嚷着，说的是杨婶："林书记啊，你快出来评评理，我家地里的经济作物都让杨肥婆家的猪给拱了啊。现在作物的叶子大都被猪啃过啦。你说这猪坏不坏，要吃叶子，你对着叶子一片片吃干净，它倒好，这片咬一口，那片咬一口，每片叶子都给猪咬过拱过啦。我损失大啦，你们要给我评评理啊。"

林知秋让他先平息一下自己的愤怒，她知道，上次是牛吃庄稼，今天又遇到了猪吃菜的事。林知秋让他有话好好说，不要太激动了。姜老顺不是个善茬，他平时不欺负别人已经不错了，此时自己的地让别人的猪给拱了，自然怒火中烧，一时难以去火。杨婶自知自家的猪惹了事，也不敢出来，躲在家里，偷偷地从门缝里看着村委会大门口，生怕姜老顺带着林知秋来找她赔钱。

林知秋去杨婶家了解情况，杨婶说："这也不能怪我啊。只怪我家的猪太皮，经常从猪圈里跳出来，跑到田里地里乱吃乱啃。姜老顺你要我赔庄稼钱，我可不会赔，要赔让啃他家庄稼的猪去赔。"

姜老顺一肚子怒火说："猪是你养的，我的好菜都让你家的猪给拱了啊。你就要赔。不赔我今天就在你家吃饭了，连吃十天十夜，晚上也不走了。"

"哈哈，姜老顺说他的好菜给杨婶家的猪给拱了。"大家都捂着嘴笑着。

围观的一个人笑着接着姜老顺的话说："你晚上赖在她家不走，杨婶岂不是要伺候两个老公了。哈哈。"

杨婶的老公是老实巴交的人，赶忙出来打圆场说："我赔，我赔，多少钱？你说个数。"

"这还差不多，杨肥婆，你没你老头爽快。这样吧，我算了下，一棵经济作物两百，总共啃了我六棵，打个折，你给一千就行。"姜老顺说。

"一头猪才卖几千，你要一千？你疯了吧。老公，你不能给他！"杨婶生气地说。

"最多五百！你当我是开印钞厂的啊！"杨婶大声呵斥，老头被眼前的阵势吓得有点紧张。姜老顺只能见好就收，不然杨婶生气，一分钱不给，自己就亏大了。

姜老顺拿了五百元钱，这才平息了胸中的怒火。但是这件事，让林知秋有了一个想法，虽然村里的百姓家，都有了自己的产业和行当，但还有十几家是养着猪的。如果每家的猪，都像杨婶家这么调皮，跑出来啃食庄稼，损失不就大了。

怎么办？林知秋和李恩商量，李恩说："不如把这些猪都集中起来，在合适的地点，搭建一座大型猪舍，做一个养猪场。瓦泥村的草很多，够这些猪吃的。集中起来养殖，集中起来管理，这样肯定不会再发生今天的事。"

"这个办法不错，让他们以家里的猪入股，像我们做草鸡养殖一样的方法操作。而且比养殖草鸡那会更有利的是，我们的资金不愁了。我们要先成立一个'瓦泥村资金互助社'，把大家的钱存在一起。到时候，需要借钱的，可以问我们这个社来借，有借有还，资金不断。"林知秋又说出了一个大的计划。

第十四章　将脱贫

　　林知秋就成立瓦泥村资金互助社的事，还专门召集了全村的村民，到村委会门口的大树下开会，林知秋这样介绍说："在农村，像当年一样脱贫不再难，关键要稳得住，能持续，我们要稳得住，就要发展特色产业，跟别人不一样的产业，而资金互助社就是产业的最强后盾和保障。我们成立这个社之后，每一项资金都能用到最需要的地方去，都能落到实处。谁真的急需用钱，款项就能像及时雨一样跟进。让资金流动起来，让资金生资金，你们觉得怎么样？"

　　"我们觉得可行。这个就是我们村里自己的信用社，这个好！"

　　"那我们要不要还利息？"

　　林知秋说："不要你们出利息，只要你们能在约定的时间内还上。"

　　"可以，可以，不要利息，我们还有什么理由拒绝呢。林书记，你的想法真好！我们都支持你！"村民兴奋地说。

林知秋说："我们资金互助社的资金，就先从养鸡场里拿出一部分出来。"

大家激烈鼓掌同意。

很快，没钱买猪苗的村民问资金互助社借了钱，购买了很多猪苗。

没钱翻新房子的村民也问互助社借了钱，并承诺一年内归还。

不想养猪，想养羊的村民，也借了互助社的钱去买了小羊羔。

林知秋按照养鸡的办法，又召集养猪的村民，把猪苗集中起来，在屁股上印上每家的记号，然后联合起来饲养。到时候各卖各的，饲料钱则每家每户平摊。这样集中饲养，也便于管理，而且成本还小，污染也小。

村民们有的还不愿意，林知秋说："这样集体饲养，你们就省心了。风险也小，遇到流行病，我们可以集中及时治疗。"

村民不怕养猪辛苦，就怕遇到牲口的流行病，林知秋给他们打了包票，他们觉得合算，最后连几个犹豫不决的也同意了。

林知秋说："这样是两全其美的办法，我们散养着这些猪，天天闻着猪圈里的味道，也受不了了，对村里的环境也是污染。现在集中饲养，集中售卖，你们的养殖压力就小得多了。接下去我们空出手来搞经济作物的种植。"

"那我们不妨说做就做。"李恩说。

养殖场选址之后，李恩就找了姚三，带领一些砖瓦匠，盖好了大型的猪圈。猪们从各家各户被集中到了一起，彼此都莫名兴奋，猪的心情也变好了，食量也大增，肥膘一个劲地长。

半年之后，猪就出栏了，接着又是一群小猪进栏，接受养殖。养猪户拿到了各自的卖猪钱后，心里乐开了花，都说林知秋有办法，有思路。

村里最近还发生了两件小事，却让林知秋感动不已，也欣慰不已。第一件事是收养的孩子刘强从学校跑回来，噘着嘴，说起他在学校里的遭遇。

刘强在学校里遇到一个大个子同学陈大胖，他看刘强个子小，总是欺负他，说："刘强刘强，无爹无娘！刘强，你是个没有父母的孩子，你是个孤儿！"

孩子们都在笑刘强，说："陈大胖说的好像是对的，他没有爸爸妈妈的。"

"陈大胖，你再笑我，我马上就揍你。我有爸爸妈妈的！我有爸爸妈妈的，陈大胖你胡说八道！"刘强急了。

"哈哈，你的身世，你当我陈大胖不知道？你根本没有爸爸妈妈，你是瓦泥村有名的孤儿！"陈大胖依旧取笑说。

"我有的，我有的！"刘强眼睛瞪着像灯泡，脸红着像猴子屁股一样，他着实愤怒了。

"你说，有在哪里？哈哈，你爸爸妈妈在哪里？"陈大胖说。

"我妈妈叫林知秋，我爸爸叫李恩！"刘强说。

"李校长是他爸爸，哈哈。可能吗？"陈大胖说。

"林书记和李校长还没结婚，哪生出你这个刘强来？"陈大胖说。

"林知秋就是我妈妈。所有妈妈做的事，林知秋妈妈都会对我做。她就是我妈妈。呜呜。"刘强突然哭了起来。陈大胖自讨没趣，溜一边玩去了。

刘强回来哭红了眼，让林知秋发现了，就问他缘故。刘强哭诉起过程。林知秋说："你说得对，我就是你妈妈！你就是我的儿子！李校长就是你的爸爸！今生我们都是你的爸爸妈妈。"

刘强又哭了起来，说："我多么想，你们真的就是我的爸爸妈妈啊。"

林知秋摸着孩子的头，眼泪也禁不住流了出来。

还有一件事是这样的，入了养鸡场，做了中层干部，娶了老婆的那位保安李小强，在五一节那天，竟然跑到自己家的屋子上插了一面五星红旗。林知秋路过的时候问他："怎么想起在家里的屋顶上插国旗啊？"

"林书记，我要感谢党和政府，感谢你，是党和政府把你送到我们这里来，带领我们走向了致富脱贫的路。这国旗，就是为了感谢党和政府才插起来的。"他说。

林知秋竖起大拇指说："不要感谢我，要感谢党的政策好，我们只是办事人。以后脱贫工作依旧任重道远，我们还要继续奋斗，你有困难就和我说！"

那一天之后，瓦泥村几乎每家每户都在屋顶插起了国旗。林知秋看着这些迎风招展的国旗，热泪盈眶，激动不已。

瓦泥村一到春天的时候，水草丰美，花朵盛开，是个招揽蜜蜂的好地方。几只蜜蜂在村委会的窗台前嗡嗡地飞着叫着流连着，林知秋突然惊叫："真是踏破铁鞋无觅处，原来就在眼前。我们瓦泥村春天那么多鲜花盛开，为什么不搞蜜蜂养殖？蜂蜜还可以形成一个产业链，做成蜂蜜食品，到时候又可以解决一部分人的就业。"

林知秋的想法很快就付诸了行动，先是去调查询问，哪些农户愿意投入这个项目的，大家对林知秋的能力早已经佩服得五体投地，自然等她说出计划后，都愿意第一个投入资金，唯恐被别人占了先机。

林知秋去外县找来了养蜂人，给他工资，让他在瓦泥村培训养蜂技师。养蜂人四海为家，没想到自己在瓦泥村会受到如此礼遇，有了稳定的收入。瓦泥村的那群中年男女农民，也学得很带劲，很快，让木匠做了很多蜂箱，瓦泥村的村民开始大规模养殖蜜蜂了。

蜜蜂也很配合，它们觉得在瓦泥村，在这山美水美花更美的地方，找到了乐园。蜂箱里的蜂蜜真可谓取之不尽用之不竭，林知秋让养殖户把这些蜂蜜收集起来，想了一个品牌就叫"瓦泥村原生态纯蜂蜜"。由于水土好，这里的蜂蜜特别甘甜，人家一尝，就喜欢得不得了，纷纷慕名而来，基本上是供不应求。

林知秋和村委会同事商议，经过村民投票之后，用"资金互助社"里的款项投资建立了一个农产品加工厂，让炼油植物的果实可以直接炼成食用油，还可把砂糖橘做成水果罐头。凡是能想到的加工方法，林知秋基本上都想到了，而且效益还不错，销路也挺好，都赚了钱。

秋天到了，也是果实成熟的时候，他们把柚子提前采摘下来，用蜂蜜腌渍着，到了一定的时间，这些柚子和蜂蜜就混合在了一起，成了可口甘甜带有果香的蜂蜜柚子茶。这柚子茶，一点也不比韩国的差，口感更醇厚甜美。在村里的电商平台上贴出来后，全国各地的订单都涌向了瓦泥村，就这样，养蜂也解决了不少人的就业，柚子茶的制作又解决了不少人的就业，大家的收入成倍地增长。乡亲们都佩服起林知秋的眼光："林书记带我们走对了路，看准了方向。她是我们真正的脱贫引路人啊。"

随着柚子茶、鸡肉等产品的热销，大坝的迅速建设，绿水青山的保护，来村里的游客比之前更多了。这就又让林知秋想着如何再创造一些就业项目，再一次提高乡亲们的收入。

林知秋看到一些地方搞农耕乐园，就和李恩商量着，是否也可以在瓦泥村开辟一个地方，搞农耕文化的展示，造一个游乐园。有了游乐园，就可以让来这里的游客有一些固定的游玩项目，这样就比单独地观赏风景更能留住游客。游客愿意久留，口碑相传，再带人来游玩时，就能明显地再一次带动民宿和餐饮等配套行业的发展。

说做就做，林知秋还是先调查民意，征求百姓的想法，百姓们都纷纷赞同，姜老顺等也不得不佩服："林书记和李书记，脑子比我们活，到底是北大毕业的。"

"跟着林书记，错不了。林书记，我们支持你，要出钱，我们每家每户都来出，也愿意出。"村民说。

林知秋有了大家的支持，还有大家的资金投入，不久，"瓦泥村农耕文化展示园"成立了。李恩觉得展示园太生硬，没有活力，就建议改为"农耕文化游赏体验园"。

这一改，更直接更好了，光字面的意思，就能吸引外地游客。体验园是怎么改造的呢？林知秋觉得养猪场的猪闲着也是闲着，就在猪舍外围挖了游泳池，还给猪开辟了一个跑圈子的小操场，让猪完成像铁人三项一样运动。先是赶它们进游泳池游泳，然后上岸，沿着小操场跑圈，像跑马一样。游客们看着那些活蹦乱跳进行锻炼的猪，都笑得合不拢嘴。而那些经过锻炼的猪，身上的肥肉少了，瘦肉多了，出栏的时候，价钱也不一样。也就是说，这样一来，猪还在圈里的时候，由于猪参加表演就给村里带来收入，等猪出栏，买瘦肉多赚了钱，百姓又可以分红。这就形成了良性循环。乡亲们越做越起劲，他们心里明白得很呢。

除了看猪表演，村里还建造了一个黄牛耕地园，让游客可以坐在牛拉的车上，看黄牛怎么耕地——城里的孩子只在书本上见过黄牛耕地，甚至连他们的父母都没有亲眼见过，这下好了，到了瓦泥村，就可以实在地体验到黄牛耕地的乐趣。

林知秋还租了五六匹马，圈了一个马场，让游客们可以体验一下坐马的感觉。无数的游客，玩得都不愿意返城了，回去后又带了新朋友过来，有口皆碑，口口相传，瓦泥村的名气越来越大了。

父老乡亲的日子过得好了，林知秋和李恩也就更有成就感，做事也更起劲了。李恩来瓦泥村也好几年，这几年中只回家看过母亲一次，母亲的病情已经好转了，这也是李恩能在瓦泥村和林知秋放开手脚大干一场的原因。

李恩在夜深人静的时候，时常听着陈百强的《念亲恩》，想念起远方青岛故乡独自生活的母亲：

长夜空虚使我怀旧事

明月朗相对念母亲

父母亲爱心

柔善像碧月

怀念怎不悲莫禁

长夜空虚枕冷夜半泣

遥路远碧海示我心

父母亲爱心

柔善像碧月

常在心里问何日报

亲恩应该报

应该惜取孝道

唯独我离别

无法慰亲旁

轻弹曲韵梦中送

　　每当这首歌放起，林知秋也会想起自己的父亲，虽然近在咫尺，却也难以常伴在左右。林知秋和李恩，对于自己的父母，是心存愧疚的，但是他们收获更多的东西，就是父老乡亲脱贫后的笑容。虽然李恩的母亲独自在青岛，林知秋的父亲独自在村里，显得那么孤寂，但他们心里一定是开心的，因为自己的儿女为了乡亲们早日走上脱贫富裕之路的付出，有了回报——从儿女们的形容中，

青春盛开如歌

他们知道，乡亲们的腰包鼓了，这是最重要的。

李恩打算回去看看母亲，打电话过去，没想到母亲说："孩子，你和知秋忙，你回来，知秋又不能跟着来青岛。这样吧，我身体已经恢复得很好了，我来你们景云看你们吧！"

李恩高兴得差点跳起来，林知秋也在旁边，李恩让林知秋接电话，林知秋叫着妈妈。妈妈心里都快融化了，说让他们等候着，明天就买飞机票到广南来。林知秋说："那我让李恩来接您？"

"嗯。好的。我上次去你们广南还是十五年前做老师那会儿呢。那我们说好了，后天见。"母亲说。

林知秋和李恩挂完电话，兴奋地抱在一起跳着，像孩子一样。

村民们得知李恩的母亲要来，都说："你妈妈来了，我们村要请你妈妈吃饭。"

林知秋李恩谢过了大家的盛情，激动兴奋之后，又投入到了紧张的工作中去了。

第二天，乡里通知开会，到了会议场，是乡党委书记对林知秋的一番夸赞，说她为了瓦泥村的脱贫做出了贡献。党委书记告诉她："下午要去县里开会，县委马书记在开会前可能要单独接见你。"

马书记接见林知秋时，已经把她当作多年的老朋友，气氛融洽，情绪高涨，马书记说："知秋啊，真的要祝贺和表扬你！本来西北乡是咱们景云县最贫困的乡镇，你们瓦泥村是西北乡最贫困的村，现在在你的带领下，取得了瞩目的脱贫成绩啊，西北乡的领导对你的评价也很高，百姓的呼声和反响更高，他们都写信来夸你啊。"

"书记，谢谢您对我们村的关心。目前取得的这点成绩，还是共同努力的结果，不是我的个人功劳，成绩也还不能满足，百尺竿头需更进一步，还希望马书记对我们瓦泥村多关心和支持啊。"林知秋说。

"那是一定，乡村脱贫是我的工作职责所在，有什么困难你尽管提，不要客气。我们一起把瓦泥村的工作做好。我们还要树立样板呢，今天这个会议，就是要我们县的其他村，向你们瓦泥村学习，一起提高，一起进步，最后要全部携手走向脱贫。"马书记说。

"嗯，我一定带领瓦泥村的父老乡亲全力以赴。"林知秋说。

"有什么生活上的困难，你直接和我说。"马书记说。

"个人没什么困难，一切都很好，就是感觉时间不够用。呵呵。"林知秋说。

"呵呵，是啊，我也有这样的感觉，脱贫工作艰巨，像我刚才跟你说的，必须全力以赴啊。对了，想起来了，你今年快三十岁了吧。"马书记说。

"快三十了。"林知秋说。

"我记得认识你那会儿，你还是个初中毕业生，才十五六岁，现在一晃这么多年过去了。三十岁，也应该到了谈婚论嫁的年纪了。你和你的同学李恩，什么时候举行婚礼啊？你们办婚礼，一定要叫上我啊。呵呵。"马书记说。

"婚礼还要搁一搁，村里的工作还有很多要去开展，我和李恩打算在脱贫工作完成之后就结婚。"林知秋说着，其实心里还是无比甜蜜的。

"好，等脱贫工作完成之时，我来给你们的婚礼证婚。我们要一起庆贺庆贺。"马书记兴奋地说。

林知秋说："到时一定叫上马书记您。"

简单的谈话之后，马书记来到了大会议室，林知秋被安排坐在马书记旁边，这个位置让林知秋觉得战战兢兢。今天是马书记自己主持会议，马书记的左边是市长，马书记的右边就是林知秋，林知秋知道自己只是个村书记，按照常理，是不可能坐这个位置的。她知道，马书记真的把她当作典范了。

会议上，马书记极力地表扬了林知秋在瓦泥村所做的工作，经济作物的种植，农副产品的加工，农耕游赏园的开辟，水电站建设的动员，等等等等，马书记一一道来，皆有数据为证，瓦泥村的老百姓实实在在地得到了好处，和林知秋的努力是分不开的。作为典范，林知秋在会议上也谦虚地介绍了一下瓦泥村的情况，并说要和大家一起探讨交流，欢迎大家去瓦泥村参观……

会议时长两个小时，开得热血沸腾，鼓舞了干劲，鼓舞了斗志，个个像充了电的小老虎一样，回到了村里，各自总结自己村里工作的经验和不足，比较差距，制订追赶林知秋瓦泥村的计划，热火朝天地工作着。

李恩的母亲说出发就出发，这不，第三天，李恩妈妈就订了从青岛飞往广南省的飞机票。拖着行李，就上了飞机，直飞广南。

上飞机前，妈妈打了李恩的电话，问李恩是否有时间去省城的机场接自己。

李恩接到电话后，不敢相信自己的耳朵，一蹦三尺高，说："妈妈，我有时间，再忙也有时间。那我一会儿就来接你。"

挂了电话，李恩把妈妈上飞机的事告诉了林知秋，林知秋也高兴呢。只是村里很多事情离不开自己，就对李恩说："我也想去接妈妈，但是村里事无巨细，很多事情要去处理。只能你去接了。"

"嗯，我这就开车向省城进发。"李恩高兴得像个孩子，上了自己的车，快速往省城方向奔驰而去。

在机场等了一个小时，原因是母亲的飞机晚点了，在出机口看到自己的母亲推着行李出来时，李恩快步冲上去，抱住了母亲，激动不已，母亲看到瘦了的儿子，也是激动。李恩接过母亲的行李，问这问那，问母亲是否疲劳，母亲说："来看儿媳儿子，怎么会疲劳，再多个一千公里，也不疲劳啊。"

李恩带着母亲出了机场，上了车，汽车疾驰在回景云县的路上，一路山水俱佳，一路是典型的南国风光，秀美、清奇、干净。母亲对儿子说："我已经十几年没来广南了，风光还是和以前一样，我看这沿路的村落，和以前已经大不一样了，面貌有了彻底的改观啊。"

"是啊，现在进入了脱贫攻坚的关键时期，这些村落，有无数的党员干部带领百姓脱贫，乡村面貌和百姓生活水平一天天都在进步和改变啊。"李恩感慨说。

"先天下之忧而忧，后天下之乐而乐。范仲淹说的这句话，现在用在这些放弃优厚生活待遇，到基层来做脱贫攻坚工作的干部身上，一点都不为过啊。为百姓之乐而乐，为百姓之富而忙，党员干部的这份情怀，就足以感动人了。"母亲是老师，所以对范仲淹的这句话记得很牢。

李恩微笑着听着母亲说着话，感受到了无比的幸福，他已经好久没有和母亲待在一起了，世上的孩子，哪个不想妈。李恩说："妈妈，一会儿到了瓦泥村，我要和知秋带你看看瓦泥村的面貌，和几年前我发给你的照片比一比，有天翻地覆的变化啦！"

母亲摸了摸孩子的头，让他用心开车，心里也为儿子儿媳的工作成就感到骄傲。

经过两小时多的车程，终于回到了瓦泥村。姚三和林知秋在村委会说着一些事情，这时候李恩边走边大声说："知秋，妈妈来啦！"

林知秋赶紧冲出办公室，到外面看到了自己的未来婆婆，她也流出了热泪，一把搂住了李恩的母亲，说："妈妈，你终于来了，我们真的很想你，很想你！你终于来看我们了！"

林知秋像个小孩一样兴奋不已，母亲左手拉着儿子，右手拉着知秋，微笑着走进了村委会。

他们把行李放到了小屋子里，小屋子是收养的孤儿住的地方。林知秋就说："嗯。你和孩子住，我晚上和妈妈睡一个房间。我要和妈妈说说话。"

妈妈自然开心地答应了。

放下行李，李恩和林知秋，就带着妈妈到村里的个个角落参观起来。

姚三早就回去传了话，对大伙说："贵客来啦，贵客来啦。"

村民们说："什么贵客贵客的。咱们村什么贵客没见过。"

"你们不知道，是林书记的婆婆，李书记的妈妈来啦。不是我们村的贵客吗？是从青岛坐飞机来的啊。"姚三说。

"林书记的婆婆，那真是贵客，在哪呢？我们要请她婆婆吃饭。我们要好好感谢她呢，有这么好的儿子儿媳。"村民们很激动，到处找着林知秋和她婆婆。

终于在大坝修建工程的边上，村民们看到了林知秋和李恩的母亲，李恩母亲正用手机拍着工程地，村民们围观上去，个个兴高采烈，像是见到了自己的亲人一番，把母亲李恩团团围住，拉着她去自己家吃饭，不吃饭喝个茶也行，不喝茶坐坐也行，仿佛有千言万语要向这个两千公里外赶来的母亲诉说一样。乡亲是淳朴的，是知道感恩的，他们当然明白，是李恩母亲教育得好，培养出了李恩、林知秋这样有担当能作为有境界的党的干部。

吃饭看来是逃不掉了。姚三最积极，拉着李恩的母亲不放，一定要先去自己家吃饭，并说已经打电话给自己老婆，杀了只鸭子，买了条鱼，已经做了，不去吃就浪费了。盛情之下，李恩母亲只能答应，这惹得其他乡亲到有些不高兴了，便又预约晚上到自己家吃饭，热情得让李恩母亲左右为难。

吃饭时，姚三把自己曾经不懂事撒泼要低保的事说了一遍，惹得李恩母亲笑疼了肚子。姚三还说："如果不是知秋书记帮我，不是李恩书记救我，现在我哪能有这么好的日子过啊。老婆孩子都有了，钱袋子也鼓起来了，我还有什么不满足的呢。所以我现在心里只有感恩，对党感恩，对政府感恩，对知秋和李书记也是感激不尽。"

晚上的饭，林知秋打算自己做，但还是被乡亲冲到了村委会，把液化气给关了，硬是又拉着母亲和林知秋李恩一起到了乡亲家，又是大鱼大肉，吃得母亲说自己要胖三斤了。大家在欢声笑语中结束了晚餐，回到宿舍，林知秋和母亲睡在一个房间，两人聊了很多很多。李恩和收养的孩子住在一起，辅导着他的作业，现在这孩子已经六年级了，马上要升初中了，题目也渐渐难了起来。但这难不倒北大毕业生李恩，解答出题目来后，孩子用崇拜的眼神望着李恩，微笑着把作业做完了。

李恩母亲问林知秋："爸爸家离这里远不远，明天一早，你无论工作如何忙，都要带我去见见你爸爸啊。这次来，我的一个首要目的，就是来见一见你的爸爸啊。"

"这……"林知秋本想说村里可能会有事，但一想李恩母亲千里外赶来想见父亲的心情实在也让自己感动，于是爽快地答应了，"好的，明天我开车陪你去见爸爸。"

第二天，李恩在村委会负责工作。林知秋开车带着母亲，往自己村里开去。

车进入了村子，林根生听到汽车喇叭声，觉得像女儿的车，就走了出来，一看正是女儿的车。车停下来，林根生看到车上走下了一个陌生的中年女人和自己女儿。

林知秋远远地对父亲说："爸爸，你看谁来了？"

"这是？"林根生说。

"这是妈妈，李恩的妈妈，她从青岛来看你来了！"林知秋激动地说。

"真的吗，真的吗，好啊，真的好啊！"林根生激动得手都颤抖了。

李恩的母亲也激动得热泪盈眶，林根生一把握住了李恩母亲伸出来的手，说："欢迎你啊，欢迎你啊。我一直盼望能见到你，今天真的如愿了啊。"

"我也是啊！一直想见你。你生了一个好女儿啊，一个优秀的女儿啊。"母亲说得一旁的林知秋倒有些难为情了。

坐在客厅里，母亲问之前就住这个房子吗？林知秋说，之前的房子要比这个破旧多了，冬天漏风，夏天漏雨，现在经过政府的关心，我们家也盖上了新房子。

李恩母亲听说亲家的日子过得好了，欣慰地点点头。村民们纷纷围观过来，因为他们听说是知秋未婚夫的母亲从青岛来看林根生了，也好奇要看看长什么样，说什么话。

大家热情地围住了母亲，有的说："李恩那孩子我们见过，长得好，人也好，心也好，据说放弃大城市的生活，跟着知秋就来到了我们景云，为我们百姓脱贫，真的是一个好孩子啊！"

"知秋，你为什么不选择回我们自己村，带领我们脱贫，也为我们造个水坝？"村里的人都有这个想法，因为他们太喜欢知秋了，然而知秋却选择了在瓦泥村做书记。

知秋抱歉地说："乡亲们，你们都是看着我长大的，我们都了解彼此的情况。我当初也很想回咱们自己村工作，但是瓦泥村比我们更穷，作为脱贫第一线的党员干部，我们一定要到最艰苦的岗位上去，到条件最差的地方去，挑重担，担重责，是我们必须要做的啊。其实也一样，现在咱们村在村干部的带领下，也脱贫了。只要都脱贫了，哪个村都一样。对不对。"

"知秋，你都把祖坟迁到了瓦泥村，你是不是看不起我们村咯，不打算回我们村咯，不愿意和我们做邻居咯？"村民有些吃醋地说。

"不会的！迁坟是因为瓦泥村的工作需要。这里还是生我养我的村庄，我是不会离开这里的。"林知秋感动地说。

"那就好。我知道我们的知秋，是绝对不会忘本的一个好孩子。"一个看着知秋长大的老奶奶说。

大家都要请李恩母亲吃饭，被林知秋谢绝了。林知秋用家里的食材腊肉、蘑菇、青菜、茄子等做了一顿午饭，让母亲吃得津津有味。母亲和林根生提出儿子女儿的结婚事宜，母亲说："这次我来，一来是看看儿媳儿子脱贫工作的进展成绩，二来就是为了他们俩的亲事。李恩有很多亲戚在青岛，我想婚礼最好能先在青岛办，当然这里也要办，我的想法是两地办，让这里的乡亲也见证知秋和李恩的爱情。"

"行，亲家说的我都同意。"林根生难得倒了一点酒，心情极好。

"妈妈，我觉得时间还早，脱贫工作还没有完全取得胜利，还要我们更加努力一段时间。婚礼一定要办的，无论是在青岛还是在西北乡，但要等一段时间，妈妈爸爸，你们说好不好？"林知秋拿饮料敬了下母亲。

母亲说："等可以，但不能太久噢。我还等着抱大胖孙子呢！"

"我也是啊！哈哈。"林根生也高兴地附和。

吃完饭，母亲说要去看看林知秋小时候读书的小学，林知秋带着她前去，小学的面貌已经有了极大的改观，天梯已经换成了水泥台阶，学校的房子也已经重新建造了，教室宽敞明亮。上体育课的孩子们听说青岛的客人来了，都围拢着母亲，想听她讲讲大海是什么样子的，孩子们听得津津有味。没想到母亲真是个有心人，她早打算要参观林知秋的学校了，所以还准备了一包的糖果，分给了孩子们，孩子们可高兴了。离开的时候，母亲叮嘱孩子们要好好学习，以知秋姐姐为榜样，考上北大，将来也回村里建设美丽乡村。

在西北乡参观了几天后，李恩又带着母亲去了趟县里，尝了一下景云的特产风味小吃，又去了次云州市区，参观了一些文化古迹。母亲感到此行收获满满，心情舒畅极了。又住了一个晚上，第二天早上，母亲说自己要回青岛了。

林知秋和李恩纷纷挽留，说能否再住上一个月。母亲说："我在这里会打扰你们工作的。我希望你们的工作早日做好、完成，到时候带着脱贫攻坚任务完成的功勋，回到青岛，举办你们的婚礼。孩子，我在青岛和舅舅他们一起，等着你们回来完婚。"

李恩和林知秋都哭了，他们哪里舍得母亲没住几天就回青岛。母亲摸着这两个孩子的头，像摸着两个幼儿园小朋友一样，林知秋和李恩好久没有这样感受到母亲的慈爱和温馨了。母亲要回青岛，是留不住的。无奈之下，李恩只能帮母亲订了票。

这回，林知秋说："这次我要亲自开车去送妈妈。"

儿媳提出要送自己去机场，当然高兴了，只是怕耽误了工作。林知秋说："让李恩代半天就可以了，我走之前再把工作先安排妥当些。"

上了车，母亲和林知秋边说边聊，真是依依不舍。母亲说："我只有这么个儿子，你爸爸也只有你这个女儿，你们都是我们的命根子。我们年纪也渐渐大了，希望早点看到你们结婚，看到你们完成人生最重要的一件事，就是结婚生子。趁着我们还年轻，身体还好，给你们带孩子，我们真的希望你们能早日完婚。所以这次回青岛，我也要先准备起来了。"

林知秋也兴奋地说："等脱贫工作完成，我一定和李恩第一时间赶回青岛举办婚礼，到时候给妈妈你生个胖孙子。呵呵。"

上飞机前，林知秋哭了，母亲也哭了，她们相拥着，久久不愿意分开，似乎有无限的话要说，可又一时不知说什么才好。眼睛都哭红肿了，直到机场广播里催着母亲登机的广播出来，母亲才意识到自己快要误机了，才就此作别，挥手远去。

林知秋站立良久，直到看到母亲的飞机飞上蓝天，才回过神，出了机场，回到景云。

回到村里，已经是下午。李恩和小张小刘他们开着会，林知秋加入其中，和同事讨论着脱贫工作的进展，她满怀信心地鼓励大家说："习总书记说过，行百里者半九十，中华民族的伟大复兴，绝不是轻轻松松、敲锣打鼓就能实现的。民族的复兴如此，咱们村里的脱贫工作也是如此。习总书记还鼓励我们这些一线的脱贫干部说，只要各地区各部门切实担起责任、真抓实干，只要贫困地区广大干部群众继续奋发进取、埋头苦干，只要全党全国各族人民万众一心、咬定目标加油干，就一定能如期打赢脱贫攻坚这场硬仗。我们村的干部一定要有这个信心和决心。"

林知秋的这些话，让与会的同事们精神百倍干劲十足。

晚上十点钟的时候，林知秋伏案在办公室工作着，突然收到了王若晴的电话，王若晴说："知秋啊，你有没有把姐妹忘掉啊？"

"怎么会忘掉。若晴，我很想念你。"林知秋开心地说。

"我也很想念你。我一直关注着你们广南电视台的节目，昨天，看到了你们省电视台对你们村的报道，我看到记者采访你的新闻了。真的恭喜你啊，你的脱贫工作，终于取得巨大成绩了，作为同学，我也为你高兴。"王若晴还是像大学时一样开朗。

"你看电视啦。记者来采访后，我还没自己看过。看来你真的很关心我们广南啊。这么说，既然你关心广南，就应该来这里看看。上次在北京开发布会，我们匆匆相聚，又匆匆别离，也没有好好说上几句话。若晴，你不说来看看这里的好风景，就是老同学我——你也应该来看看啊。想不想我？呵呵。"林知秋说。

"想啊，怎么不想，朝思暮想。我打电话就是和你说这个事。我已经买好火车票了，三张，我孩子一张，我一张，我老公一张。我要带着他们俩一起去你们广南看看，到你脱贫攻坚的瓦泥村看看！"王若晴说。

"欢迎欢迎！瓦泥村欢迎老同学一家的到来。对了，你为什么不坐飞机呢？还快。"林知秋说。

"飞机太快了，就像猪八戒吃人参果，还没近距离全流程体味到祖国的大好山川，就到了，没意思。我要和丈夫孩子坐着高铁，一路南下，一路欣赏着祖国的绿水青山，然后到你的家乡来看你。"王若晴浪漫地说。

"你还是没变，还是那么浪漫可爱。"林知秋说。

"嗯，你也没变，还是那么真诚成熟。"王若晴耍嘴皮子说。

"呵呵。"林知秋在电话里笑了。

"好了，不和你唠叨了。我下午就出发，到时候，你要来云州站接我们噢。"王若晴吩咐说。

"一定，一定。"林知秋开心地挂上了电话。

高铁在祖国大地上驰骋了十个小时，穿过了祖国的千山万水，王若晴和孩子，还有丈夫，终于到了向往已久的云州火车站。林知秋和李恩，早上三点就出发了，在火车站等着六点火车到站。王若晴见到林知秋时，扔下孩子，放下行李，飞奔过去，大喊大叫，和林知秋拥抱在一起，两个闺密终于又见面了，热泪汪汪，激动万分。

王若晴说："知秋，你知道我有多想你吗？今天终于又见面了！"

"嗯，我也想你啊，若晴。欢迎你们来广南！"林知秋说着就抱起若晴的孩子亲了又亲，她是多么喜欢闺密若晴的孩子啊。

王若晴说："对了，李恩，你应该谢谢我呢。没有我，你当初就拿不到知秋的电话。知秋当时可是我们系的系花呢，没有我，你的知秋早被人抢去啦！"

李恩也开心地谢着王若晴，并和王若晴的丈夫打过招呼，一边说话，一边往外面走去。

到了景云，到了乡里，林知秋带着王若晴一家去村里参观。

王若晴看着那些长势极好的经济作物，看着农耕文化园，看着农产品的加工厂——看着加工厂里的村民，把村里养殖的蘑菇，做成了袋装干货和脱水即食产品；看着油茶被榨成一桶桶食用油，心里甭提多高兴了。她说："世外桃源，世外桃源，简直就是世外桃源。我喜欢这里。大城市，找不到这样的感觉啊。陶渊明估计也会羡慕这里。这里的风景太好啦。空气也好，让我好好地吸一口。"

林知秋带着他们来到蜂蜜柚子茶加工车间，泡了三杯柚子茶，王若晴一家喝得特开心，王若晴说："怎么那么好喝？比韩国的清香甘甜，韩国的柚子茶太腻了，这里的一点都不腻。你们是怎么生产出来的？"

"就像你说的，这里环境好，花草也好，蜜蜂吃了，采的蜜也香甜。而柚子也是村里产的，土质好，柚子质量也好，所以在一起就成了绝配。"林知秋说。

"绝配，咱们俩也是系里的绝配。我们是闺密的典范。哈哈。"王若晴还要了一杯，喝得还不忘点赞，"这比城里几十元一杯的奶茶好喝健康多了，纯粹原生态啊。"

第十五章　多项目

王若晴喝完茶水，走出了加工厂，突然想起什么，问起林知秋："知秋，我在电视里看到的水电站基建工程呢，快，带我们去看看。"

林知秋说："我们这都称呼这个水电工程叫小三峡。喏，就在一公里外的那两座山间，我带你去。"林知秋帮着王若晴抱过孩子，林知秋是非常喜欢孩子的，尤其是自己最好的闺密的孩子，视如己出呢。

王若晴看林知秋这么喜爱孩子，就催着说："你看，万事俱备只欠东风，李恩在你身边，你又正青春，赶紧结婚，赶紧给我们孩子生个小弟弟。有孩子的感觉是完全不一样的，你还没体会到，等你有了孩子，你就知道什么是天伦之乐啦。"

"我也羡慕你们啊，宿舍里的同学，好像都已经有孩子了。我这里工作也忙，你也看到的，实在也是抽不出时间。不过上次李恩的妈妈，从青岛来看我们时，我们商量好了，等脱贫工作完成之后，乡亲们生活彻底改变之后，我和李恩就回青岛办喜酒。到时候你要从北京赶过去参加我们的婚礼噢。"林知秋甜蜜地说。

"不要说青岛，就是夏威夷就是冰岛，我王若晴也带着孩子丈夫一起来参加！"王若晴高兴地说。

临近正在建设的大坝了，河流从山体间穿过，滔滔作响。王若晴看到一群孩子，在老师的带领下，正在岸边看着建设中的水利工程。大家靠近过去，这时老师已经发现了林知秋。老师上来打招呼说："林书记好，李校长好。今天我带着孩子们现场参观水坝的工程建设，回去让他们写作文呢。"

林书记和李恩都说："好的，实地参观后，孩子们作文肯定能写得很棒。"

王若晴让老师帮着他们和孩子们一起合影。随后，王若晴感慨说："没想到，这里藏着一个小三峡，真是卧虎藏龙之地啊。瓦泥村的前景，一定广阔，一定越走越宽，恭喜你啊，知秋。"

老师先到这里来参观，已经看得差不多了，准备回村里的学校。王若晴看着孩子们回去，就问林："知秋，他们的学校在哪里？我们想去看看。是不是就是你小时候的学校？"

"若晴，这个学校是瓦泥村的学校，我的学校在另外一个村。走，我带你看看瓦泥村小学。"林知秋说着就领着闺密往小学走去。

林知秋还不忘介绍说："这所小学的校长是李恩在兼任着。"

"好啊，社会学系的高才生做小学校长一定游刃有余吧。呵呵。"王若晴说着走进了村小学。

青春盛开如歌

李恩领着王若晴和丈夫孩子，走进了一间教室，是毕业班的，李恩介绍说："这位是林书记的大学同学王阿姨，是从北京来的，大家欢迎。"

孩子们兴奋极了，都说："北京，北京，长城，天安门。王阿姨，你能给我们讲讲长城吗？"

王若晴看到这群孩子天真无邪的眼神，一时兴起，把北京的美景如长城、天安门、故宫、颐和园讲了个遍，还把北京的美食驴打滚、豆汁、北京烤鸭介绍了个遍，说欢迎大家有机会去北京。

这时说来也巧，教室天花板上掉下一块受潮了的墙面，正好不偏不倚掉在王若晴的右手上，大家都笑了，孩子们说："这太正常了，天气一潮湿，补上去的墙面就会时常掉落。"

王若晴突然鼻子一酸，心想孩子们的学习条件比起大城市，还是有很大差距啊，于是当场对丈夫说："老公，我要花点钱了。"

丈夫点点头。

王若晴把林知秋和李恩拉到左边和右边，然后对着同学们说："今天我想以我和丈夫的名义，捐助五十万给咱们小学，然后把这座小学重新翻建一下。"

林知秋没料到闺密会突然捐钱，心里感激不已，然后握住了王若晴的手，眼中含着泪水，一切都已在不言中，随后带头鼓掌起来，对孩子们说："我们以最热烈的掌声感谢王阿姨和叔叔。谢谢他们！"

孩子们兴奋得手舞足蹈，个个跳起舞来，说："我们要有新教室咯，我们要有新教室咯。"

晚上的时候，林知秋准备了篝火，两家子坐在一起，也有村民围过来，给王若晴他们跳着本地的舞蹈，他们吃着烤制的猪肉。王若晴想起北大时光，想起当年的岁月，竟然泪流满面，但她也说："海内存知己，天涯若比邻，我们姐妹俩虽然相隔千里，但不要说千里，就是万里，也改变不了我们的感情。来，我们干杯。"

　　林知秋从不喝酒，但今晚也拿着啤酒和王若晴碰杯，这么多年了没见，姐妹间有一肚子的话要倾诉，李恩和王若晴的丈夫也喝得很开心。王若晴的孩子则由林知秋收养的孩子带着，两人时而追逐嬉戏，时而大口吃烤肉。

　　王若晴对知秋说："明天你一定要带我去你出生的那个村子，一定要带我去。我这次来，除了看你工作的村，就是为了看你出生的村子，我想看看你的童年是怎么样的，你是怎么走过来的。"

　　"没问题，明天是周六，我给自己放假半天，专程陪你去老家一趟。"林知秋说。

　　夜深了，林知秋安排王若晴住在了小刘家，小刘家的民宿，舒适而干净，王若晴和丈夫很满意，一夜睡梦很香甜，梦里梦到的，还是和林知秋一起在北大宿舍时的情景。

　　第二天，林知秋把车开到了小刘家门口，等着王若晴和丈夫孩子，匆匆吃过早饭，就直奔老家而去。

　　车子驶入林知秋出生的村时，不知道为什么，王若晴总有一种亲切的感觉，似乎从村子的气息里感受到了林知秋身上的气息。这种感觉不可言喻。

　　林知秋领着王若晴进了自己的家，向林根生介绍王若晴是远道而来的闺密，北大时最要好的室友同学。王若晴看着苍老的知秋父亲，赶紧让他坐下，林知秋悄悄说，以前父亲身体还好，但是生了病之后体质差了，大不如以前了。

王若晴参观了知秋小时候用的水缸，知秋小时候睡的竹床，知秋小时候穿过的鞋子，知秋小时候的书桌……看得王若晴热泪盈眶，一言不发，但心里却在这样想：知秋是受了多少的苦，才从这样的环境中考上北京大学的？我在北京真的不敢想象，若我出生在这样的环境里，我还有什么信心和毅力像知秋一样不懈进取，永不言败？知秋，你太让我感动了。我所吃过的苦，可能抵不到你的万分之一啊。

林知秋看着闺密这样沉默而入神，自己倒反而有些难为情了，让王若晴坐下来，喝口自己家的茶水。王若晴说："知秋，我要你用那水缸的水烧开了泡茶给我喝，我要尝尝你小时候喝的水的味道。"

"傻姑娘，水还不是一样的。好吧，既然你要喝水缸的水，就烧一锅，你等着噢。"林知秋说着就去灶台下生火，用葫芦瓢舀水放到锅里。

王若晴看着土灶很兴奋，就让林知秋让开，让自己来烧火，她把木柴放了进去，但是那木柴放得不好，火竟然熄灭了。

王若晴说："知秋，这是怎么回事？放木柴，火却熄灭了。看来我真的不太会烧火。"

"起先的木柴要用细一些的，粗的木柴一时难以烧着，所以放上去，反而相当于盖住了火势。"知秋说。

"还是你经验丰富啊。真的，不敢相信，我小时候烧液化气都懒得烧，而知秋你在这里却要天天砍柴生火，真的不容易啊。我太佩服你了。"王若晴说。

喝完茶，林知秋就取出食材，让李恩待在家里准备午饭。

因为王若晴说："知秋，快，最关键的，快带我去看你在大学时和我们说过的小学，我记得是山坡上的小学，到底是怎么样的，我要去看看。"

王若晴已经迫不及待了。

林知秋领着他们向学校走去，踏着平坦的台阶，王若晴和丈夫孩子，上了山坡，一座稍微修整过的校舍在他们眼前呈现了出来。

就是这平坦的台阶，王若晴都走得气喘吁吁，说真不容易。林知秋说："现在这条路已经用水泥修好了台阶，以前是没有台阶的，靠藤梯爬上爬下，极容易摔下去。"

这时张校长接到知秋的电话，赶来了，因为是星期天，学生不在，张校长就领着王若晴他们参观起了教室。

教室里光线并不是太亮，林知秋却说，比起小时候已经好了很多。王若晴惊叹，在这样的环境里，林知秋是怎么保持品学兼优的，要吃什么样的苦？

突然张校长领着王若晴走到自己的办公室，把收藏的藤条天梯给王若晴看，王若晴惊呆了，林知秋也很兴奋，说："对了，就是这个梯子，没想到校长您还收藏着，好多孩子爬天梯从上面摔下来过，摔得可疼了。"

张校长说："要留着，随时要给这些孩子看看，当年他们的父

青春盛开如歌

辈是多么不容易。忆苦思甜嘛，这样才能立志学习。"

王若晴摸了摸那已经磨得极其光滑的梯子表面，说："现在都这么滑，要是下起雨，那真是危险啊。"

"对，若晴，你说得对，我们就怕下雨，一下雨，梯子一潮湿，我们鞋子上又有泥，攀爬起来就非常困难，危险也就在这里。"林知秋说。张校长也点着头。

王若晴感慨说，山区小学的条件和城市里真的不可同日而语，她立即和张校长说："张校长，这次来，我完成了心愿，就是看一看知秋小时候读过的学校，我和丈夫准备捐五十万给学校，希望校长你能把房子重新建一下，给孩子们一个崭新的更好的学习条件。我真希望孩子们里能再出一些像知秋一样令人骄傲的同学。以后学校有什么困难，张校长您直接和我说，这是我的名片。"

张校长没想到一次参观，会带来五十万的捐款，这五十万，足以把房子翻建扩建，把台阶修建得更好了。这对村里的孩子们来说，真是一个大的福音啊。

在知秋家吃饭时，王若晴拿着碗说："知秋，这就是你小时候吃的碗吗？太好了，我也用了知秋用过的碗了。"

那顿饭，虽然很简单，除了腊肉和咸鱼之外，就是几个家常蔬菜，但吃得格外香，王若晴的丈夫也吃了三碗饭，两个孩子也各自吃了两碗，说特别好吃。林根生看着也笑得合不拢嘴。

参观完后回到瓦泥村，王若晴丈夫把一百万元直接汇到了瓦泥村的账户，到时林知秋会把五十万转给老家的村里，以作为两村两校的建设费用。此时，王若晴和丈夫要和老同学林知秋作别了，这几天来，王若晴有了很多的感悟，心里最多的感慨就是觉得林知秋真的很不容易！

林知秋也舍不得闺密离开，亲自和李恩送他们到云州。上火车前，王若晴和林知秋又相拥在一起哭了，舍不得啊，怎么舍得，七年同窗，感情胜似亲姐妹。王若晴知道，上次一别就好几年不见，这次一别，不知道什么时候才能再见呢，她怎能不难过，只是一个劲地说："知秋，等你脱贫工作空一些的时候，有时间的时候，回北京来看看我们，我在北京等着你。当然，你这里，我也会再来的。山隔水阻，阻碍不了我们姐妹的感情，我们是最好的姐妹，永远是。"

林知秋也泣不成声，在站台上，王若晴夫妇上车时向林知秋和李恩挥手，连他们的孩子也懂事地说："林阿姨，我们在北京等你。你要来啊！"

林知秋使劲地挥手，火车启动了，已经看不到闺密若晴的身影了。擦了擦泪水，林知秋和李恩走出了火车站。

过了一个月，已经是春天时分了，花开遍野，蜂蝶成群，又是花蜜收集的好时机了，林知秋和李恩，看着村里的加工企业热火朝天地生产着，心里就高兴就有成就感，就觉得离全村全部脱贫的目标越来越近。

这天，林知秋打开自己的邮箱，收到了一封陌生的邮件，林知秋打开邮件一看，突然笑了，是谁发给自己的呢？还记得那个在北京想聘请林知秋加入他们公司法务部的人事主管吗？人事主管在信里说：

林知秋书记您好。我一直保存着您的电话和联系方式，但是电话号码还是您在北京大学读书时的，您现在已经到了广南工作，我就没有了您的电话。但是电子邮件应该没有变吧，所以我很冒昧地给您写这封信……

这位主管信里说公司总裁在媒体上看到了林知秋被采访的新闻，看到了林知秋所带领的广南省景云县的瓦泥村脱贫致富的报道，起初看到照片时总裁觉得像是林知秋，后来看村书记的署名，确实是林知秋的名字，于是就写下这封信。主管说，他们总裁就是敬佩林知秋这样有担当有作为有坚持的人才，所以当初愿以百万年薪聘请她。当然现在即使出一千万聘请她回北京，林知秋也定是不愿意的，因为能聘请他林知秋的，不是钱，而是两个字：使命。主管说，他们总裁的意思是想让她联系到林知秋，问林知秋扶贫工作中是否有困难，如果村里有困难，可以直接和他说，他愿意提供帮助。

林知秋觉得这是好事，心里对这家公司也是心存感谢，自己拒绝他们这么多年了，对方的老板还记得自己，现在瓦泥村需要大发展，加工厂的规模还要扩建，基础设施还要增加，农耕园也要升级改造，正是需要大量资金的时候。林知秋觉得为了村里的父老乡亲，她也要回复这份信件。

在信里，林知秋介绍了村里的发展情况，并且说明了在发展中遇到的瓶颈和一些不足，希望这位主管能有时间来这里考察访问，详谈一些合作事宜。

人事主管收到信后，直接和他们总裁汇报，总裁让她赶紧买机票到广南来，到林知秋的村里实地参观访问一下。

主管的飞机飞到广南时，已经是下午三点，林知秋就亲自开车到机场等着了。她们一见如故，虽然只见了一次，但不可否认，她们已经是心灵相通的好姐妹了！

人事主管是北方人，很少来广南，见这一路的青山绿水，人本来就健谈，现在更是滔滔不绝地说着自己的想法和感慨。

进了村，林知秋以最丰盛的晚餐招待了主管。由于天色已晚，一些村里的项目只能白天看，主管也就在民宿休息了。这一夜睡得很香，早上起来说，空气好了，氧离子多，所以睡得特别香，赞叹说瓦泥村是天然氧吧。

林知秋带着主管考察了加工厂和农耕园，还有大坝工程等。主管说："这些都是知秋你来后开发出来的项目？"

小刘在旁边说："是的，起初都是林书记的想法。"

主管竖起大拇指，说："不容易，在这个村白手起家，做到这样的地步不容易。刚才，我看了加工厂的规模，还有待于提高。农耕文化园挺好，可以吸引很多城里的游客，但是规模还是小了点。"

林知秋说："是的，现在遇到了瓶颈，扩大规模就能为乡亲们带来更高效益，但是缺少资金。"

"知秋，这就是我这次来的目的，总裁让我考察项目，并给我特权，我认为可以投的，就可以当场拍板。我觉得农耕园里，还少一样东西。"主管说。

"您认为少什么呢？"林知秋说。

"你们这像桃花源一样，但只能在低处看，游客来了，看不远。我觉得农耕园里可以造个摩天轮，你们觉得怎么样？"主管说。

"好！这个主意好！摩天轮，在乡村造一个摩天轮，从空中俯瞰我们瓦泥村的美景，这个主意不错。"林知秋说。

"摩天轮纳入农耕园，是可以向外地游客提供有偿观乘的，直接可以让老百姓得到实惠。"主管说。

"嗯。若有摩天轮，城里的游客会比现在更多。"林知秋说。

"加工厂我也可以援建投资，把规模扩大，我们公司可以先投入五百万，购置设备，并扩建厂房。到时，你们村的经济作物加工和包装，就可以流水化完成，产品直接可以出售。"主管说。

林知秋觉得这真是及时雨啊，握住了主管的手："真的要谢谢你们了！我代我们村五百户父老乡亲感谢您和总裁先生。"

"脱贫是全民族的大事，也是全人类的大事，消除贫困是联合国2030年之前的主要目标，我们公司能为林书记你们村出点力，也是值得骄傲和荣幸的事啊。"主管说。

"众人拾柴火焰高，有了你们社会各界的热心支持，瓦泥村的日子一定一天比一天好啊！"林知秋感慨地说。

由于衣服可能少带了，春夏之际是容易感冒的时节，主管感冒了，有些发烧，林知秋就开车带着主管去乡医院看病，乡医院的医生见林书记来了，就出来亲自给主管看病。主管打了点滴，好多了。只是主管看着这比较陈旧的医院条件，说："知秋，你们乡医院的条件需要改善啊。你们这有多少医科大学研究生？"

医生说："一个都没有，只有两个本科，我一个，院长一个。留不住人啊。"

"医院条件好了，自然就会留住人。知秋，等我回去，我向总裁请示，能否援建这座医院，让你们西北乡的百姓看病方便些，不用再到县城里去了，医生人才也就留得住了。"主管许诺要援建，这下医生吓坏了，赶忙叫来院长，院长以为她是疯子，偷偷和医生说："她是不是走错医院了？"

林知秋笑着说："她是我的朋友，是北京大公司的人事主管。这次就是来瓦泥村投资的，既然她承诺要援建你们，你们就等着好消息。"

主管挂完水好了许多，就和林知秋作别，知秋送她去广南机场，主管就飞回北京了。到了北京之后，主管请示了总裁，总裁让财务汇出一千六百万到林知秋村里的账户上，五百万搞加工厂扩建买设备，一百万做摩天轮，一千万给乡政府，乡政府全部用在建设西北乡医院上。

没用多久时间，瓦泥村的加工厂扩建了，效益翻了一倍。摩天轮的建成，吸引了更多的城里游客，他们把这里当作了乐园，当作了周末度假的桃花源，真是让人流连忘返啊。

林知秋和李恩，看着蒸蒸日上的景象，脸上心里都洋溢着笑容，老百姓的口袋鼓起来了，生活好起来了，他们怎么能不高兴，怎么能不兴奋？

夏天到了，夏天的中国南方是多雨的，广南尤其是这样，雨水太充沛了，这也就是瓦泥村叫这个名字的原因，几十年前只要一下起雨来，就一个月没得停，屋子的瓦片上都会沾上泥土。老一辈就给村子起了这个名字。可想而知，这里的雨水是多么充沛。

雨水整整下了一夜，村南面的河水已经涨满了，河流中的一个水闸被冲毁了。林知秋穿着红色的印有"第一书记"的马褂，赶到了决堤现场，双手撑在泥土上，俯身查看被冲坏的水闸，现场就组织村里的干部制定了迅速抢修的方案。在雨水里修好了水闸，没有形成决堤，最终没有对瓦泥的生产产生影响。这让林知秋松了一口气。

人们都说林知秋是全心全意为村里的百姓服务的，看着林知秋满身的泥土，满眼镜的泥水痕迹时，大家都觉得这个女子真的太不容易了。自己家和林知秋差不多大的女儿，可能还什么事都做不了，而林知秋却已经带着全村人走在了脱贫致富的康庄大道上。在乡亲们眼里，林知秋就是优秀的代名词，就是出色的代名词。有人问："书记，你为什么不怕吃苦？"

林知秋说："二万五千里长征的战士们连牺牲都不怕，我们遇到的这些困难又算什么？"

乡亲们听林知秋这番话，心里就更加佩服了。

可是他们也搞不懂，为什么林知秋到现在还不结婚？他们知道李书记和林知秋是恩爱的大学同学，于是一个老者问林知秋："林书记啊，你和李恩什么时候结婚啊？"

"再等等，不急。等瓦泥村的乡亲都脱贫了，我就结婚，到时让乡亲们做我的证婚人。"林知秋总是这样笑着说。

父亲林根生身体欠佳，这是李恩代自己回去探望父亲时发现的，李恩立即把林根生接到了乡医院。医生检查了一下，对赶来的林知秋和李恩说："是复发了，要赶紧做手术。林书记，你赶紧决定。"

林知秋看着年迈而虚弱的父亲，知道不做手术就意味着什么，看着那拍出的片子，当机立断，签下字，乡医院到县医院请来了专家，用了半个上午的时间，帮林根生清除了咽喉部又滋生出来的肿块。手术完毕，林知秋握着父亲的手，林根生从女儿的眼睛里看到了从没见过的眼泪。他知道女儿是最坚强的，从小到大，女儿从没有流过什么眼泪，无论是学习遇到什么困难，还是生活是多么拮据，都没有。他甚至觉得自己现在有些拖累女儿了，女儿的工作繁忙，应该让她回到村里去。林根生用沙哑的嗓子对林知秋说："姑娘，你回村去吧。我过几日就可以出院了。我自己能照顾自己。"

林知秋看着鼻子里还接着氧气，虚弱的父亲，擦了擦泪，说："爸爸，让我陪你今天一晚，明早我回村里。刚做好手术，必须要人陪的。村里的工作，我让李恩回去，他能挡掉些的。"林知秋让李恩先回去。

女儿从初三毕业之后到如今很少与父亲同处一室，自从上了高中，林知秋就住到了学校，而今住到了瓦泥村，所以林根生这一夜睡得特别香甜，咽喉部的伤痛也没有影响到他。林知秋看着父亲睡得踏实，自己在半夜之后也就睡着了。

林知秋一早给父亲打了些稀饭，但父亲吃不下，林知秋要回村里了，就拜托护士帮她照顾父亲。林根生和女儿挥挥手，女儿含着泪水和父亲道别，说晚上就来看他。

回到村里的林知秋，和干部一起查看修理好的水闸是否损坏，看一些经济作物是否受了昨日雨水的影响出现倒伏。

到了下午时分，淅淅沥沥地下起雨来，林知秋处理完工作，就和李恩说了声，开车去乡医院看望父亲了。

雨水越来越大，雨势越来越猛。李恩在村里巡视着，突然手机响起了。电话那头是熟悉的村民的声音，说自己家的房子被雨水冲刷浸泡得已经倾斜了，随时有倒掉的可能。

李恩得知险情后，立即骑着电瓶车，往村南赶去。李恩虽然是北方人，但在村里已经工作了这么长时间，也了解这里天气的"脾气"，更了解雨水浸泡下山路的艰险，但李恩作为干部，群众有困难必须要第一时间到群众中去，帮他们解决困难。何况这次村民的房屋都要倒塌了，要是倒下来，压着了村民，出现了伤亡，那就麻烦大了。

出发后不久，李恩就在山路上遇到了第一个塌方，所幸是李恩过了那个塌方地之后才发生的塌方，李恩看着身后的情况，心有余悸，但是不前进了吗？百姓的危难等着自己去解决呢，他加速向老乡家赶去。

老乡的房子已经成了危房——墙壁往外倾斜，随时有倾覆的可能。李恩赶紧让老乡家的人全部从屋子里撤出来，李恩找来五六根铁柱子，插在了墙壁的根基部，并牢牢固定，让铁柱扶住了墙壁。李恩足足在雨水中工作了一个半小时，那被雨水浸泡的墙壁总算没有最终倒下来。他让这家人住到了隔壁邻居家，并说，等雨水停了，就带人来维修墙壁——修不好的话，村里也会帮着重建。老乡听李恩这么承诺，感激不已，说："李书记，你也别回去了，住在这里吧。山路上肯定又要发生塌方泥石流了。"

李恩说："村里事多，我必须赶回去的。"说着，雨衣也不穿，骑上电瓶车就回去了。路上的情况更危险，塌方处变多了，李恩加大车速，想抓紧时间赶回村里。

但是当他发现右边山坡的情况时，他觉得自己遇上麻烦了，不到一秒钟时间，那山上的泥石流就冲了下来，那泥石流连人带车把李恩往山坡下冲去，李恩顺着泥石流滑到了山坡下。

十分钟过后，雨水还在下，所幸这泥石流不往下流了，而且这次的泥石流流量并不是十分的大，李恩浑身都是泥浆，一把正抓住一棵手臂粗的树干，被路过的村民发现。两个村民冒着泥石流再次流泻下来的危险，下去把奄奄一息的李恩救了上来。

这两个村民说："李书记，你没事吧？还好这泥石流不是太大，不然的话，你真上不来了。太危险了。"

"没想到这么危险。我以为自己加大车速能冲过去，没想到还是被泥石流给遇上了。我回去后会让检修队来加固这里的山坡。"李恩说着就扯了几片路旁的树叶，把脸上的泥浆擦去，骑着老乡给他的自行车，回村去了。

回到村里，李恩把发生泥石流和塌方的地方告诉了检修队，于是准备和检修队的同事再次回到塌方和泥石流处。

好在林知秋在李恩去检修倾倒的房屋前，已经驱车赶往了乡医院。李恩被泥石流冲刷洗去的时候，林知秋正在医院里喂着父亲喝着稀饭。林根生看着窗外的天气，心里担忧着，于是对女儿说：

"知秋，你晚上还要回村吗？"

林知秋看了看逐渐变大的雨水，说："爸爸，我一会儿还要回去。这雨水越下越大了，村里肯定会有些情况。我怕李恩一人处理不过来。"

"好的。但是你要注意安全啊。"林根生很舍不得女儿。

林知秋握着父亲的手，手已经肿胀，这是挂水留下的痕迹，林知秋对父亲说："爸爸，你要好好休息。我一有空就会来看你的，李恩有空，我也会让他来看你。"

"没事的。女儿，再过几天，我看我也可以出院了。到时候我就能自己照顾自己了。"林根生安慰女儿说。

"只要心情好，病很快就会好起来的。"林知秋也安慰父亲。

林根生拉着女儿的手，说："女儿啊，你和李恩的婚事……"林根生本想说要抓紧。但林知秋立即微笑着接了话："爸爸，我明白的，等村里的脱贫工作完成了，我就和李恩结婚。爸爸，您别担心了。"

雨水更大更猛了，丝毫没有停歇的可能。林根生对女儿说："女儿，我听得雨水越来越大了。我看还是明早回去吧。"

林知秋说："爸爸，村里需要我。晚上雨水大，乡亲家会有很多状况需要我去处理，明早还要开早会。我回村去了。"说完，知秋帮父亲盖上了被子。

林知秋虽然心里不舍父亲，但自古忠孝不能两全，林知秋知道乡亲们更需要自己，比父亲还需要自己，自己是他们的主心骨，是他们的依靠人啊。

林知秋发动起了车，冒着倾盆的大雨，往村里赶去。雨水已经在车窗外形成了一个不断歇的帘子，把雨刮器开到最快速的状态，也刮不完那不绝的雨水。夜色也渐渐深沉下来，越来越暗，山路上没有灯光，只有自己前车灯的一点光亮，汽车在山路上艰难地前行着，林知秋看到路上有几处塌方，她明白，这一定是刚发生不久。在另外一处发生泥石流的路边，她慢慢地开过去时，泥水又从山上冲了下来，林知秋紧踩油门，冲了过去，泥石流在车后狂泻下去。

　　还有三公里山路，就要回到村里了。

第十六章　天有水

大雨滂沱，大雨如泻。雨水形成天幕笼罩整个景云山区。好多年没有这样的雨水了，有经验的老百姓一看外面这雨势，就知道那如猛兽般的洪水要来了。

林知秋驾驶着自己的车，雨刮器开到了最快挡，还是刮不去前挡风玻璃上的雨帘，而车窗内的雾气也遮盖住了夜晚的视线。真是雨水滔天，寸步难行，林知秋现在更觉得在瓦泥村造水电站是政府完全正确的决定，有了泄洪的水电站，县里就再也不会惧怕这大雨了。

此时已经不能掉头退却，在狂风暴雨中，无论车子往哪个方向开，都是一样的遭遇和情势，林知秋知道，自己已经没有退路。只有向前，必须向前，而且今天晚上必须回到村里，村里还有很多工作需要自己布置，村里也一定受灾了，百姓一定很危急需要自己到现场处理。

林知秋用力踩了下油门，汽车像突然振奋了一下，往前冲去，汽车也在与大雨搏斗着，汽车也在帮着林知秋和大雨搏斗着。大约开了一里路，雨水来得更凶猛了，无情的雨水似乎看到了汽车的倔强和斗志，雨水似乎要报复汽车对它的轻蔑。

林知秋怎么突然感到路面颠簸起来，林知秋没有太在意，她加大了油门，雨刮器开到了极限，吹雾的风口也开到了最大。

最不希望看到的情况发生了，此时，无边的雨水形成了滔天的洪水，这洪水像是恶魔之神从天际扯下的一条愤怒的长河，直接俯冲奔涌而来。林知秋的前方道路已经被洪水冲出一个决口，林知秋猛地踩紧油门，她要冲过去，冲过决口，只要冲过决口就好了，她知道，百姓们和同事一定在等着自己回村里呢。

可是，洪水是无情的，洪水是残忍的，它不讲一点情义，它不分一点善恶，它如海潮一般肆无忌惮地向林知秋的汽车冲泻而来。车身下的国道已经完全被冲毁，知秋的车，也被洪水卷入其中，冲向了洪水的下游。

那雨水啊，更猛了。那洪水啊，更滔天了。那是上天在后悔自己的作为，一定是不小心才冲走了知秋，上天一定是在后悔了！

天有水，天有泪！

天地也在伤心，日月也定在哭泣！

那最无情的洪水啊！

天知此悲，亦应有悔！天知此痛，亦应有泪！

此时的李恩心上总感觉有些不对，焦虑忐忑，他总觉得林知秋好像出事了，于是拨打林知秋的电话，电话已经不能打通了。李恩知道，作为第一书记的林知秋，是无论如何不会让电话关机的，她随时随地都会开机，因为有那么多的百姓会找她，她有那么多的工作要做，怎么会关机联系不上呢。

李恩立即带上小刘小张，还有几个熟悉地形山路的村民，沿着山路，往乡里的方向走去。

他们顾不得风雨，奔向国道，国道已经被冲出了一个大坑，李恩心头一怔，他赶紧冲过去一看，洪水依旧迅猛，下游不远处，依稀看到了那辆熟悉的汽车。李恩顿时大喊："知秋，知秋，你在车里吗？呜呜……"

李恩站着痛哭起来，撕心裂肺。

小刘小张和村民们都大喊："林书记，林书记！您听到就回我们一声啊。"村民们都落泪了。村民们太清楚了，在洪水面前，林书记似乎已经没有生还的可能了。

雨水此时却渐渐地停了，洪水也稍微小了些，李恩赶忙自己穿上救生圈，让村民们用绳子系住，自己跳到河里，砸开车窗，发现知秋就在车里。

村民们拉着李恩，李恩疯狂地搂住了知秋，李恩疯狂地痛哭地喊着："知秋，怎么了，你怎么了？知秋啊！你说话啊！知秋啊！"

乡亲都流着泪，他们哭泣着和李恩一起抱着林知秋回到村里。大家都痛哭不已，从来没有什么事，会让瓦泥村全村的百姓那么伤心。

乡党委书记正在外面巡查抗洪，接到知秋牺牲的电话后，也觉得是晴天霹雳，正第一时间往村里赶来。他们不相信，他们坚决不认为林知秋这么好的一个姑娘会牺牲了。当他们以最快的速度从县里乡里赶到瓦泥村的时候，他们不得不信了，他们看到的是林知秋冰冷的遗体。马书记控制不住自己，落下了泪水。马书记是看着林知秋长大成才的，他了解林知秋，他看到了林知秋在瓦泥村扶贫做出的成绩，他还准备要在村里彻底脱贫之后提拔她呢，甚至，他还没有请知秋吃过一次饭，他还没有完成自己的承诺——为林知秋和李恩证婚呢。

苍天无情，造化弄人啊！浑身已经湿透的马书记哭泣着说。

林知秋牺牲的消息惊动了云州市委，惊动了广南省委，领导们纷纷向景云县赶来，向已经要完成脱贫工作的瓦泥村赶来，来看林知秋最后一眼。

当李恩把知秋牺牲的消息告诉青岛的母亲时，母亲瞬时瘫坐在沙发上，泪水如泉涌一般，她不相信，不相信自己最好的儿媳，最懂事的儿媳，居然已经牺牲了。她还记得在机场和知秋作别时的情景，她是多么爱这个好儿媳，她和舅舅已经先在青岛张罗起了婚礼，就等着儿媳儿子回去成婚了。可如今，知秋却被无情的洪水吞噬了。母亲捶着沙发，痛哭不已。李恩的舅舅得知后，就和李恩母亲一起订了机票，伤心地往广南飞去。她要去看未过门的儿媳林知秋最后一面。

王若晴接到李恩的电话，王若晴起初很开心，因为她觉得，李恩和知秋，不论谁给自己打电话，一定是通知自己结婚的喜事。王若晴还说："李恩，你是不是要告诉我，要和知秋结婚了？"

李恩沉默不语。王若晴感到一定是出了什么事。

李恩告诉她："知秋去世了。"

王若晴还不相信，说："李恩，别开玩笑了。这种玩笑不能开的。"

"知秋她去世了。"李恩哭着说。

王若晴也急哭了，说："怎么回事？怎么可能，知秋好好的，怎么会去世？你快说清楚，你不要骗我。呜呜……"

李恩把知秋被洪水冲走的事告诉了王若晴，王若晴顿时在电话那头大哭不已。

王若晴立即买了去广南的飞机票，和丈夫孩子一起赶去。一路上王若晴眼睛都是红肿的，回忆起她和林知秋大学时代的点点滴滴，王若晴就伤心，就想哭。宿舍里的室友闻讯后，都放下手头的工作，往广南景云飞来。

那位北京大公司的老板和人事主管在得到媒体的消息后，也一起赶往瓦泥村。

林知秋牺牲的消息，惊动了社会各界，从地方到中央，也惊动了无数的媒体。全国各地的记者，以最快的速度涌向了广南，涌向了云州市景云县西北乡的瓦泥村，涌向了林知秋追悼会的现场。

雨水模糊了泪水，泪水融进了雨水，大家来送林知秋最后一程。林知秋的人生，定格在最美的三十岁上。

在最后的时候，李恩执意要给林知秋换上婚纱。他知道，这是林知秋生前最想穿的衣服，最希望自己能和李恩步入婚姻的殿堂，但是现在不可能了。李恩边哭边拉住林知秋的手，说："知秋，我们说好的，今生我一定要娶你的。今天你终于穿上我的婚纱，我们结婚了，知秋，你醒一醒啊，今天是我们结婚的日子啊……"

他们无不动容伤悲，眼泪都要流干流尽了。

林知秋牺牲后不久，瓦泥村的父老乡亲为了怀念自己的好书记，特意联名写信给景云县委和云州市委，将瓦泥村改为了"知秋村"，以寄托对好书记林知秋的深深怀念。

林知秋是以自己的青春和生命，盛开的青春和生命，换来了村里父老乡亲的富裕生活，换来了村里百姓的彻底脱贫。此时的知秋村，放眼望去，已是游人如织，欣欣向荣的美好景象。林知秋是淡泊名利的，党和国家不会忘记她，她是我们永远的榜样和楷模，她的崇高和奉献的品质，如日月的光辉，永远照耀在景云县知秋村这片土地之上。

林知秋生前同学王若晴和丈夫，也以知秋的名义，在景云县一中设立了"林知秋奖学金"，以奖励那些品学兼优的孩子，鼓励他们以林知秋为榜样，将来成为林知秋一样品格高尚、无私奉献的人，将来做国家的栋梁。浙大学生季花和武大的哥哥毕业后，也都回到了景云家乡的基层工作，他们这样选择，是因为他们始终记得和林知秋姐姐当初的约定。

李恩接过了爱人林知秋的接力棒，主动要求继续担任村里的第一书记职务，他知道，林知秋的生前夙愿就是要村里的五百户人家，全部实现脱贫摘帽，全部过上好日子，所以自己要完成妻子的愿望，一定要站好岗，服务好村里的百姓，因为他知道村民需要自己。青岛的母亲，李恩也将她接到了村里，林知秋的父亲也被接到了身边，李恩把家安到了知秋村。岳父是林知秋生前最牵挂的人，李恩要好好地照顾他，这样才会让林知秋放心。李恩和知秋生前收养的孩子刘强，也暗暗下定决心，要发愤图强，考上县一中，将来要像知秋妈妈一样，考了大学，回到村里，建设好自己的家乡。

虽然知秋离开大家远去了，但她曾经是那么灿烂地绽放盛开过，她的精神之花，会永远盛开着，引领着后人。

党的十八大以来，在我国九百六十万平方公里的领土上，我们取得了举世瞩目的减贫成就，按照2010年农村贫困标准计算，2018年我国农村贫困人口减少至1660万人，比2012年减少了8239万人，农村贫困发生率降低至1.7%，比2012年年末下降了8.5%。我国成为首个实现联合国减贫目标的发展中国家，为世界的减贫事业做出了巨大的历史性的贡献。

一年后，村里的小三峡——水电站，落成了。李恩拿着林知秋的照片，带着她来到水电站边，李恩要让知秋看一看她生前最牵挂的工程。现在的知秋村，已经不再是以前的瓦泥村了，她干净、整洁、优美，各产业间相辅相成，乡亲收入年年递增……已经像祖国其他地方的村落一样，实现了脱贫。而到2020年，我国将实现全部脱贫。

观林中一叶而知天下之秋。在中国有着9000万共产党员，林知秋是九千万党员中的一员，有无数林知秋这样的党员，正为国家发展、人民的幸福在奋斗着甚至牺牲着，他们是这个时代最大的英雄。

不因山高路远而改变初心，不因风霜雨雪而忘却使命。像林知秋这样的干部，他们为了百姓的冷暖，为了脱贫的事业而不惜牺牲自己，他们有着这世间最伟大的人格和最伟大的灵魂。他们是我们学习的模范和榜样，他们伟大的事业，会像日月一样，为天地铭记永恒！

他们的崇高人格和伟岸精神，是我们前行奋斗中的引航明灯，那光，那热，照暖了万千百姓的心灵，照亮了民族复兴的前程。

青春如歌，青春盛开如歌。

青春盛开如歌

后记

　　2020年，是脱贫攻坚决胜的关键一年，经过千百万奋战在脱贫攻坚一线的党员干部努力，我们国家的脱贫事业取得了决定性的胜利。这是举世瞩目的成就，纵观世界范围，只有中国能够做到如此迅速精准、有条不紊。中国能够脱贫，为世界脱贫事业做出了巨大的贡献。

　　这里，请允许我引述《人民日报》2021年1月6日的这几段文字：

　　在不久前召开的中央农村工作会议上，习近平总书记强调："贫困地区发生翻天覆地的变化，解决困扰中华民族几千年的绝对贫困问题取得历史性成就，为全面建成小康社会作出了重大贡献，为开启全面建设社会主义现代化国家新征程奠定了坚实基础。"

　　中国扶贫是了不起的人间奇迹，是人类历史上亘古未有的伟大壮举。改革开放40多年来，中国7亿多人摆脱贫困，对世界减贫贡献率超过70%。特别是进入新时代以来，以习近平同志为核心的党中央组织实施了人类历史上规模最大、力度最强的脱贫攻坚战，取得了令世界刮目相看的重大胜利。习近平总书记强调："脱贫攻坚不仅要做得好，而且要讲得好。"中国为什么扶贫？为谁脱贫？怎么脱贫？脱贫后怎么办？把这些内容通过生动感人的故事向世人说清楚、讲明白，才能让世界更加全面、系统、深刻地理解中国共产党治国理政的大逻辑，理解中国广大党员干部践行初心使命的大担当。

中国扶贫故事见担当作为，见情怀境界。用生命照亮扶贫路的黄文秀，绝壁上用血肉之躯凿出"天路"的毛相林，带牧民过上好日子的"草原之子"廷·巴特尔，"把信仰种进石头里"的周永开，"用人性的光芒照亮别人"的张桂梅……无数党员干部舍小家、顾大家，为百姓脱贫殚精竭虑，笃定前行。

请允许我再次引述中新社2020年12月30日的报道：

中国国务院扶贫办30日表示，经过各方面的共同努力，中国现行标准下农村贫困人口全部脱贫，贫困县全部摘帽，贫困村全部退出，脱贫攻坚目标任务如期全面完成。

……

会议指出，在波澜壮阔的脱贫攻坚实践中，各地各部门始终坚持理论武装、目标标准、精准方略、问题导向、改革创新、加大投入、合力攻坚、较真碰硬、防范风险，经过八年持续奋斗，脱贫攻坚取得举世瞩目的伟大成就，充分彰显了党的领导和社会主义制度的政治优势，充分证明社会主义是干出来的，幸福生活是奋斗出来的。

当我们读到这些关于脱贫攻坚的报道，是否心情无比感动和振奋。

山高海深，如党之恩。天下大同，宏愿即成！

而回顾我们的中华文明本也一脉相承，中华思想更是泽被千秋。北宋名臣范仲淹曾在《岳阳楼记》里这样动情地写道：

先天下之忧而忧，后天下之乐而乐！

这种为政的奉献精神、家国精神，千年流传，万代秉承，而今日，更熔铸在我们9000多万中国共产党人的血液里。古往今来，每个朝代都希望国家能河清海晏，百姓能衣食无忧，但多沦于愿景和向往。而今日中国，在中国共产党的领导下，无数党员干部凝聚成了一股一往无前的执行力量，逢山开路，遇水架桥。习总书记深情地说："老百姓的幸福，就是共产党的事业。"无数党员干部为天下之忧乐而埋首苦干，为天下之忧乐而身先士卒。不计得失奋勇前行者有之，鞠躬尽瘁死而后已者更有之。1800多名像林知秋一样的党员干部，牺牲在了脱贫攻坚的一线。他们不是不爱惜自己的生命，是他们知道有比生命更重要的信念和追求。这种不惜牺牲生命去造福百姓的信念和追求，让我们深深为之感动落泪。他们将生命化作了一曲照彻宇苍、可歌可泣的青春长歌。他们真正在平凡里铸就了伟大！

他们的灵魂必将与青山同在！他们的精神必将在祖国山河大地上永久流传！

这本书写于2019年10月。而今，在这本书出版之际，需要感谢我的出版方百花洲文艺出版社，社领导对我的这部作品高度重视，也要感谢这本书的编辑和策划人胡青松先生。

更要真挚地感谢我的恩师余秋雨先生，以及恩师白烨先生，还有福建师大孙绍振先生、南京大学张光芒教授，以及《钟山》杂志社副主编何同彬先生，等等，是你们一直以来的鼓励和帮助，让我完成了这部作品。

纵观千载，汉唐已远，我们中国的现在，比历史上任何时期都接近于中华民族的伟大复兴。我们庆幸和感念，我们赶上了一个真正的好时代。

2021年1月7日

青春盛开如歌